騎士団専属娼婦になって、
がっつり働きます!

MELISSA

騎士団専属娼婦になって、がっつり働きます！

鶴れり

Illustrator
芦原モカ

この作品はフィクションです。
実際の人物・団体・事件などに一切関係ありません。

騎士団専属娼婦になって、がっつり働きます！

MELISSA

プロローグ

あぁ神様、嘘《うそ》をついた私への断罪でしょうか……。

何故《なぜ》、騎士団専属娼婦《しょうふ》としての初仕事の相手が、『娼婦殺し』という二つ名を持つロンヴァイ副団長様なのでしょうか……。


サリュマーナは野営地に張られた白いテントの中で正座をしていた。

中央にあるランタンの光が煉瓦《れんが》色の髪をした男性、ロンヴァイの表情をぼんやりと照らしている。

きっと相手からもサリュマーナの青白い顔色が丸わかりだろう。

「そんなところに座らずにこっちへ来い」

そう言うとクッションが積まれた、簡易的に作られたベッドを指差される。

覚悟を決めて団娼婦になったとはいえ、腹上死で十八年という短い生涯を終えたくない……。

やっぱり「やっぱやーめたっ」ってならないかしら？

…………ないわよね……。

こんなこと考えるだけ無意味だとわかっていても考えずにはいられない。

バクバクと自分の心臓の音が邪魔をして思考がまとまらない。

「聞いていたのか？　こっちへ来い」

……ええい！　女は度胸よっ！

震える足を叱咤《しった》して立ち上がり、ベッドへとゆっくり腰掛ける。硬いのかと思ったら意外と柔らかくてギシと沈み込んだ。

「さて、癒してもらおうか？」

サリュマーナは顎を掴《つか》まれ、至近距離で目が合う。燃えるような橙色《だいだいいろ》の瞳には怯《おび》えた表情をした自分が映り込んでいる。

ゴクリと生唾を飲んだ。

初めて会う騎士様に抱かれることを覚悟して遠征に来た。逞《たくま》しい鍛えた体を相手にすることも覚悟して団娼婦になった。

でも、でもせめて……！

「は、はじめてなので、お、お手柔らかにっ、お願い、します」

ヤり殺さないでぇぇ！

私まだまだ生きたいのーっ！

一　家族の笑顔のために

「サリ姉さま、あたしの帽子どこにあるか知らない？」

「おーい。サリ姉、母様が探していたよ」

「サリーお姉さま、おやつ食べたいよぉ」

「うぅ……サリねぇ聞いてよ、またボルドーに殴られたぁ……」

「違うよっ！　サリ姉、先に殴ったのはヒューデなんだよ！」

はあーっと肺に残っている空気を全て吐き出すと、やんややんやと騒ぐ弟妹たちと向き合う。

「メリーの帽子はソファに置きっぱなしにしてあったからクローゼットにしまったわ。ルド、伝言ありがとう。ルル、おやつの時間まであと一時間あるわ。もう少し待ってね。ボルドーとヒューデ、二人の喧嘩《けんか》に私を巻き込まないで。自分たちで話し合いなさい！」

一気に言葉を捲《まく》し立てる。ポカンとする弟妹たちを横目にくるりと向きを変えると、「ちょっと畑の様子を見てくるわ」とサリュマーナは外へ飛び出した。

東西に伸びるビトラ国。その最西端にある住人二千人ほどの小さな村。

領土の殆《ほとん》どが森と畑が広がるのどかな田舎村だ。

果てしなく広がる青い空。

小鳥たちの歌声。

爽やかな草木の香り。

土の中に混じる動物たちの命の匂い。

「いつもと変わらない、わね」

この小さな村を統治するワイングロー男爵家の長女サリュマーナは大きく両手を広げる。肺いっぱいに新鮮な空気を取り込むと、慣れた長靴に履き替え、屋敷の裏の小屋へと向かった。

「お母様……大丈夫ですか？」

物置小屋の横にあるベンチに座っている母に声をかける。普段は美しく艶めいた肌も、今日は少しくすんで見えた。

「っ……ええ。大丈夫よ。でもやっぱり悲しいわ。まさか、まさかタウヤがお金を持ち出すなんて思ってもいなくて……」

タウヤはワイングロー家の執事だった、昨日までは。長くワイングロー家に勤めてくれており、家族からも信頼を置かれていた男だったのだが、屋敷にあったほぼ全ての財産を盗み、突然姿をくらましたのだ。

それは両親が子供たちのためにとコツコツ貯めていたお金だった。両親はそのお金の存在を子供たちには隠していたが、サリュマーナはその存在のことをこっそりと知っていた。

「お母様……奪われてしまったものは仕方ありません。なんとか立て直しましょう」

すっかり冷たくなってしまった母の手をぎゅっと握りしめる。

ビトラ国最西端のこの村は自然の恵みの宝庫だ。

細々とでも堅実に働けば、家族が路頭に迷うことはきっとないはず。

「ええ……でも、子供たちの学費が、わたくしの持ち物を全て手放したとしても、全員分は、厳しいわ。なんとか考えないと」

「そのことですが、私に当てがあります」

母は勢いよく顔を上げると、真偽を確かめるようにサリュマーナの青緑色の瞳をじっと見つめた。

「当て……？　どういうことなのサリー」

「これですわ、お母様」

驚いて真顔になった母ににっこりと微笑《ほほえ》む。

ワンピースのポケットから石を取り出す。サリュマーナの瞳によく似た青緑色で掌《てのひら》にすっぽりと収まる大きさ、先端は鋭利に尖《とが》っている。

「これ、は……？」

「以前私が体調の悪い騎士様を介抱した出来事、覚えていらっしゃいますか？　そのときのお礼にと騎士様からいただいたものなのです」

差し出された母の手に石をのせると、まじまじと食い入るように見つめる。

「確かに綺麗《きれい》な石だけれど、宝石ではないみたいね……水晶、かしら？　当てというのは、もしかしてこの石を売るということなの？」

「その通りですお母様。これは珍しい魔獣の核だそうです。一般では流通しない代物だとか。マニアにはたまらない逸品でしょうね。これを売れば、奪われた財産を取り返すほどのお金になるはずですわ」

真っ赤な嘘《うそ》である。

本当は色が綺麗なただの水晶だ。光ることも動くことも魔力を含むこともない、ただの鉱物。

だが、信じやすい父や母はきっと騙《だま》されてくれるはず。

キュッと口角をあげ、男爵令嬢らしく優雅に笑顔を作る。

「本当に……！　でもサリー、そんな大切なものを手放してしまって本当に良いの？　お金のことは貴女《あなた》は心配しなくていいのよ。わたくしたちでなんとか考えるわ」

「いいえ、良いのです。私が持っていても宝の持ち腐れですもの」

今にも目から涙が溢《あふ》れそうな母の体をそっと抱きしめる。

良かった、うまく信じてくれた。

「サリー……！　サリー、ありがとう！」

「もう何も心配しなくて良いのです。お母様」

震えているのは母なのか自分なのか。覚悟を決めるようにそっと目を伏せた。


「みんなにお話があります」

そうサリュマーナが切り出したのは夕食時。執事に財産を盗まれてからは、ほかの使用人には休暇を与えており、今はこの屋敷に家族八人だ。

みんなで協力して作ったシチューを食べながら、いつものように声を上げた。

ここからはなんとしても悟られないようにしないと。平常心、平常心。

「ん？　サリ姉どうしたの？」

あらかじめ話をしていた両親は寂しそうに目を伏せている。まだ幼い弟妹はマイペースに自分の食事を進めていた。

「明日から私はこの家を出ます」

「えっ！」

「なんで！」

「嘘！」

「やだよぉ！」

ガシャンとカトラリーを落とす弟妹たちに諭すようにゆっくりと話しかけた。

「みんな落ち着いて。家を出ると言っても一年だけよ。そうしたらすぐに戻ってくるわ」

「サリ姉さま……どこへ行くの？」

三つ下の二女メリアーナはスプーンを強く握りしめたままサリュマーナを見つめた。

六人兄弟のうち二番目のメリアーナにはサリュマーナがいなくなったあと、きっと多少なりとも負担をかけてしまうことになる。そう思うと少し胸が痛む。

「王都にいる友人の知り合いのところに行儀見習いに行くのよ。一年間しっかり勤めればお給金も出るし、結婚する際にも箔《はく》がつくわ。私も十八歳になったし、そろそろ自分の未来のことを真剣に考えたいの。メリーには私の仕事を少し任せることになってしまうけれど……」

「そんなことは良いのっ！　あたしはもう子供じゃありませんわ！　でも、サリ姉さまのようにはきっとできないけれど……」

「大丈夫。お父様もお母様も、みんな付いているし、村の人たちもきっと助けてくれるわ。メリーもみんなも、一年間頑張ってくれる？」

「うん……」

嘘をついて、ごめんね……。

そう心の中で何度も呟《つぶや》く。

笑顔で何でもない顔をして嘘をつく薄情な姉をどうか許して。

「そっかぁ……寂しいけど、サリ姉のためだもんね」

「サリーお姉さま、お手紙書くからねっ」

「サリねぇ、僕もしっかり勉強するよ」

「ふふ。みんなありがとう。突然でごめんね。お父様お母様。私のわがままを許してくださってありがとうございます」

「サリーのためだったらなんだって協力するよ。後悔のないようにやってみなさい。みんなサリーの味方だから」

ジリジリと痛む良心に活をいれて、お手本のような微笑みを作る。

嘘つき者の不誠実な娘でごめんなさい。でも娼館《しょうかん》で働くなんて本当のことを言ったら、絶対止められてしまうから。

思いやりのある優しい両親の悲しむ顔を見たくない。

それにまだ幼い弟妹たちには、きちんとした教育を受けさせてあげたい。可能性のある未来を諦めさせたくない。

そのためにはたった一年、自分が歯を食いしばれば良いだけなの。

サリュマーナはなんとか笑顔の仮面を貼り続けた。


「さて、お風呂に入りましょうか」

いつものように湯を入れて着替えを用意する。二女のメリアーナと末っ子の六歳のルルライナと三人でお風呂に入るのはサリュマーナの日課だ。

「三人でお風呂に入ることもしばらくなくなってしまうのね。そう思うと寂しいわ」

広さのある湯槽《ゆぶね》に浸《つ》かりながらしみじみと思う。明日からは二人で入るのか。それとも新体制に変わるのか。

それはみんなで決めることで、出ていくサリュマーナが口出しすることではない。

「サリーお姉さま、ルルはもう一人で髪も上手に洗えるようになったのよ。もうすぐ初等の勉強も始めようかってお父様も言っていたしっ！　ルルはもう独り立ちできます！」

「ふふ、そうね。ルルはもうすっかりお姉さんね。メリーもそろそろ高等の勉強が始まる頃かしら？」

「今書いているレポートが合格を貰《もら》えたら、高等レベルに進むと先生が仰《おっしゃ》っていたわ。流石《さすが》に三回もやり直しさせられたから、次こそはきっと大丈夫なはずよ！」

湯槽に浮かべてあるハーブの葉を集めたり、ちぎったりして遊ぶ末っ子の様子を見ながら、いつものように何気ない会話をする。

「メリーは私の言うこと聞かないで、自分のやり方でまとめるから、主題と結論がずれてしまうのよ」

「だって、サリ姉さまのやり方じゃ回りくどくって面倒《めんどう》だったんだもの」

ぷぅと頬を膨らませるメリアーナの頭をそっと撫《な》でた。

「メリーはメリーのやり方でいいわ。ときには失敗してもいい。やりたいことを思い切りやって、後悔だけはしないようにしてね」

続いてかき集めたハーブの香りを楽しんでいるルルライナをそっと抱き留める。

「ルルも自分のことは自分でできるように、少しずつでいいから頑張ろうね。何かあったらすぐに助けに駆けつけるから。おやつばかり食べて、あんまり横に大きくなりすぎては駄目だからね」

まだまだ抱きしめる腕の中に収まる小さな身体《からだ》。

無限大の可能性を秘めた未来のある弟妹たち。

やっぱり自分がしっかりと教育費を稼がなければ。そんな使命感が強くなる。

「もうやだ、サリ姉さまったらまるで新人の出征兵士のようだわ」

「メリー、こんな田舎から王都へ行くのよ？　初陣と同じようなものだわ！」

「きゃ！　うぃーじん！　どこの人なのー？」

ゆっくりと過ぎる、のどかであたたかな屋敷で過ごす最後の夜。いつも通りに笑顔で一日を終えて、ホッとしたと同時に泣きたくなった。

＊＊＊

その夜。サリュマーナは懐かしい昔の夢を見た。

三年前、まだサリュマーナが成人する前のこと。

いつものように屋敷の裏にある森へ、ハーブや木の実を採取しに出かけたときのことだった。

「あれは……男の人？」

隊服のような身なりからどこかの護衛か騎士だろうか。体つきもそこまでがっしりとしていないし、騎士見習いかもしれない。

……大丈夫かしら。

フラフラして木の幹に手をついてぐったりしている。立っているのがやっとといった状態だ。

提げていた籠を持ち直し、男性のほうへと走って向かう。

「あの、大丈夫ですか……？」

「っ！　……っゔゔぁ！」

――ビシャ。

頭から垂れる温かい液体。ツンとした酸っぱい臭い。

「ご、ごめっ……ゔっ……」

ボタボタボタ。

今度は地面へ胃の中のものを吐き出していく男性。

サリュマーナはワンピースの袖で軽く顔についた吐瀉物《としゃぶつ》を拭うと、苦しそうに咳《せ》き込む男性の背中をゆっくりとさすった。

「大丈夫ですよ。ゆっくり呼吸をして。全て吐き出したほうが楽になります」

何度も何度も咽《む》せては吐き、深呼吸しては吐く。

その間サリュマーナは何度も大丈夫と声をかけ、背中をさすり続けた。

男性の顔は真っ青で全身びっしょりと汗をかいている。相当体調が悪いようだ。

土の上に出された吐瀉物の中にある黒い斑点模様に気づく。これは、もしかしたら。

「これはビビアタケ……？　貴方《あなた》きのこを食べたのですね。全て吐いたほうがいいです。少しでも体に残ると症状が長期化します。お水飲みますか？」

「……」

ぐったりと青ざめた男性は首肯し、手渡した水筒から勢いよく水を飲み、また吐いた。それを何度か繰り返す。

「もうほとんど出し切ったみたい。すぐに苦しいのも落ち着きます」

サリュマーナはポケットからハンカチを取り出すと、吐瀉物や水で汚れた口元を拭ってあげた。

「よく頑張りましたね」

男性が少しでも安心できるように、とにっこりと微笑み、脂汗で額に張りついた硬質な煉瓦《れんが》色の髪を撫で、後ろへ流す。

弟や妹にするようにいい子いい子すると、男性は漆黒の瞳を涙で潤ませて、小さくありがとうと呟いた。

「私はサリュマーナ。貴方は？」

「………ロイ。あの……ほんとごめん」

「こういうのは慣れっこだから。気にしないでくださいね」

荒くなっていた呼吸が落ち着くと、近くの川へ移動した。

流石に二人とも吐瀉物まみれで気持ち悪い。

顔を洗い、長い金色の髪を水に浸けて洗い流す。服についたものは部分的に洗ってギュッと絞った。

男性も同じように顔を洗い、汚れたシャツを脱いで豪快にジャバジャバと洗っている。

顔を洗ってスッキリとした男性はまだ少し幼さの残る青年だった。サリュマーナより少し年上くらいだろうか。

青白かった顔色もだいぶ良くなっているようだ。もうきっと毒はなくなっただろう。

「ロイさん、シャツびしょ濡れにして大丈夫ですか？」

「ほっとけばすぐに乾く」

「今日はあったかいですけれど流石に風邪ひきますよ？　奥の坂を降りると私の家があるので寄ってください」

「………そこまで世話になるのは」

「でもロイさん森の中で迷子になっちゃったんですよね？　歩き回っているうちにお腹《なか》が空《す》いて、それでデュタケに似ているビビアタケを間違えて食べてしまったんじゃないんですか？」

「…………」

図星だったようで顔を赤く染めるとプイと横を向いてしまった。

なんだか反抗期の始まったばかりの弟を思い出して、クスッと笑ってしまう。

「なんだ」

「いえ、何でもありません。ロイさんは可愛《かわい》い人ですね」

「……勉強はしたんだ。でもそっくりだったから……気がつかなかった」

「デュタケとビビアタケはとてもよく似ていますものね。私も小さい頃はよく間違えて採取して両親に怒られました。ビビアタケは傘の裏に黒い斑点があるんですよ。図鑑の絵はわかりづらいですよね」

「そうなのか。覚えておこう」

雑巾絞りにして皺《しわ》くちゃになったシャツを着て、不快そうにやっぱり気持ち悪いなと呟くロイに、そりゃあそうですよと返しておいた。

「礼は」

「ん？　なんですか？」

「礼がしたい。何か欲しいものはあるか」

「うーん。欲しいもの……」

所々濡《ぬ》れたり汚れたりしたワンピースを手でパンパンと叩《たた》きながら考えてみる。

「シャベルも最新の軽いものに替えられたら村の皆が助かるわね。でもルドが図鑑を欲しがってたし……あっ、そうだわ。こないだルルがお皿割ってしまったから新しいのも……」

「おい。それは他人のものだろ。自分の欲しいものは？」

「私の、欲しいもの……」

「女だとドレスとか宝石とかそんなのじゃないのか？」

「田舎じゃあそんなもの何の役にも立たないから要らないです。あ、でもメリがお下がりばっかりで嫌だって泣いてたからワンピースとか」

「あーもういい、わかった。適当に見繕って送る。…………シャベルと図鑑、皿、ワンピースな」

嬉《うれ》しいありがとうっ！　と笑顔でお礼を言う。寒いからさっさと道案内しろと言うロイの耳が赤くなっていて、やっぱり可愛いなぁとサリュマーナは思った。


ふと意識が覚醒し、見慣れた天井が視界に入る。

懐かしい夢だったなぁ。久しぶりにあの石を箱から出したから、こんな夢を見たのかな。

結局ロイは要望した物だけではなく、サリュマーナへ銀細工の可愛い髪飾りや装飾具、そしてあの石も贈ってくれたのだ。

「ロイさんのおかげね」

あの石を口実に家族を助けることができる。ロイには感謝しかない。

今日はいよいよ旅立ちの日だ。

二　騎士団専属娼婦《しょうふ》への道のり

慣れ親しんだ小さな村を出発して三日。

乗合馬車を何度も変えてやっとのことで、王都へ到着した。

ビトラ国の中心にある王都は相変わらず人が多く活気に満ち溢《あふ》れている。両親に連れられて二、三年に一度来る程度だが、何度来てもこの雰囲気には圧倒されてしまう。

馬車を降りるとサリュマーナは早速地図を広げながら、目的地へと歩いて向かった。

どんどん路地を進むと人通りが減り、肌を露出した色っぽい女性が多くなる。何も悪いことはしていないのに、なんだか居《い》た堪《たま》れない気持ちになるのは何故《なぜ》なのだろう。

自分の出せる最速のスピードで目的の娼館へと歩を進めた。

「ここだわ……」

重厚で豪華な装飾が施された扉を開ける。出迎えてくれた年嵩《としかさ》の女性から声をかけられた。

「いらっしゃい。貴女《あなた》はどこの娼館の推薦かしら？」

「えっ、あの推薦……？」

「ここはご貴族様向けの高級娼館。推薦状を持っていないのならここでは働けないわよ。新人はお断りなの」

「そんなぁ……」

がっくりと肩を落とす。まさか高級娼館が推薦制だなんて知らなかった。

短期間で弟妹五人分の学費を用意することができる仕事なんて、高級娼館くらいしかないのに……

どうしよう。

困っているサリュマーナに、女性は別の娼館を提案してくれた。

「娼婦としてすぐに稼ぎたいのなら、裏にある騎士団専属娼館へ行ったらどう？　そこなら新人も受け入れてくれるわ。高級娼館と同様に稼げるわよ」

「そうなんですか。ありがとうございます！」

伏せた顔を上げ、女性へお礼を告げると高級娼館をあとにする。

周辺を見て回っていると、『騎士団専属娼館』と書かれた小さな看板のお店があった。

騎士団専属……ということはおそらく相手が騎士に限定されるということ。貴族を相手にする高級娼館と比べて仕事内容が多少ハードになりそうだと思いながらも、これしか道はない。

一度深呼吸をし、意を決して扉を叩《たた》く。

すると中から出てきたのはショートカットが似合う健康的なお姉さん。勝手な思い込みで娼館にいる女性は先程の高級娼館のように、色香を纏《まと》った妖艶な女性ばかりだと思っていたサリュマーナは、目をパチクリとさせた。

「あら、こんにちはお嬢さん」

「こんにちは、あの……ここで働かせてくださいっ！」

「まぁまぁ。とりあえず中に入って」

促されついていくと、これまた想像とは異なるシンプルな応接室。テーブルとソファーがあるだけの機能性を重視した部屋だった。

「すぐにお茶を用意するから座ってて」

そう言うと奥の部屋へ行き、しばらくすると茶器を準備したお姉さんがワゴンを押しながら戻ってきた。

「お待たせ。良かったらどうぞ」

「ありがとうございます。いただきます」

差し出された紅茶は甘いフルーツの香りがしてなんだかホッと落ち着くことができた。

田舎とは全く違う都会の雰囲気に、無意識のうちに緊張していたのかもしれない。

「桃の香りでしょうか。甘い爽やかな香りが鼻から抜けてとても癒されます。美味《おい》しいです」

そっと音を立てずにソーサーに茶器を戻し、感想を述べる。

さて自己紹介をしなければ……と顔を上げると、お姉さんはにっこり笑いながら指で丸を作っていた。

「はい、合格ね」

「……えっ？」

「顔も少し幼く見えるけれど可愛《かわい》らしい顔立ち。スタイルは、着痩せするタイプかしら？　悪くないね。所作も品があるし、騎士ウケしそう。お嬢さんが条件を許容できるのであればここで働かない？」

「えっと、それは、お願い、します」

この短い時間で色々なところを審査されていたようだ。自分のことはよくわからないが、とにかくお姉さんのお眼鏡にかなったらしい。

そしてこの健康的なお姉さんは意外にも娼館のオーナーだった。

「ところでここがどういう娼館かわかっているのよね？」

「いえ。実はさっき教えてもらって知りました。騎士団専属の娼館なので、騎士の方にその……お仕事をするんですよね？」

何といえば良いかわからず、言葉を濁す。

膝に置いた手が意識せずともモジモジと動いてしまうのは、内容が内容だけにいたしかたないと思う。あまりこういう内容の会話には慣れていないのだ。

「そうよ。主に騎士団の遠征に同行して、その遠征先で騎士のお相手をするの」

つまり仕事相手が騎士に限定され、仕事場所が遠征先になるということだ。元々自然豊かな田舎で育ったサリュマーナ。これくらいは難なく受け入れられそうだ。

「この娼館が他の貴族向けの高級娼館と同様に大金を稼げる理由は何故か、お嬢さんはわかっているのかな？」

ごくりと唾を飲む。オーナーはサリュマーナに覚悟を問うているのだ。

家を出るときに腹を括《くく》ったつもりだったが、思わず怯《ひる》みそうになる。しかしここで引き返すわけにはいかない。

「……はい。騎士団の遠征先には危険がたくさんあるでしょう。身の安全が保証されているわけではありませんし、何が起きるかわかりません」

「その通り。騎士団と行動を共にし、基本的に最前線には出ないけれど、でも全く危険がないわけではないの。過去に魔獣に襲われた娼婦もいるわ」

「はい」

オーナーはサリュマーナの青緑色の瞳を見つめ、意志が変わらないことを悟るとフーッと息を吐き、ソファーの背もたれに寄りかかった。

「お嬢さんの名前は？」

「名乗りもせず、大変失礼しました。私はサリュマ……」

「ああ、本名は聞いてないの。色々と事情があるでしょうから。愛称、もしくは呼んでほしい名前を教えて頂戴」

「……ではサリーと」

本名を伝えなくて良いのか。娼館のルールはわからないことだらけだ。

とりあえず体に馴染《なじ》んでいる愛称を伝える。

「恥ずかしいかもしれないけれど大切なことだからちゃんと答えてね」と前置きされ、冷たい汗が背中をつたったような気がした。

「サリー、男性経験は？」

「……ありません」

「男女が交わる、具体的な知識は知っているの？」

「一応、知っています。本で読みましたが、でもそれは最低限の内容だと、思いマス」

うぅ。だんだんと小声になってしまう。嘘《うそ》をついても仕方ないので正直に答えたがあまりにも初心者すぎて大丈夫なのだろうか。これで断られたら後がない。

「じゃあ何故わざわざ騎士団専属の娼婦……つまり団娼婦がいるのか、サリーは知ってる？」

「遠征先での娯楽のためでしょうか？」

「まぁそれもあるけれど。一番の理由は生存本能のためなの」

生存本能……？

聞き慣れない単語に首を傾《かし》げる。

「常に命の危険と隣り合わせの騎士はね、自分の命が脅かされて無事に生き残ると興奮が抑えきれなくなるの」

「……」

「生き物としての本能で子孫を残そうとするのよ。時には理性を失うくらいに。鍛えていて体力のある騎士に、時には手酷《てひど》くされることもある。サリーはそれに耐えられる？」

オーナーの話は想像の上をいく話だった。

団娼婦はただ娼婦として働く場所が、娼館から遠征先になるだけだと。少し危険のある場所だけだと、そう思っていた。

正直、団娼婦という仕事を舐《な》めていたのかもしれない。

手に汗が滲《にじ》み、強く握り込む。

「そこまでは考えが及ばなかったみたいね。ここで働きたい事情があるのだろうけど、もう少し考えてみたら？　それからでも遅くはないよ」

「っ、いいえ。団娼婦として働かせてください。話を聞いて覚悟が足りなかったことは認めますが……今更引き返せないのです。一年、ここで働きます」

そう、後には引けない。家族のため、弟妹たちのためには稼がなくてはならないのだ。

他の仕事では弟妹たちの教育にとても間に合わない。

他の娼館だと五、六年はかかってしまう。高い給金を得られる高級娼館は推薦制と言われたので、新人娼婦がいきなり働くのは不可能だ。

団娼婦であれば新人でも一年程度で奪われた金額を稼ぐことができる。むしろ団娼婦でなければ叶《かな》わないのだ。

サリュマーナには選択肢が残っていない。

たった一年、歯を食いしばって頑張って耐える。弟妹たちの将来のために。両親の笑顔のために。

「頑張りますので、よろしくお願いします！」

「わかったわ。一年間よろしくね」

こうして無事サリュマーナは騎士団専属娼館に就職が決まった。

早速今日から団娼館の寮で生活することになった。身一つで田舎を飛び出してきたサリュマーナにとって、とてもありがたい。

騎士団の遠征に同行する以外は、基本的には寮で自由に過ごして良いらしい。

一人一部屋あり、食事も寮母さんが毎食作ってくれる。至れり尽くせりだ。

「明日からはしばらく研修だから、今日はゆっくり休んで。じゃあまたね、サリー」

「オーナー、何から何までありがとうございました！」

気づけば時刻は夕方だった。

食堂で少し早めの夕飯を食べ、自室のベッドに寝転ぶとすぐに睡魔が襲ってきた。移動疲れだろうか、サリュマーナはすぐに眠りについた。

＊＊＊

窓から差し込む陽の光で目を覚ます。

昨夜はカーテンも閉めずに眠ってしまっていたらしい。

まだ朝早い時間であったが、サリュマーナは起き上がって朝の準備を始めた。

実家から持ってきた荷物は多くない。身支度を整えるための最低限の衣類と少しのお金、それと尖《とが》った青緑色の石だけだ。

それを棚にしまうと顔を洗い、着替えを済ませる。

まだ少し早いかと思ったが食堂へ向かうとすでに朝食が用意されていた。ありがたくいただくことにする。

胡桃《くるみ》が練り込んであるふわふわの白パンにかぼちゃスープ、見たことのない赤や黄色の葉野菜のサラダにハーブ入りの腸詰肉。

田舎の家で食べていたのは毎日茶色の素焼きパンに茶色の野菜スープだった。

都会の食事って華やかで彩り豊かなのね……！

昨日の夕食も華やかだったのだろうか。疲れすぎていたのか、全く覚えていない。ちゃんと味わえば良かったな……と悔やんだが、この食事を一年間毎日食べられるのだと思うと、心がぱぁぁと華やいだ。

そして見た目が華やかなだけでなく味も美味しかった。シンプルな味付けながら、クセやエグ味もなく食べやすい。

「おはよう。お隣、いいかしら？」

目を爛々《らんらん》と輝かせて食事をしていたサリュマーナは、鈴を転がしたような可愛らしい声に顔を上げた。

「おはようございます。どうぞ」

「ありがとう。私はユンヒ。貴女が新人のサリーちゃんかしら？」

「はい、そうです」

流れるような綺麗《きれい》な所作で着席したユンヒからは、花のような甘い香りがして思わずドキリとしてしまう。

陽の光を受けて輝く銀髪はまるで女神のような神々しさ。更に瞳まで光に反射すると金色になる。

まさに本の中にいる女神を具現化したような女性だ。

「サリーちゃんの研修を担当することになったの。よろしくね」

「よろしくお願いします。ユンヒさんみたいな美しい人から教わるなんて、光栄です」

「うふ、サリーちゃんってリスみたいで可愛らしいわ」

「リスなんて初めて言われました……。ユンヒさんは動物に例えるなら白猫ですね」

「そう？　よく目が猫みたいとは言われるわ」

ユンヒはおっとりしてゆっくりと話すが品があって女のサリュマーナでもドキドキする。

これが団娼婦なのか……色気がすごい……。なんてドギマギしながら楽しく食事を済ます。

「一度部屋に戻ったら勉強室へ来てね」

「はい。勉強室って何処《どこ》にありますか？」

「団娼館の二階よ。二部屋あるけれど、多分私たちしか使わないからどちらでも良いわ」

「わかりました」

サリュマーナは自室へ戻るとテキパキと準備を始める。

髪は勉強の邪魔になるといけないので高い位置で一つに結ぶ。

あとは何を持っていけば良いのだろう……。紙とペンは勉強するのには必須アイテムだ。あとは変な汗をかいちゃいそうだからハンカチも持っていこう。

準備を済ませるとすぐ近くにある娼館へ向かう。裏口から入り二階へあがると二つ扉がある。隙間が空いているほうの扉を開けるとそこには既にユンヒが来ていた。

「ごめんなさい、遅くなりました！」

「いえ、私も今来たところだから。さて研修を始めましょうか」

「よろしくお願いします！」

「とはいっても、研修って何をすればいいか、私もよくわかっていないのよね」

うーんと首を傾げる。

その仕草ですら色っぽいなぁと馬鹿《ばか》みたいな感想を抱く。

すると思いついたようにジーッとサリュマーナを凝視したかと思うと、じりじりと近づいてくる。

「ユ、ユンヒさん？」

「んー」

おもむろにサリュマーナの結んだリボンを解《ほど》く。パサリと長い金髪が舞い落ちた。

「これね」

「ユンヒさん、あの、なにか不都合でも？」

ユンヒは引き出しからはさみを取り出すと、サリュマーナの頬にかかっていた髪をジョキンと切り落とした。

「ちょっ！　ユンヒさん?!」

「ほら反対側も。危ないから座って」

動くと刃が当たりそうなので大人しくする。ジョキジョキと顔まわりの髪を切るとユンヒは満足気に微笑《ほほえ》んだ。

「ほら、こっちのほうが可愛いわ！　はい、鏡で見てごらん」

手渡された手鏡を見ると、前髪は眉にかかる程度に短くなり、サイドは頬のあたり、後ろの髪はそのまま腰ほどまで長さがある。

今までは何となく作業の邪魔にならないように一まとめにするか、横に流すくらいで、髪型にあまり拘《こだわ》りはなかった。

今、鏡の中にいる自分は表情がよく見え、サリュマーナの丸っこい顔のシルエットに馴染んでいる。これで王都で歩いていてもお上りさんだとはわからないだろう。

「最近王都で流行《はや》っている、プリンセスカットと呼ばれているものよ。私には似合わないけれど、サリーちゃんにはよく似合っているわ。あとは少し紅をさせば……ほら。これで十分ね」

唇に可愛らしいピンク色のクリーム状のものを塗られる。再び手鏡を覗《のぞ》くと顔の血色が良くなったように見えた。

「これ、わたし……」

「素材が良いからこれくらいで十分。まぁ遠征先ではしっかりとメイクするのは難しいし、すぐドロドロになるからこれくらい薄いほうが良いわ」

ドロドロとは……？

気になったが怖くて聞けなかった。

「見た目で言うと……あとは仕事着ね。えっと確かここに……あったわ」

棚からポイポイと薄い布を渡される。

試しに一枚を広げてみると、テロンとした滑らかな肌触りの透け透けの下着だった。

「レースもあるわよ。レースは可愛いけれど破れやすいのよね。扱いが雑な人だとすぐ駄目になっ

ちゃう」

「ソ、ソウナンデスネ」

「サリーちゃんはピンク系でも黒系でもどっちもイケるタイプね。お相手の好みに合わせて選ぶと喜んでもらえるわ」

「ハイ……」

どんどん顔が引き攣《つ》ってしまう。いや、団娼婦になるって決めたからには避けては通れないのは理解しているのだが。

「もっと過激なものもあるんだけど、それはまた今度ね」なんて、これ以上卑猥《ひわい》な下着があるのでしょうか……。下着の世界は奥が深い。

女神のあまりにも明け透けな言葉にどんどん縮こまってしまうのも仕方ない。

「夜のお相手をするときの格好はこんな感じかしら。化粧は薄く色を足す程度に、夜着はお相手の好みに合わせて選んでね。見た目は常に清潔に美しく、よ」

「ハイ」

すっかり小さくなったサリュマーナは、持ってきた紙にしっかりとメモをとった。

その後は勉強室に並べられた参考資料（殆《ほとん》どが淫画で顔から火が出るかと思った……）をひたすら読み、わからないところをユンヒに質問して教わり、研修初日は無事？　に終わった。


翌日。朝早く目覚めたサリュマーナは勉強室で参考資料を読んでいた。

正直朝から進んで見たいものではないが、知識が皆無に等しいので、それでは駄目だと自習することにしたのだ。

仕事としてきっちり給金をいただくわけなので、それなりに学ばなければならない。上手《うま》くできるかどうかは別として、最低限の努力義務がある。

それに何せ相手は体も大きく体力のある騎士。そんな相手から組み敷かれることになるのだから。

自分の体は自分で守らないと。そのためには知識はあればあるほど良い。

田舎の辺境に住む男爵令嬢だが、幼い頃からしっかりと家庭教師から教育を受けていたので、勉強することは苦ではない。それに勉強して知識を得ることは、身を守る最大の武器だということもよく理解している。

娼館の勉強室には、田舎村では決して学ぶことのできなかった類いの知識が豊富に揃《そろ》っていた。

体を繋《つな》げる前の前戯、繋げた後の後戯、それぞれの作法。

男性器の仕組み。愛撫《あいぶ》の方法。

そして男女が交わる体位。

嘘でしょう……と目を疑いたくなる情報まで事細かく画《え》付きで記されていた。

「あらサリーちゃんおはよう。早いのね。勉強熱心でお利口さんだこと」

「ユンヒさんおはようございます。私は知識が乏しいので……でも上手くできる自信がありません……」

「ゆっくりでいいのよ。って言いたいところなんだけど、早速明日からお仕事が入ったみたいなの。

今回は私とサリーちゃん、あとはもう一人別の娼館から異動してくる女の子の三人ね」

「えぇぇ！　明日ですか！」

もういっつも急なんだから困っちゃうわと口を尖らせる。そんな仕草からも色気が溢れている。

「だから今日は先に重要なことを教えておくわ。特に遠征に行くときのルールと持ち物ね」

そう言うとユンヒは椅子に腰掛け、新人にもわかりやすく説明してくれた。

騎士団専属といっても仕事相手は殆どが黒騎士団らしい。

貴族出身者が多く、護衛や警備、治安維持など主に対人の仕事をする白騎士団とは異なり、黒騎士団は魔獣の討伐や核の採集など魔獣を相手とする。実力主義の黒騎士団は平民出身者も多く、野蛮で横柄な人も多いと聞く。

およそ一週間ほどの遠征に同行し、野営地に着くまでは仕事はなく、着いてからは夜にお相手をするのが一般的な団娼婦の仕事だ。

「私たちの仕事場所は主に野営テントの中になるわ。たまに外でシたいなんて言う困ったさんもいるそうだけれど」

「そ、そうなんですか……。あの、確認なんですけど、お相手はもちろんお一人、ですよね？」

娼婦の相手となる騎士は、実力至上主義の黒騎士団らしい方法で決まる。

魔獣の核採集の遠征のときは、一日の核の採集数が最も多い者が優先して娼婦の相手となる権利を有する。魔獣討伐の際は討伐数が基準となる。

「だから基本的にはお相手は一人なんだけど、たまに同数の手柄だからって複数人をお相手することもあるわ」

「そっ、それは私たちに拒否とかって……」

「もちろんできないわね」

無理無理無理……！

相手が騎士というだけでもハードルが高いのに複数人だなんて処女には厳し過ぎる……！

サァと青くなるサリュマーナを見てクスッと笑うユンヒ。ゆっくりと立ち上がるとおもむろにサリュマーナの耳元に近づいて。

「もしそうなったときの魔法の言葉。〝私の全てをおひとりだけに捧げます〟」

ユンヒは唇に人差し指を当て、微笑んだ。蠱惑《こわく》的で女の自分ですらもドキリとする。

「これでお一人が良いとおねだりすれば大抵回避できるわ」

「……っ！　勉強になります！」

一生ついていきますっ、女神さま……！

サリュマーナはその言葉を忘れないようにしっかりと紙に書き残し、二重線を引いておいた。

続いて持ち物については殆ど娼館が用意したものを持っていけば事足りるらしい。

それを聞いて特に買い足す必要もなく、手持ちの少なかったサリュマーナはホッと息をついた。

「あとこれは絶対に忘れちゃ駄目よ」

そう念押しして白い粒が入った瓶を手渡された。

「一日三粒。必ずお仕事が始まる前に、お相手の騎士様の見ている前で飲んでね」

娼館の基本ルールよと語尾強く言われ、慌ててメモをとる。

「この避妊薬の効果って絶対ですよね？」

「もちろん。万が一があってはならないからね。過去にデキてしまった団娼婦がいて、そのお相手の騎士様は多額の慰謝料を支払ったそうよ。確か、十万ビトラだったと聞いたわ」

「じゅ、十万……それは一般人が一生働いてようやく稼げる金額じゃないですか」

騎士は高給な職業だがそれでも大き過ぎる金額だ。

女性のことを蔑《ないがし》ろにした当然の報いよ、十万なんて少ないくらいだわっ、とユンヒさんは語気を荒げていた。過去にきっと何かあったのだろう……。もちろん怖くて聞けないけれど。

「あとこれは私からのプレゼントね。初めてのサリーちゃんには必須アイテムだと思うから。是非使ってね」

透明な液体が入った瓶には可愛らしくリボンが巻かれている。瓶を傾けると粘着質な液体なのか、ゆっくりと中身が動いた。

これはなんだろうと首を傾げていると、ユンヒが答えてくれた。

「媚薬《びやく》よ。安全なものだから安心して使って。痛いよりは良いでしょう？」

「確かに、そうですね。ありがとうございます！　大切に使います！」

初めては痛いという話はよく聞く。

ただでさえ相手は生存本能で興奮状態にある騎士。使える道具は多ければ多いほど良い。

女神の優しい心遣いをありがたく頂戴する。

万が一があって容器が割れたりしないように、厳重に梱包して持っていこうと心に決めた。

「他に何か聞いておきたいことはあるかしら？」

「あ……」

聞いてみたいことはある。けどそれは聞いていいことなのかよくわからない。

ちらりとユンヒを窺《うかが》い見ると、優しく微笑んでくれたので、意を決して訊《たず》ねた。

「ユンヒさんは……その、好きではない男性に触れるとき、どういう心持ちなのでしょう……」

「うーん。難しいところよね。慣れるまではやっぱり嫌な気持ちになったり、それで心が壊れてしまう娼婦もいるわ。でも私たちはそれでお金をいただいているのも事実。だから私は自分の中で線引きしているの」

「線引き……割り切るということですか？」

「そうね、割り切るというか自分の中で好きな男とそうでない男と区別をつける、ということかしら。触れ合いを拒否することはできないから、私の場合は絶対に仕事のお相手のことを名前で呼ばないと決めているの。これだけで少し自分の心を保てる気がするわ」

スッと目を伏せながらもはっきりと答えるユンヒは芯があって凛《りん》としていた。容姿も女神のようだけれど、中身も女神さながらの強さがある。

「ありがとうございます、ユンヒさん。私、頑張れる気がしてきました……！」

「団娼婦は特に心だけじゃなくて、体もとんでもなく疲弊するから……心算《こころづもり》だけはきちんと自分の中で整理しておくといいわ」

「はいっ！　ユンヒさんに教えてもらえて、本当に良かったです……！」

「あら、そんな可愛いこと言って。何かあったらすぐに言うのよ。サリーちゃんが壊れてからでは遅いのだから」

「私、結構体は頑丈なのです！」

「……まぁいいわ。今日はとりあえずゆっくり休んでね」

ありがとうございましたと感謝を伝え、研修二日目も無事に終了した。


いつもより念入りに身支度を済ませ、荷物の中身を三回確認して鞄《かばん》に詰めた後、娼館へと向かう。

娼館の前には貴族が使うような立派な造りの馬車が停まっていた。

ユンヒも今来たばかりのようだ。

「ユンヒさんおはようございます」

「おはよう。よく眠れた？」

「はい！」

「それは良かったわ」

「ユンヒさん……荷物、それだけですか？」

「え？　そうよ」

ユンヒはシンプルだけれど優美な絹の藍色ワンピースにショルダーバッグひとつという軽装だった。

それに比べてサリュマーナはタータンチェックのワンピースに、大型犬が入りそうなほど大きいボストンバッグという、いかにも商家の娘が家出するような出で立ちである。

「サリーちゃん、おやつばかり詰めては駄目よ？　お仕事に行くのだから」

「いえ、おやつは一つも入ってないです。全部お仕事に必要なもので……」

「何を入れたらそんな量になるの？」

「着替えと予備の着替え、寒くなったら羽織れるようにショールとか。あとはタオルに毛布……予備はそれぞれ二つ持ってきているのでユンヒさんや他の方にも貸してあげられるようにと」

ハァ、と額を押さえるユンヒは、初回だから一度経験したら要領がわかるでしょうと自分を納得させていた。

「お、遅くなりましたっ。今回の遠征に参加するシュリカです。よろしくお願いします！」

走ってきた勢いそのままに頭を下げたシュリカは、背負っていた鞄を頭にぶつけて「痛あっ」と叫んでいた。

蜂蜜色のウェーブした髪に綺麗な紫色の瞳はとても上品な顔立ちなのに、中身は活発で素直で危なっかしい。

二女のメリアーナによく似ているなぁと微笑ましくなる。

「ユンヒよ。よろしくね」

「サリーです。私は今日初めての遠征で」

「あたしも遠征は初めてでっ。良かったぁ安心したぁー！　死ぬときは三人一緒に仲良く死にましょうねっ！」

「し、死……？」

「何を言っているのかしら。さぁ馬車に乗るわよ」

ユンヒに引っ張られて馬車に乗り込むとゆっくりと動き出した。

これから王都から南東に進み、野営地のある森へ向かう。今回は二日かけて野営地へ向かい、三日間そこで魔獣の核採集の狩りを行い、二日もしくは三日かけて王都へと戻るという日程だそうだ。

森の入り口あたりまでは結界が張られており魔獣の出没はほぼないが、奥まで進むと結界の効果が薄れて魔獣が出没する。

サリュマーナの住んでいた田舎村にも森があったが、魔獣は一切生息していなかった。

魔獣が住む森ってどんなものかしら……。

車窓から見える景色を眺めながら馬車が進んでいく。

目的の野営地までは途中の町で一度宿に泊まった。一人一部屋用意され、また常に護衛の騎士が警備を勤めてくれるという、あまりの処遇の良さにサリュマーナは驚いた。

「騎士団専属娼婦は黒騎士団にとって士気と生命力を高めてくれる存在なの。その私たちに何かあったら遠征の成果にも大きく影響してくる。だから高待遇なのよ」

ユンヒの言葉に思わず姿勢を正した。娼婦だけれど、国を支える騎士にぬくもりを与える唯一の存在なのだ。サリュマーナが思っていたよりも責任のある仕事だということに気づかされる。

途中で休憩を挟みつつ、ひたすら馬車は走り続ける。

次第にガタガタと馬車の揺れが激しくなる。足場が悪くなっているようだ。

「いよいよ野営地に着きそうね」

「はぁー。魔獣怖いな、やだなぁ。絶対出会《でくわ》したくないなぁ。ユンヒさんは魔獣見たことあるんですか？」

「ないわよ。過去の遠征は全部トラブルなく終わったから。でも魔獣の鳴き声というのかしら、唸《うな》り声みたいなものは聞こえたわ」

「なにそれ、こわぁい……」

この移動の二日間でユンヒとシュリカとはだいぶ打ち解けて仲良くなった。知識豊富なユンヒと表裏のないシュリカと過ごす移動時間はあっという間に過ぎていく。

シュリカは別の娼館に所属していたが、トラブルに巻き込まれてこの団娼館へ異動となったらしい。詳しくはお茶を濁されたのでよくわからない。娼婦の世界も色々と闇が深そうだ。

ワァワァと騒ぐシュリカに相槌《あいづち》をうちながら、サリュマーナはカーテンの間から覗く魔獣の森を見つめた。

魔獣の住む森とはいえ、意外と普通の森なのね。

木も草も、屋敷の裏に生えているようなよく見る種類のものだし、特段変わっているものは何もない。田舎村の家を飛び出してまだ数日なのに、なんだかとても懐かしく感じる。

あと一年かぁ……。その間、何回遠征に参加すれば、何回好きでもない男性と体を繋げたら終わるのかしら。そもそも私無事に生きて帰れるの……？

そんなことをぼんやりと考えていた。

「今回の遠征って確か第三黒騎士団ですよね？」

「そうよ」

「前の娼館で先輩から聞いたんですけど、『娼婦殺し』って呼ばれている騎士様がいるって。それって本当なんですか？」

「しょ、娼婦殺し……！　なんて物騒な……」

「きっとロンヴァイ副団長のことね。その二つ名は私も聞いたことがあるけれど、前にご一緒したときはどの娼婦にも興味を抱いておられなかったわ」

「じゃあその噂《うわさ》はデマということなんですねっ」

「いいえ」

「「えっ?!」」

一体どっちなんですか！　と二人して前のめりにユンヒの顔を覗き込む。

「同じ第三黒騎士団のホーバード副団長がロンヴァイ副団長のことを、娼婦殺しとからかっているのを目の前で見たことがあるの。そのときご本人は否定してらっしゃらなかったわ。噂が丸々本当なのかはよくわからないけれど、何かやましいことはありそうよねぇ」

「もしかして、それって、腹上死で……！」

「ひいぃっ！」

「……詳細はわからないわね」

三人して青い顔を見合わせる。

そして満場一致で一つの結論が出た。

「「絶対ロンヴァイ副団長に目をつけられないようにしましょう」」

女の結束力は固く強い。

「あたし、そのホーバード副団長の話も聞いたことあります。黒騎士団には珍しい貴族出身で、煌《きら》めくような金髪が美しくて、弓を射るときの立ち姿が教祖神のようだって！　一体どんな方なんでしょうねっ」

「人を人扱いしない、最低最悪の人間だから関わらないことをお勧めするわ」

「ユンヒさん……」

あの鈴を転がすような綺麗な声を持つユンヒがそんなドスのきいた声を出すなんて……あの美しいユンヒが鬼のように見える……。

絶対過去にホーバード副団長となにかあったな。絶対聞かないようにしよう、と心に誓う。

「えー！　でも美形は正義ですよぉ！　ユンヒさん、さてはホーバード副団長をお相手したことあるんですね？」

「そうよ。お仕事と割り切って我慢したけれど、それはもう最悪だったわ」

ズケズケ聞けるシュリカすごぉい……。

サリュマーナはおどおどしながらも黙って二人の様子を見守っていた。

そうして無事に最終目的地へ着いた。

三　遠征同行一日目

野営地に着くと、第三黒騎士団の団長がわざわざ出迎えてくれた。

馬車から降りた瞬間、熊の魔獣かと思って腰が抜けそうになってしまったのはいたしかたないと思う。悲鳴をあげなかっただけ褒めてほしい。

見上げるほどの大きな身長。毛むくじゃらの顔には大きな傷痕が幾つもある。

「ひっ！　熊！」と叫ぶシュリカをユンヒと足を踏んで黙らせた。……多分聞こえていないはず。

「第三黒騎士団団長、ギロックだ。危険なところにわざわざ来てくれたこと、礼を言う」

「お久方でございます、ギロック団長。再びご一緒できますこと至極光栄にございます。皆様のご活躍、心より応援しております」

ユンヒの優美な挨拶に合わせて三人揃《そろ》って腰を折る。

シュリカは踏まれた足が痛いのか、モゾモゾと動かしていた。

「ハハッ。ユンヒ殿も相変わらずだな。またアイツを頼むよ」

「それはギロック団長の願いとて承知いたしかねます」

「うむ。確かにそれもそうだな。癒し人たちよ。ここは結界も展開しているし、我々も極力危険がないよう努めるが、くれぐれも自衛してくれ。それでは点呼を行う。ついてきてくれ」

「「「畏《かしこ》まりました」」」

ギロック団長のあとに続いて森の中を数分歩いたところに、開けた場所があった。

そこにはそれぞれ装備を済ませた騎士たちが綺麗《きれい》に整列している。鎧《よろい》を着た重装備の騎士から、隊服を着ただけの軽装備の騎士もいる。持つ武器も剣から槍《やり》、弓や矛など様々だ。

ギロック団長が前に立つと点呼が始まる。

小隊ごとに代表者が人数を伝えていく。広く開けた場所だが、奥にいる騎士の姿が小さく見える。

初めて見る異様な光景に、思わず背筋がしゃんと伸びた。

これからこの騎士たちは命をかけて魔獣と戦うのだ。この国のため、国民のために。

このビトラ国で生活する上で魔獣の核は欠かせないものだ。魔獣を人里や街へ降りてこられないように張る結界や、この地のうえに生命の力を与え、川や湖を美しく清潔に保つのも、魔獣の核に含まれる魔力のお陰なのだ。

そして核の魔力を原動力として動く魔道具は、平民から王族までの生活に必要不可欠なものとなっている。

そんな責任ある仕事を遂行する騎士たちには尊敬の念しかない。

魔獣が増えすぎないよう討伐し、魔力を含む核を採集してくれるからこそ、我々ビトラ国民は平和に、豊かに暮らせるのだ。

騎士たちの狩りへの士気を高め、そして疲れを癒し、命を削って遂行した仕事の反動を受け止める、それが団娼婦《しょうふ》の役目なのだ。

鋭くピリピリするような緊張感のある空気の中、騎士たちの逞《たくま》しい声が響き渡る。

「第三黒騎士団 第一編成部隊、これより三日間、魔獣の核採集の狩りを始める！ いつものように魔獣の核をより多く得た者が、ここにいる三人の癒し人たちから施しを得ることができる！ 心してかかれよ！」

ギロック団長の咆哮《ほうこう》が隅々まで轟く。

「「「ハッ」」」

大勢の騎士たちが一斉に心臓に拳を当て敬礼する様は壮観だった。

「さて癒し人たち。退屈な場所で悪いがしばしゆっくり過ごされよ。食事係や治癒係はここに残る故、何かあれば伝えてくれ。それではまた夜の成果発表のときに」

そう言うとギロック団長は鋭い棘《とげ》が無数についた棍棒《こんぼう》のような武器を担ぎ、森へ颯爽《さっそう》と消えていってしまった。

「熊に金棒……」と呟《つぶや》くシュリカを、またしてもユンヒと足を踏んづけてなんとか口を縫い留めた。

――それにしても暇だ。

時刻はまだ昼前。団娼婦用のテントを用意してもらい、そこへ荷物を下ろしたが何もすることがない。

ユンヒは夜寝られないから今寝ておかないと辛《つら》いわよと言って、さっさと毛布にくるまっている。

シュリカはあたしも移動で疲れちゃったぁとだらだらして過ごすらしい。

男爵令嬢とはいえ朝から晩まで動きっぱなしだったサリュマーナはまだまだ元気だ。

見慣れた森の中ということもあって、外に出ることにした。

野営地に残った人は、騎士見習いだったり、怪我《けが》で一線から退いた人たちらしい。食事の準備をしたり、テントを張ったりと忙《せわ》しなく働いている。

一番近くにいた食事係の人に声をかけてみた。

「あの、何か手伝うことありますか？」

「えっ！　え、癒し人の方に、そ、そんなお手を煩わせるなんて、」

「癒し人はゆっくりしていてくださいな」

「でも、やることがなくて……雑用で良いの」

お願い、と小首を傾けると食事係の男性二人はピシリと石のように固まった。

「珍しいねーそんなこと言う女の子なんて。いいじゃん、手伝ってもらいなよ。そうだ、薪拾いなんてどう？」

簡単でしょ？　と声をかけてきたのはさらりと流れる金髪をハーフアップにまとめた美しい男性。黒色の騎士服を着こなし、肩には大きな弓を担いでいる。

「はい、わかりました！　たくさんたくさん集めてきますね！　この袋、借りても良いですか？」

放置されていた大きめの麻袋を拾うと先程の二人に確認をとる。

「ど、どうぞ……」と言われたので早速開けた野営地から森の中へ入ることにした。

「可愛い癒し人さん。名前を聞いても？」

「サリーです」

「サリーちゃんかぁ。綺麗な色の瞳だね。光の当たり具合で色が変わる」

騎士に相槌《あいづち》を打ちながらあたりを見回す。薪に適した材木を探していると、先程の美しい男性がしきりに話しかけてくる。

武器を持っているから、きっと狩りに出ている騎士のはずなのに、こんな所で油を売っていて良いのだろうか。

「そうですね。変わっているとよく言われます」

「それは瞳のこと？　それともサリーちゃんのことかな」

「どういう意味でしょうか」

「ふふ、手伝いを申し出る癒し人なんていないからね。ごめん、気を悪くしたかな」

「いいえ。じっとしているのは性に合わないので」

青々と生い茂る草木を見ながら、乾いていて油を含むような木がないか辺りを見回す。

「ところでさっきから何を探しているの？　木や枝ならここにあるけど」

「どうせ拾うなら薪に適した材木が良いかと思いまして、木を見ています」

「へぇ、詳しいんだね。どれも似たような木なのに」

どこまでついてくるつもりなのだろうと不思議に思いながらも、自分に咎《とが》める権利はないので放っておくことにする。

これだとあたりをつけた木へと向かう。一つ拾ってみて匂いを嗅ぎ、触ってみる。

うん、これが良さそう。

麻袋を置き、落ちている枝を一箇所に集めていく。

「じゃあ僕はそろそろ子猫でも捕まえにいこうかなぁ。奥にはあんまり行かないように気をつけて。じゃあまたねサリーちゃん」

「さようなら。お気をつけて」

もしかしたら変なことをしないか見張られていたのだろうか？　それとも危険がないように護衛をしてくれていたのだろうか？

女性みたいに綺麗な男性だったけれど……掴《つか》みどころのない不思議な人だ。

男性を見送ると再び作業を開始し、大きな麻袋に集めた枝を詰めていく。

サリュマーナは持てる限界かなという量まで麻袋に詰めると、一旦引き返すことにした。

一度野営地へ戻りまた同じエリアに向かう。

森の中を歩くのは慣れている。方向も見失うこともない。三度往来を繰り返し、最短距離でいけるルートで向かうと、途中に高い一本の木があった。

「ママナラの木……！　この森にもあるのね！」

建物くらいの高さがある木で、頂上にたくさん黄色い実がなっている。

ママナラは硬い殻を割ると中から果汁が出てきてそれはとても美味《おい》しいのだ。疲労回復効果もあり、栄養剤として売られていたりもする。

「あったらみんな喜ぶだろうなぁ……」

ユンヒやシュリカ、そして齷齪《あくせく》働いていた騎士たちを思い出す。

狩りも初日だし、全員分は流石《さすが》に無理だが怪我人に配るくらいは採れるだろう。

とはいえ、いくら田舎育ちのサリュマーナでも枝のない真《ま》っ直《す》ぐに高い木を、腕の力だけで登ることはできない。

よし、いっちょやりますか！　とサリュマーナは髪を結《ゆわ》えていたリボンを解《ほど》き、固く結び輪を作る。

それを両足の甲に引っ掛け、木の幹を足の裏で挟むようにしながらよじ登っていく。

あっという間に頂上まで着くと、熟れて食べ頃なママナラをもぎ取り下へ落としていく。

ある程度は採ったかなというところで、「はっ？　なんだ！」という声に反応して振り向いた瞬間。

——ブチッ
「きゃあああぁっ！」

流石に髪を結ぶリボンでは強度が足りなかった。

真っ逆さまに落ち、衝撃に備えてぎゅっと目を瞑《つむ》る。

しかし予想していた衝撃よりも遥《はる》かに柔らかくて温かった。

「いってぇ……」

「ごめんなさい、ごめんなさいっ……！　お怪我は」

ないですかと言おうとして声が出なかった。

ち、近い……っ。

切れ長の目の中は太陽のような橙《だいだい》色の瞳。痛みで歪《ゆが》んだ表情をしていても、精巧なつくりをしていることがわかる。

落下を受け止めてくれた騎士と密着状態になっていた。しかも狩りの途中らしい男性からはほんのり芳《かんば》しい汗の匂いがして、余計に居《い》た堪《たま》れない気持ちになる。

「ふきゃっ！　ご、ご、ごごめんなさ」

「ぷっ……はは。なに動物みたいな声出してんの。これくらいで怪我しないから。それよりも体は大丈夫なのか」

「はい、大丈夫れす」

「本当かよ」

ククッと笑う騎士は手を引いて立ち上がらせてくれた。いかにも騎士といった凛々《りり》しく猛々《たけだけ》しい男性が不意にくしゃりと笑うと、破壊力がすごい。

しっかり者と言われて育ったサリュマーナでさえも、正常を保っていられず頭がクラクラとした。

「こんなところで木登りして何してるんだ」

「あのですね、ママナラを採ろうと思いましてですね」

「この硬そうな実か？　こんなもの採ってどうする。食べるのか？」

「飲むんです。殻を割ると果汁が出てきて、美味しくて栄養もあるんです」

ふーんと騎士は足元に転がる黄色い実を拾い、指でコンコンと叩く。

「確かに中に水分があるな」

「試しに飲んでみますか？」

「いや、森に自生しているものは食べないと心に決めてるからいい。癒し人が、何故《なぜ》こんなところにいる」

頭一つ分よりも高い背を見上げる。

煉瓦《れんが》色の髪が青空に映えてとても鮮やかだ。

「暇だったのでお手伝いをと思って。薪拾いなら簡単で良いだろうって、長い金髪の騎士様に言われて……」

「……あいつまた変なことばっかり」

ハァと大きく溜《た》め息をつく騎士にもう一度謝ると、手伝いは良いけどもう木登りはするなと怒られてしまった。

「木の上とかそういう高いところは結界が歪みやすい。そういった意味でも危険だから二度としないこと」

「ハイ。わかりました」

ごもっともなので素直に頷《うなず》く。

すると騎士は散らばったママナラの実をあっという間に麻袋に入れると、野営地へ向けて歩き出した。

「すみません、私持ちますっ！」

「これだけあったら流石に重いだろ。中身は液体だし。そんでこれ、どうすんの？」

「ママナラは疲労回復効果が高いので、たくさん採って治癒係の人に渡すつもりでした」

「自分が飲みたかったわけじゃねーのな」

「はい！　私は飲むほど働いていないので！」

「そういうことじゃねーよ」

どういうこと？　と疑問に思ったけれどすぐに野営地に着いてしまったので、真意はよくわからなかった。


あれからサリュマーナは薪拾いに徹することにした。

「あれ、癒し人だろう？　あんな雑事、やらせて大丈夫なのか？」

「ホーバード副団長がいいって仰《おっしゃ》ってたみたいだし……まぁ……」

「しかしよく働くなぁ。この量をあんな細い女の子が……」

野営地に残った騎士たちには驚かれたが、森と野営地を何往復もし、大量の薪を集めると大変感謝された。癒し人なんか辞めて、女騎士になったほうが良いのでは？　とも声をかけられるほどに。丁重にお断りしておいたが。

西の空には綺麗なグラデーションができており、絵画のような美しさだった。

日が陰ってくると今度は食事の準備などの雑務を手伝う。そうこうしているとあっという間に日が落ちる。

狩りに出ていた騎士たちは次々と野営地に戻ってきており、ギロック団長に魔獣の核数を報告していた。

「お疲れ様でした。熱いので気をつけてくださいね！」

そう注意を促しながら獣肉と野菜をたっぷり煮込んだスープを、戻ってきた騎士に手渡していく。

癒し人がこのようなことをするのはやはり珍しいことみたいで、皆驚いた表情をしながらもお椀《わん》を受け取っていた。

目を覚まして身なりを整えていたユンヒやシュリカには「何しているの！　こんなことしていると体もたないわよ！」と怒られたけど、暇があると余計なことを考えてしまいそうだったので、手伝いを続けていた。

「サリーちゃんは元気いっぱいだねぇ」

「あっ。お帰りなさいませ。スープどうぞ」

「ありがとう」

先程の美しい金髪の騎士にもお椀を手渡す。

「サリーちゃんは疲れてないの？」

「はい、これくらい平気です」

「ふぅん、そうなんだ。今日はたくさん核が獲れたんだ。サリーちゃんと一晩、一緒に過ごせたら良いなーなんて。クタクタになったサリーちゃんを是非見てみたいな」

そう呟くと女神のような美丈夫はパチリと華麗にウインクする。このような状況でなかったらその美しさにキャー！　と頬を赤らめていたかもしれない。

しかしサリュマーナはその一言で頭から追いやっていた現実を思い出し、サァと顔を青くした。

楽しみだね、と言い残すと、騎士はすぐにその場を去ってしまった。

それからサリュマーナはさらに意欲的に食事の配膳を手伝ったり、焚《た》き火に薪をくべたりと忙しなく働いた。

恐怖を払拭するように、頭から追いやるように、体を酷使した。

夕食を貰《もら》い損ねてしまったけれど、サリュマーナにとって今はそんなこと些細《ささい》なことだった。それに初仕事を前に食事が喉を通る気がしなかったので、まぁ良いかとそのままにしておいた。

全員分の夕食の配膳が終わると、いよいよ今日の成果発表が始まる。

野営地の中央にある大きな焚き火の近くの、木箱で作られた簡易な台の上にギロック団長が立つ。

その後方で団娼婦三人が並び、じっとその時を待つ。

「今日の一番の功労者を発表する！」

ギロック団長の声はよく響く。

賑《にぎ》やかだった野営地が一気にシンと静まり返った。

サリュマーナはいよいよ逃げられないところまで来てしまったと身を震わせた。ユンヒとシュリカの隣に並んで、胸の前で手を組む。

いくら現実逃避をしても無駄だとはわかっていても逃げ出したくなる。

清潔な人が良いな……。せめて酷《ひど》くしない、できれば優しい人だといいな……。

ドクドクとうるさい心臓がドラムロールのように鳴り響く。

「核数、四十七！　ロンヴァイ副団長、前へ！」

「ハッ」

人集《ひとだか》りの中から一人の男性が立ち上がり、ギロック団長の下へと駆け寄る。

「またロン副団長かよー」「四十七とかやべー」という他の騎士たちの声があちらこちらから聞こえてきた。

「ありがたく」

「よくやった」

短くそうやり取りをすると、ロンヴァイは手に持っていた木製のコップにお酒をなみなみと注いでもらうと、その場で一気に飲み干した。

そうしてロンヴァイはギロック団長の後ろに控えていた団娼婦たちの元へ足を向けた。

ゴクリと生唾を呑《の》む音が聞こえる。自分のものなのかユンヒやシュリカのものかは分からない。

娼婦殺しという二つ名を持つロンヴァイ副団長。暗がりでその容姿はきちんと確認できないが、ギロック団長と並ぶほどの高身長だ。

目が合ってはいけない気がして、足元の土を見つめながら心の中で叫ぶ。

是非ともそのまま通り過ぎて……！　せめて、せめて私を選ばないでぇ……！

地面を踏みしめる足音がやたらと大きく聞こえる。

そして土ばかりだった視界に騎士の靴先が映り込む。サリュマーナはハッと息を呑んだ。

「俺の癒しになってくれないか」

手を取られ、甲にキスを落とされる。

ようやく目線を上げると、燃え上がる炎のような橙色の瞳と目が合った。

さっき木から落ちた時に助けてくれた人……！　と思うと同時に、なんて自分は運がないの……と泣きそうになった。

あんなに目をつけられないようにと気をつけようと思っていたのに。

ちゃんとユンヒたちからロンヴァイの容姿の特徴を聞いておけば良かった。こういう詰めが甘いところ、直したいと切に思う。

「……………はい。喜んで」

是非ともお断りしたいのに、そう返事する以外許されていない。失礼のないようになんとか無理矢理に口角を上げて微笑《ほほえ》みを作り、返事をする。上手《うま》くできているかは自信がない。

やだやだやだやだ！　誰か代わって！　初仕事で娼婦殺しの騎士様なんて……私まだ死にたくないっ！と半泣きになっていると、「良かったわねサリーちゃん」とユンヒがウフフと妖艶に笑い、「流石ですぅ」とシュリカからはキラキラとした笑顔で返された……。さっきヨッシャって声聞こえていたからね！　むーっ！

みんな自分の身が可愛《かわい》いよね、そりゃそうよね……とまた泣きたくなった。


サリュマーナは野営地のテントの中で正座をしていた。気分は処刑を待つ囚人のようだ。

中央にあるランタンの光が煉瓦色の髪をした男性、ロンヴァイの表情をぼんやりと照らしている。

切れ長の鋭い眼に凛《りん》とした横顔は、お伽噺《とぎばなし》に出てくる勇者のような力強さを感じる。

一方相手からはサリュマーナの青白い顔色が丸わかりだろう。

「そんなところに座らずにこっちへ来い」

そう言うとクッションが積まれた、簡易的に作られたベッドを指差される。

覚悟を決めて団娼婦になったとはいえ、腹上死で十八年という短い生涯を終えたくないです……。

やっぱり「やっぱやーめたっ」ってならないかしら？

……ないわよね。

「やっぱりチェンジで」とか……。

………ないわよね。

無意味な自問自答だとわかっていても考えずにはいられない。バクバクと自分の心臓の音が邪魔をして思考が上手くまとまらない。

「聞いていたのか？　こっちへ来い」

射るような鋭い眼を更に細められると、身の危険を感じてビクッと震えた。

……ええい！　女は度胸よっ！

震える足を叱咤《しった》して立ち上がり、ベッドへと腰掛ける。硬いのかと思ったら意外と柔らかくてギシと沈み込んだ。

「さて、癒してもらおうか？」

サリユマーナの顎を掴むと、至近距離で目が合う。燃えるような橙色の瞳には怯《おび》えた表情をした自分が映り込んでいた。

初めて会う騎士に抱かれることを覚悟して、こんな森奥まで遠征に来た。全ての危険を承知のうえでやってきた。働いてお金を稼ぐために。

でも、でもせめて……！

「は、はじめてなので、お、お手柔らかにっ、お願い、します」

ヤり殺さないでぇぇ！

思わず涙が出そうになってギュッと目を瞑る。

「口を開けろ」

無視？　無視ですか……？　暗に初めてだから優しくしてと伝えたつもりなんですけど……あぁ、そう、完全無視ですか……。娼婦に口は必要ないということでしょうか……。

目の端にじわりと涙が滲《にじ》む。

引き締めていた口元を緩ませると、柔らかいものを口の中に突っ込まれた。

「っ！　……はんへふか？」

「さっき他人にばっかり配って、自分は何にも食べてなかっただろう。昼から動きっぱなしで、顔色も悪い。少しでも良いから食え。食事は労働の基本だ」

「…………はひはほうほはひまふ」

顔色が悪いのは別の理由なんですけど、とは言えなかった。物理的にも仕事の立場的にも。

ふわふわとした柔らかいパンは蜂蜜が練り込まれているのか、ほんのり甘い。

一度に大きな塊を口の中に突っ込まれたので、咀嚼《そしゃく》するのが大変だったが、なんとか全部食べ切ることができた。

「喉渇くだろ」

「ありがとう、ございます」

コップを手渡され、コクコクと水を飲む。先程食べたパンが胃の中で水分を含み膨らんだ感覚がした。

全て飲み干すとロンヴァイがおもむろにサリュマーナの頬にそっと手を当てる。それだけでビクッと体が反応した。

「確かに、その反応は初めてだな」

「……あの……すみません」

「何故謝る？」

「し、娼婦なのに不慣れで……あのご満足いただけなかったら、すみません」

「でも手管は仕込まれたはずだろ？」

頬に添えられた大きな手は武器を扱う硬い手で、慣れない高い体温に居た堪れなくなり心臓が跳ねる。

グイッと引かれ、再び至近距離で目が合わさる。背けたいのに、背けたら捕食されてしまいそうな、鋭い眼光から目が離せない。

「さぁ、慰めてもらおうか」

口端《くちは》をあげ、ねっとりと嗤《わら》う。その顔がまるで獲物を捕らえた狩人《かりゅうど》のようだった。

きっと顔は真っ赤になっているだろう。顔に熱が集まってくるのが自分でもわかった。

ポケットから小瓶を取り出し、白い粒を三粒飲み込んで大きく息を吐き出した。

頑張れ、頑張るのよサリュマーナ！

なんとか自分を鼓舞し、震える手でゆったりとしたワンピースの裾を持ち上げる。

恥ずかしくてちらりとロンヴァイの方へ視線を向けると、ロンヴァイはクッションにもたれてくつろぎながらサリュマーナの一挙一動を見ていた。

お仕事、これはお仕事だから……っ！　お金も低くない金額をいただいているわけで。私たち国民のために命をかけて核を獲ってきてくれた騎士様を癒す、それが団娼婦のお仕事、だから……！

ええいっ！　とワンピースを一気に脱ぐ。

下に着ているのは娼館から支給された夜着の中で、一番大人しいものを着ていた。肌に沿う柔らかい生地は、薄くて肌の色が透けて見える。体を守るという本来の衣類としての役目を全く果たしていない。

色は迷った挙げ句、無難な白にした。ユンヒにはお相手の好みで選ぶように言われたけれど……。娼婦殺しの騎士にお好きな夜着の色は？　なんて聞けるはずもなく、結局無難な色に落ち着いたのだった。

ロンヴァイは何も言わない。ただ熱のこもった目でサリュマーナを凝視している。

白はお好みではなかったのだろうか。何も言われないのでこれで良かったのだろうか。

……………やめた。色々と深く考え始めてしまったら、自分から動けなくなってしまいそうだ。

慰めてもらおうと言われているから……要するに、自分から動いてアレコレご奉仕しないといけないわけで。

なんとか気持ちを持ち直し、邪念を振り切って、二日間で読み漁った参考資料の内容を頭に浮かべ、
とりあえずできそうなことをやろうとロンヴァイに近づく。

まずロンヴァイの右手をとり、にぎにぎと握ってみる。大きい。サリュマーナの二回りくらい大きい。そして硬くなったタコがある。武器を扱う騎士の手だ。

一度ロンヴァイに視線を向けたが、平然としたままだ。

とりあえず怒ってはいない様子なので、指を絡ませて握り、そのまま頬に擦《こす》りつけてみた。

冷えた素肌に大きな手は温かくて心地が良かった。少し乾燥して硬さのある肌が、騎士としての活躍の証《あか》しだと尊意が湧いてくる。

これならほんの少しだけ落ち着けそう……。

そう思い、ぬくもりを分け合うようにそっと大きな体を抱きしめた。

ロンヴァイは黒騎士団の隊服、サリュマーナは薄い夜着のみだ。

服越しでも筋肉の凹凸《おうとつ》がよくわかる。弾力のある胸筋に、硬さのある腹筋。肩も広くてすっぽりと包まれてしまう。

広い胸に顔を押しつけると、トクトクと心臓の音が聞こえ、その規則正しい振動にサリュマーナは緊張していた肩の力が少し抜けた。

い、今ならできそうな気がする……！

弟妹たち、お父様、お母様、サリュマーナ頑張って働きます……！

胸に埋《うず》めていた顔を上げ、ゆっくりと精巧な顔面に近づいていく。

「…………？」

唇が触れるという瞬間、サリュマーナの口元は大きな掌《てのひら》に塞がれていた。

今の駄目だったのかしらと首を傾《かし》げると、ロンヴァイは青緑色の瞳を覗《のぞ》き込んで低い声で呟いた。

「仕事、だからか？」

「…………？」

「また他のヤツのことか？」

なんのことだろう。ロンヴァイの言っている意味がよくわからない。

こんなに体を密着させたのも、キスをしようとしたのももちろんロンヴァイが初めてだ。

「癒し人、なりたくてなったわけじゃないだろ」

「それは……はい」

「……ハア。他人のことばかりだな」

後頭部は腕で押さえられ、身動きが取れない。なにか粗相をしてしまったのだろうか。まだ殆《ほとん》ど何もしていないのだけれど……。

顎を掴まれ固定される。まるで逃げるなというように。目の前にある燃え上がる炎のような双眸《そうぼう》を呆然《ぼうぜん》と見つめた。

「サリが自分の意思で俺を欲しいと思うまで、キスも体を繋《つな》げることも一切しない。だから……サリ、早く俺に堕《お》ちてこいよ」

えぇと……何事？

ポカンとしている間に、ベッドに仰向《あおむ》けにされ、右手はロンヴァイの大きな手と絡められている。

ちゅっちゅと額、頬にキスが落ちてきて、今度は耳、首筋、鎖骨に啄《ついば》むように触れられる。

握りしめられた手は力強いのに、肌に触れる唇はとても繊細で優しくて。

時折舌で舐《な》めあげられると背中がぞわりと震える。

「サリ……」

少し掠《かす》れた低い声で名を呼ばれると、心臓の動きが速くなった。呼ばれたなら返事をしなければと思い、ロンヴァイさまと応えると。

「ロンでいい」

「はい……ロン、さま……っあ」

透け透けの夜着の上からは胸の頂がすっかり主張していて、それをかぷりと口に含まれる。条件反射のように甘い声が出て、驚きと羞恥で頬が赤くなる。

赤味を増した頂が薄い夜着を押し上げ、べっとりと張りついている。

「サリ、可愛い」と耳元で囁《ささや》かれると更に顔が熱くなる。

恥ずかしいいぃ……っ。

というか、本当に娼婦殺しの騎士様？　さっきまでは凛々しい騎士様といった雰囲気だったのにこの甘さは何?!　あまりの変わりっぷりに、素人はついていけない……っ。

下から持ち上げるように乳房を包むとやわやわと揉《も》み込む。指の間からはみ出た頂を扱《しご》くように擦られると、下半身がなんだかムズムズしてきた。

「意外と、あるんだな」

「あ、あのっ……ロン様、今夜は結局シないのではないのでしょうかっ……」

「キスと挿入はしない」

「あの、では、なんでっ……」

「それ以外は全部する」

サリュマーナの質問に端的に答えると肩紐《かたひも》が解かれ、はらりと薄い布が落ちていく。

自由に動かせる左手でどうにか布を引っ張ってみたものの、あっという間に奪われてしまった。

そしてサリュマーナの上に馬乗りになると、左手も指を絡ませられ、ついに完全に自由を奪われる。

キスは気持ちが伴わないから、しないということはサリュマーナも理解できた。ユンヒにもキスは本命の人とだけ、という騎士も多いということは聞かされていたから。

最後まではシないけれどスルということ？　それってアリなの？　シないのにスル意味ってあるのかしら……閨《ねや》の常識がわからない……！　誰か教えてっ……。

必死に頭を回転させて正解を探しだしたいのに、ロンヴァイの手が緩むことなく動き回るせいで思考が霞《かす》む。

ランタンの光源は弱いとはいえ、サリュマーナの体の凹凸や肌のきめ細かさまで細部にわたって見つけられてしまう。

「綺麗だ」

そう言うとロンヴァイは絡めた指に唇を寄せ、今度は手首、腕、脇を舌で愛していく。

「はっ……んんっ……」

隈《くま》なく素肌を暴かれて熱が体に蓄積していくのがわかって、どうしたら良いのかわからなくて。ただただ甘い刺激を享受することしかできない。

「感度は良いほう？」

「ぁっ……わかり、ません。んんっ……」

「練習とかしないのか？」

「なりたてで……まだ座学しか、ぁあっ……」

「ふぅん」

自然と呼吸が荒くなり、甘ったるい声が出そうになるのを必死に噛《か》みしめる。

「こら、唇噛むな。傷になるだろ」

やっと両手を解放されて、噛みしめていた唇を指で撫《な》でられた。血の味はしないが、赤くなってしまっているのかもしれない。

「ハァ……キスしたい」

唇を撫でながらそう呟かれる。熱のこもった眼で射抜かれ、その壮絶な色気にボンッと熱が沸騰した。

ひぃぃ！　色気！　色気がすごい……！

都会の人はみんなこんなに色っぽいの……?! 田舎娘には難易度が高いです……っ。

ここぞとばかりに自由になった両手でロンヴァイの熱から逃れようと、腕を突っ跳ねようとする。

しかし強い衝撃にひゃあっ! と変な声が出てしまった。

大きく形を変えるほど双丘を揉みしだかれたかと思うと、先端を口に含まれ嬲《なぶ》られる。

直接的な強い刺激にお腹《なか》の奥がキュンとして思わず足を擦り寄せた。

「気持ちいい?」

「それ……なんか、むずむずします……」

「それは気持ちいいってことだろ」

「んんっ……」

何度も交互に双方の先端を甚振《いたぶ》り、柔肉を堪能される。羽根で触れるほどに優しくしたと思ったら、チリチリと痛むほど強くしたり。その緩急激しい愛撫《あいぶ》に、下半身から何かが溢《あふ》れ出る感覚がする。

やがて腰で結ばれていた細紐が解かれる。

じっとりと濡《ぬ》れた布が恥ずかしい。

力では敵《かな》うはずがないとわかっていても、恥部を手で隠そうともがくのを止められない。

「ひゃあっ……ロン様、やめて……やだ、やだぁっ」

小さい布が足に絡まったまま膝裏を掴まれ大きく開かされる。

サリユマーナの恥ずかしいところを全て曝《さら》け出され、羞恥から目尻に涙が浮かんだ。

「えっ……つるつる……丸見え……」

「やだあっ、言わないで。見ないで……！」

大きく眼を見開き、サリュマーナの蜜園を凝視する。

恥ずかしくて死んでしまいそう。

首を振り手で隠そうとすると、諫《いさ》めるように更に大きく開かされてしまい、また泣きたくなる。

ユンヒに団娼婦のマナーだからと言われて、全身の体毛を削《そ》いできた。それが団娼婦の常識なのだと思っていたのだが、そうではなかったのだろうか。

ロンヴァイはきっと今まで何人もの団娼婦を相手にしてきたはず。何故今更そんなことで驚くのか理解できない。

「可愛い……色とか、ヒクヒク動いているところまでよく見える」

そう呟いたかと思うと股の間にぬるりとした生温かい感触がして背筋が仰《の》け反《ぞ》った。

「ぁんっ……やぁ……ああっ、ロンさまやめてっ」

「やめない」

足の間から顔を上げたかと思うと、「これ、舐めやすくて良いな」とニヤリと嗤う。サリュマーナに見せつけるように舌を伸ばし舐め上げた。

「やああっ」

煉瓦色の髪を押したり、引き掴んでみたがびくともしない。

ぴちゃぴちゃとはしたない水音がより自分の醜態を見せつけられているかのようで、居た堪れなくなる。

「ひゃあああんっ」

熱い舌がある一点を舐め上げると、電気が走ったような激しい刺激に襲われる。背中を弓なりに仰け反らせ、足が震えた。

「イったな」

「ぁん……んっ……く、はぁ……」

イった……これが本に書いてあったエクスタシーかとぼーっとする頭の隅で思う。

「震えて、本当可愛い。もっと、もっと見たい」

「ろん、さま？　……んあっ……あっ、入って……！」

「すご……狭くてきつ……ハッ、すごい音だな」

「あぁっ……あっ……や、激し……っ！」

蜜穴に太い指を差し込まれ、ぐちゅぐちゅといやらしい音が響く。

恥ずかしくて恥ずかしくて、もう濡れたくないのに、気持ちとは裏腹に体はどんどんお腹の奥が熱くなって蜜が滲み出る。

入口を広げるように掻《か》き回したかと思うと、奥のお腹の裏を引っ掻くように抉《えぐ》られる。ある一点に指が当たるとブワッと快楽の波が押し寄せてきた。

「んんんっ、ろん、ろんさま……おねが、い……とまってっ！」

「イきそ？　止まると辛いのはサリだぞ」

「ん、んぁっ……はぁっ……やあっ、やなのっ」

「辛いのは嫌か？　わかった」

「あっ、ああっ……もうだめっ……ろんさまぁっ！」

ビクンビクンと雷に打たれたように体が跳ねる。頭が真っ白になって思考が回らない。

「あぁ、本当に可愛い。サリ、もっと俺を呼んで」

「あぁぁもうっ……やめ、ろん、さ……ひぅうあぁっ！」

強引に押し上げられた波が引くことなく何度も打ち寄せてきて、目の前に白い光が飛ぶ。もうサリュマーナ自身で体をコントロールできず、与えられる激しい刺激をただただ享受することしかできなくなる。

「あっ、ぁあっ……も、むりぃ！　ふぁあんっ！　同時はだめぇ……っ！」

指で蜜穴のイイところを掻き抉られて、尖《とが》り立った胸の実を舌で嬲られる。

四肢に力が入らず情けなくビクビクと震える。

ロンヴァイに触れられるところ全てが気持ち良くて、いつの間にか目から雫《しずく》が落ちていた。

――怖い。もしかして自分はこのまま壊れてしまうのではないか。

「や……も……やめ……」

「……サリ？」

ようやく指の攻めから解放されて、頬を伝う雫を唇で舐めとられる。

ロンヴァイはべっとりと濡れた右手をシーツで軽く拭うと、乱れたサリュマーナの頭をよしよしと撫でた。

「ごめん、痛かった？」

「ろ、ん……さま」

「指ぎゅうぎゅうに締めつけるから、てっきりイイと思ったんだけど」

「ぁの……」

正直に言うか少しだけ躊躇《ちゅうちょ》したけれど、初心者に駆け引きなんていう高等技術は無理だと判断して、思ったことを伝えることにした。

ロンヴァイと視線が交わり、橙色の瞳を見つめる。

「き、気持ちよかった……です……でも、こんな、なるの初めてで。自分が自分でなくなってしまうみたいな、怖くて……」

そう小さな声で伝えるとロンヴァイの頬と耳がかぁと赤くなった。

「ハア……まじ、これ団長の訓練よりもしんどいかも……」とボソボソ呟くと、サリュマーナの顔面にキスの雨を降らせた。

「じゃあもっとゆっくり、たっぷりな」

そう言うとロンヴァイは隊服のシャツを脱ぎ捨てた。

あれ……もしかして腹上死スイッチ、押してしまった……？

結果としてサリュマーナは一晩生き抜くことができた。

ロンヴァイが隊服を脱いでからは、頭の先から爪の先まで余す所なく全部……恥ずかしいところから汚いところまで全部……じっとりと愛撫《あいぶ》されて物理的に溶けてしまうのではないかと思った……。

腹上死を恐れて恥を忍んで「私がシますっ」と申し出たのに「それはまた今度で」と言われて結局されるがままに……。

指を絡ませて手を繋《つな》ぐのは、あれは絶対拘束的な意味合いだと思う。抵抗も快感を逃すこともできなくてまさに責め苦だった……。

幾度となく達して、ガクガクと震える姿に「可愛《かわい》い」「もっと」「キスしたい」「俺を呼んで」と言われ続けて、今でも蠱惑《こわく》的な甘い声が耳に残っている。

駄目、もう無理と伝えると「言葉が違う、気持ち良いだろ?」と更に激しくされ……絶頂に押し上げられると「ちゃんとイクって言えなかったからもう一回やり直し」と何度も何度もおかしくされ……。

最後のほうはあんまり覚えていないけれど、薄《うっす》らと外が明るくなっていた気がする。なんて疲労感……。これで最後までシてないなんて。体力には自信のあったサリュマーナでも流石《さすが》にヘロヘロだ。

目が覚めたときには既に野営テントの中には誰もいなくて、小さなテーブルには水と食事とメモが置かれていた。

「とにかく私、生き延びたわ……」

生きてるだけで幸せね……なんて思いながらサリュマーナはパタリと倒れ込んだ。

「サリー、サリー？　やだぁっ、嘘《うそ》、死んでるぅうっ！」

「……ん？」

「ぎゃー！　よかったぁー！　生きてたぁー！」

「シュリカ？」

体を思い切り揺さぶられてパチリと目を開けると、そこには涙目になったシュリカがいた。

「ごめん、私ボーッとしちゃってたみたい……」

「生きてて何よりだよぉっ！　ユンヒさんも今、産まれたての子鹿みたいになってて、どうしてもサリーの安否が気になって来てみたの！」

「私、お仕事を甘くみていたわ……」

前日何であんなに動き回って体を酷使してしまったんだろう。みんなの助言を聞いてきちんと休息をとるべきだった……と後悔しても後の祭りで。

「タオルとか着替えとか持ってきたから良かったら使って。夕食まではゆっくりしていていいみたいだから。とりあえずサリーが生きてて安心したぁっ！」

「ありがとうシュリカ。私、なんとか生き延びるから……！　でも昨日ヨッシャって言ったの、私少し怒ってるんだからね」

「えへへっ。サリーなら大丈夫大丈夫っ！」

「もう……。あとギロック団長を熊と言っては駄目よ。失礼だわ」

「はぁーい」

くるくると表情を変えるシュリカはやっぱり妹のメリアーナによく似ている。素直なところから人の言うことを聞かないところまでそっくりだ。

夕方の成果発表前になったらまた呼びにくるねとシュリカが去り、再び一人きりになる。

まだあと四時間ほど時間はある。

用意してくれていた食事を綺麗《きれい》に平らげると少し元気が戻ってきた。やはり食事は大切だ。

テーブルの上に置かれた小さい紙を手に取る。

少し歪《いびつ》だけれど男性らしい強い筆圧のメッセージ。

『また今夜な。R』

今夜も成果をあげてサリュマーナからの癒しを請うというメッセージ。

本来だったら娼婦《しょうふ》殺しと言われるような男性からの再指名なんて、恐ろしいはずなのに。何故《なぜ》かそこまで嫌じゃない自分がいて、サリュマーナは小首を傾《かし》げた。

最後までは繋がっていないけれど、肌を合わせたことで情が湧いたのだろうか。甘い言葉を囁《ささや》かれて、絆《ほだ》されてしまったのだろうか。

不思議なのは欲を吐き出すための娼婦相手に、欲望を抑え込んでまで我慢する必要があったのか。

まるでサリュマーナを求めるように、甘い言葉を囁いたのは何故なのか。

そういえば何で最後まで抱かないという流れになったんだっけ。初めての触れ合いでいっぱいいっぱいで、すっかり忘れてしまった……。

今夜も昨日みたいにキスと挿入はしないのかしら。

今まで恋愛をしたことすらないサリュマーナが考えてみたところでわかるはずもなく。

まぁ、なるようになるかと考えることを放棄して、サリュマーナはとりあえず動き始めることにした。

体を拭いて服を着て、顔を洗い、髪に櫛《くし》を通す。それだけでだいぶ身なりが整った。

食べ終わった食器と昨日着ていた衣類を持って近くを流れる川まで行く。昨日薪拾いをしたおかげで、近くの森の地形は頭に入っている。すぐに辿《たど》り着くことができた。

食器と衣類を軽く洗うとテントに戻り、荷物を整理した。

サリュマーナは家族からも友人や村人からも、よくしっかり者だと言われてきた。森と畑しかない田舎村で育ち、使用人は少数いたが幼い弟妹に手がかかるため、自分のことは基本自分一人で何でもできるようになった。

六人兄弟の長女ということもあって、忙しい両親に代わってサリュマーナが親代わりとなることも多かった。

怪我《けが》をした弟の傷口を、お気に入りのスカーフで止血したり。胃腸炎になった妹を看病してワンピースを汚して駄目にしたり。ピクニックでお弁当をひっくり返した弟に、自分の分のお弁当を譲ったり。

サリユマーナは自分の感情よりも相手の感情を読むほうが得意だし、自分よりも相手を優先してしまう。相手の感情をみて、それに応えるように行動するという癖がついてしまっていた。

だから今まで自分の気持ちで行動することはあまりなかったように思う。

今回の件で家族の元を初めて離れて、自分自身のことを見つめてみるとよくわからない。今までは家族のため、大切な村人のために一生懸命になっていたから。

荷物の中に入れてきた青緑色の尖《とが》った石に触れ、本来の目的を再確認する。

とにかくなんとしても、家族の笑顔だけは私が守る……！　たくさん働いて、たくさん稼ぐの！

この石を持っているとなんだか背中を押される気がして、巾着に大事にしまってポケットの中に忍ばせた。


そしてまたしても夕方まで時間を持て余してしまった。

やっぱりダラダラと過ごすのは性に合わない。少し体はだるいが動けないというほどでもない。

流石に昨日の薪拾いのような重労働は無理があると判断して、他にできることはないか、食事係の騎士たちに聞いてみる。

「あの、今日も何かお手伝いできることがあればしたいんですけれど……」

「えぇ?!　そんな無理しなくていいんですよ！」

「薪拾いはその、流石に体がしんどくて……それ以外のことなら何でもします」

昨夜のことを悟られるような気がしてなんだか恥ずかしい。なんとか言葉を選んで自然に見えるように振る舞う。

「くっ！」「破壊力やばっ」と後ろから声が聞こえたが何かあったのだろうか。

「皮剥《む》くのとか、できます？　芋を大量に剥かないといけなくて」

「はい！　皮剥きは得意です」

「癒し人が皮剥きとか言うとなんか変な……ぃてぇっ！」

「おい馬鹿《ばか》っ！」

「じゃあこっちで芋の皮、お願いしてもいいすか」

食事係の人のやり取りを横目で見つつ、案内されたテントでひたすら芋の皮を剥いた。

幅の狭い小さな包丁を器用に使い、スルスルと皮を削《そ》いでいく。一個剥き終わると、長い一本の蔓《つる》のようになっていた。

芋の皮剥きは村でよくやっていた。

収穫時期には村の広場で収穫した芋を焼いて、村人みんなで食べる芋祭りがあった。

芋についた土を洗い流して皮を剥き、大きな葉で包んで火に当てる。素朴で華やかさのかけらもない お祭りだったけれど、人情が溢《あふ》れていて温かな集いだった。

単純な作業は嫌いではない。寧《むし》ろ無心になって没頭できるから好きな部類だ。

特に今はあまり難しいことは考えたくない……そんな気分だった。


陽が落ちてきた。

森の中で夜を迎えるのは少し心が騒《ざわ》つく。幼い頃から陽が暮れるまでには家に帰るように言い聞かせられていたからか、何だか悪いことをしている気分になるのだ。

騎士たちは既に戻ってきていて、鎧《よろい》を脱いだり武器を手入れしたり、食事の準備に取り掛かっている。

サリューマーナも芋の皮剥きの手伝いを終えて、夜の仕事の支度を整えた。夜着を着て上からシンプルなワンピースを被《かぶ》り、唇に薄らと紅を差す。

「ところで二人の昨日のお相手は誰だったんですか？」

ユンヒとシュリカと野営地の広場へ向かう道中、そう切り出す。

昨夜ロンヴァイに指名されてすぐにテントへ連れていかれたので、その後のことは知らなかったのだ。

するとユンヒの美しい顔が恐ろしいほどに歪《ゆが》んで、自分の目を疑うほどだった。

「……気分が悪いから名前すら言いたくないわ」

「あたしは少佐のユラン様でした～」

ユンヒさんのお相手、ホーバード副団長だったんだ……本当にお嫌いなのね……。

呑気《のんき》に明るい声で答えるシュリカが今はありがたく感じる。

「でも初心者のサリーがまさかあの人から生き延びるとは思ってなかったなぁ」

「本当元気そうで良かったわ」

「腹上死回避の方法、あたしにも教えて教えて！」

腹上死もなにも、そもそもシてないです……。

そう小さく答えると二人は困惑して、顔を見合わせた。

「え……まさか意外と不能なの？」

「それか女よりも男とか？」

と額を集めて相談を始めてしまった。

抱かないと言われた理由もよく覚えていないし、上手《うま》く説明できる気もしなかったので特に弁解もせずそのままにしておいた。


ふと忘れ物をしたことに気がついて、二人に断りをいれ、一人テントに戻った。

「この二つは肌身離さず持っていないと、ね」

成果発表後、いつ呼ばれるかわからない。常に持ち歩いていたほうが身のためである。

荷物鞄《かばん》から取り出した避妊薬とユンヒに貰《もら》った媚薬《びやく》をポケットに入れて外に出る。

ほんの数分なのに暗くなるのは早い。ぼんやり空を見上げていたら茜《あかね》色から藍色になりつつある空には一番星が輝いていていて。

ふと何か違和感を感じた。

――あれ何だろう……黒い、鳥？

故郷でよく見たことがあるカァーと鳴く黒い鳥よりも、なんだか翼が大きい気がする。嘴《くちばし》も大きくて長い。

空中に円を描くように旋回していたその鳥は、急に羽を閉じると真っ逆さまに急降下してきた。

こっちに来ていると気づいた瞬間、あまりのおどろおどろしさに全身が凍りつく。

黒い毛に覆われた鳥の額からは銀色の角が生え、大きく開いた嘴には鋭い歯がぎっしり生えている。

足の爪は短剣の刃くらいの大きさがあり、少し引っ掻《か》かれただけでもきっと大怪我をしてしまうだろう。

ビィィィィという不快音は鳴き声なのか唸《うな》り声なのか威嚇なのか。

それが魔獣だと気づいたときにはもう逃げられない位置まで来ていた。ヒュ、と息を呑《の》む。

――あ。死ぬ。殺される。

もう駄目だと目を閉じた瞬間、生温《なまぬる》い液体が頭からビシャとかかった。

髪から顎からポタポタと液体が落ちる。鉄のような、ツンとした生臭い匂いがべっとりと鼻をつく。

サリュマーナは目も開けられず、立っていることもできず、ガクンとその場に膝から崩れ落ちた。

「サリ！」

誰かに支えられて、服の袖で顔についた液体をゴシゴシと拭われる。

「ごめんっ……ごめん」

何故かその弱々しい謝罪の言葉に、既視感を覚えて薄らと目を開ける。

「ロイ、さん……？」

外は暗くなりつつあるがそれでも煉瓦《れんが》色の髪がはっきりと見える。

三年前、騎士見習いだったロイは立派に騎士になっていた。まさか第三騎士団に所属していて、こんな所で団娼婦として再会するとは思ってもいなかったけれど。

突然の出来事に力が入らなくなった体を、がっしりとした硬い体に預けた。

「わぉ。槍《やり》で心臓をひと突き。あの距離からよく命中したねー。流石ロン」

「バード、後処理任せた。団長に癒し人は貰うと伝えてくれ」

「はいはい。どうせ今夜もトップは君だしね。本当、昨日も今日も張り切りすぎだよ。そんなロンも面白くて楽しいけどさ。ついでにこの魔鳥の核も成果に加えるよう言っておくよ」

頭が混乱していたサリュマーナは上手く会話を拾うことができず、浅く呼吸を繰り返していた。

赤黒く汚れて動けないサリュマーナを横抱きに抱えてくれた。

「はは……立てない、なんて、情けない……。ごめんなさいロイさん……」

「俺のほうこそ……ごめん」

「謝らないで……助けてくれて、ありがと、死ぬ、かと、思、た」

抱きしめる腕が強くなる。移動の揺れなのか彼が震えているのかはわからない。

「夜だから少し冷たいかもしれない……少しの間我慢な」

「ひゃっ」

目を閉じていたから何処《どこ》へ向かっていたのかわからなかったが、野営地近くの川に来たようだ。

横抱きにしたままザブザブと水の中に入る。

衣類が水を吸ってどんどん重くなる。

ビリィビリィと、着ていた服を破かれ、剥ぎ取られていく。

「ちょ、ま、待って……！」

「魔獣の血は早く洗い流さないと。耐性をつけた騎士ならまだしも、一般人は体調不良を起こす。魔獣の血には微量だが魔力が含まれるんだ」

「んん……ロイ、さ……！」

服を強引にひん剥かれると髪、顔を中心に腕や首も丹念に洗い流される。肌が赤くなるほど強い力でごしごしと擦《こす》り落とす。

不快感がなくなりさっぱりとしたところで、しっかりと目が開いた。

藍に染まる直前の空には、明るい太陽の瞳があって。

あれぇ……と頭がフリーズする。

「へ……？　ロン様？」

きっとこのとき、サリュマーナはすごく情けない間抜け面をしてしまっていただろう。

ロイと話していたと思ったらロンヴァイだった……。

でもおかしい。確かに煉瓦色の髪は同じだが瞳の色が違う。ロイは確か真っ黒の瞳だったはずだ。

「瞳の、色が……」

「あぁ……黒騎士団に入って魔獣の血を浴びまくっていたら、眼の色が変わった。まぁよくあることらしい」

「へえ……そうデスカ」

予想もしなかった事実に縮こまる。

騎士見習いのロイとロンヴァイ副団長が同一人物……。えーっと、えーっと。どういうこと？

丹念に血が残っていないか調べられている間も、全裸という恥ずかしさと心の整理がつかないのとで、モジモジと小さくなってしまう。

よし、もう大丈夫と言うと少し濡《ぬ》れた上着をかけられて、そのままロンヴァイのテントへと戻った。

手際よくタオルで水滴を拭き取り毛布にくるまる。

用意されていた二人分の夕食を食べている間も、会話はなく静かだ。

川で冷えた体に温かいスープが沁《し》み渡る。

ほっと心がほぐれたところで意を決して声をかけた。

「ロン様、聞いても良いですか？」

「ロイのことについて以外なら答える」

えええー……と思ったけれど、その返答でなんとなく予想がついて、普段凛々《りり》しくて猛々《たけだけ》しい副団長のロンヴァイが少し可愛く思えてきた。

「ロン様、たった一日会っただけなのに私のこと覚えていたんですね」

「そりゃあ、頭から吐きかけられて笑って看病してくれた女を忘れられるか」

フィと顔を背ける仕草も今思えばあの頃と変わっていない。なんだか……可愛いかも。

耳朶《みみたぶ》が赤くなっている。意外にも照れると耳が赤くなる癖を見つけてしまって、思わず頬が緩んだ。

「確かに。すごくインパクトのある初対面でした。私、ロン様に今も汚くて醜い姿ばかり見せてしまって……。情けないです」

「いや、どっちも俺のせいだから。さっきのも、魔鳥を一発で仕留めることばかり考えて、あんなに血が飛ぶとは思わなくて……その、ごめん」

「私が早く逃げれば良かったんです。結界があるとはいえしっかり自衛しろとギロック団長にも言われていたのに。そうしたらロン様に迷惑かけることもなかっ」

言い終わる前にくるまっていた毛布ごとかき抱かれ、視界が暗転する。

汗が混じった男性の力強い匂いがふわりと香った。

「サリは悪くない。俺に迷惑かけることも構わない。気にするな。サリにならなにをされても良い」

「んっ、あのロン様？」

もぞもぞと這《は》い出ようとしても毛布とロンヴァイの大きな体に捕まって動けない。

「俺はもう助けてもらうような存在じゃない。サリは俺が守るから、俺を頼ってほしい」

「ロン、様？」

抱きしめる力が弱まると、真剣な眼に捉えられる。

その熱のこもった甘い視線に、トクトクと心臓が早鐘を打ち始める。

「成果を出して金貯めて、叙爵されてから迎えにいこうと思ってた。断られる要因をなくしてからにしようと思って」

「…………」

「やっとあと少しのところで……何故か娼婦になってこんな所にいるし」

「そ、それは……」

「どうせ家族のためにまとまった金が必要だったとかだろう？　そうじゃないとこんな危険で高給な仕事をサリが選ぶはずがない」

仰《おっしゃ》る通りだが、はいそうですとはとてもじゃないが言える雰囲気ではなかったので、無言で肯定しておいた。

「点呼の時にサリの姿が見えて、なんとしても成果をあげて、俺がサリを一番に指名しようって……絶対他の誰にも渡したくなかった」

「……っ」

まるで愛を告げるような内容に戸惑う。こんなこと生まれて初めてだった。

これは団娼婦としてサリュマーナが良かったということなのか。それともサリュマーナ自身が欲しかったということなのか。

恋愛初心者にはその微妙な区別の判断ができなかった。

「知っているか？　ただ討伐するよりも核を傷つけずに倒すほうが、よっぽど繊細な技術が要るんだ。……なぁ、サリ。頑張った俺を癒して？」

「癒、す、とは……」

ロンヴァイは口角を上げ、ニィと獰猛《どうもう》に嗤《わら》った。瞳には欲情の炎が燃えていた。

この状況、昨夜のフラッシュバック……と思いながらベッドの上でロンヴァイと向き合う。

当たり前だが昨日の今日で閨での技術が上がるわけもなく、技術に幅があるわけでもない。とりあえず昨日と同じようにしてみようと、指を絡めて手を握る。

全く同じ行為のはずなのに昨日よりも熱く感じるのは気のせいなのだろうか。

そっと距離を縮めて抱きしめる。

昨日とは違ってサリュマーナは全裸だ。毛布で恥ずかしいところは隠すようにはしているものの、ロンヴァイの体温を直に感じて胸が高鳴る。

そういえば……と思い出した。

「あの、今日はキスしますか？」

ロンヴァイの顔を見上げると、形の良い唇が視界に入って、思わず釘付《くぎづ》けになって見つめてしまう。

「仕事じゃなくて、サリ自身がしたいと思ったら、して」

「っ……はい……」

甘い声でそう言われると、先程の告白のような言葉を思い出して、赤くなった顔をロンヴァイの胸板に埋《うず》めて隠した。

どうしようっ、どうしよう?!

そういえばさっき迎えにいく、とか言って……?! あれってもしやプロポーズなのかしら？ お気に入りの娼婦だから離したくないということ？ 愛人枠？

どういうことなの、もうわからない。どうしたら良いの。誰か素人にもわかりやすく教えて……！

こう言われたらこうしましょうってマニュアル作って……！

と、とにかく今は団娼婦だし、勤めをしなければ。でも仕事ではキスするなって。

益々どうしたらいいかわからないわ……！

パニックで目が回りそうだ。

「サリ、別に俺、焦ってないから。ゆっくり、近づいていきたい」

無意識のうちにぎゅううと強く抱きついていたらしい。

ロンヴァイは低く落ち着いた声で囁き、優しく頭を撫《な》でてくれた。

キュ、と心臓が縮んだ気がする。

サリュマーナはこの感情の勢いに任せて、ロンヴァイの頬や耳、首筋に優しくキスをしていった。

昨日ロンヴァイが触れてくれたぬくもりを思い出しながら。

シャツを脱がせ、筋肉のついた弾力のあるしなやかな体に唇を寄せる。水分量のあるすべすべな肌で羨ましいな、なんて場違いなことを思う。

そうやって硬い体に触れていると、新しい傷が幾つもあることに気がついた。

古い傷ではない。おそらく昨日今日の狩りでついたもの。それらは特段深いものではなかったが、擦り傷のようなその傷は、まだ殆《ほとん》どが瘡蓋《かさぶた》にならず、なんとか血が止まっている状態だ。

私を、一番に指名するために……？

核を奪うのは討伐するよりも難しいと言っていた。核のある場所を避け、戦闘不能、時には殺して核を奪う。それはきっと素人が思っているよりも繊細な技術が必要なのだ。

体に傷がつくことを厭《いと》わず、恐ろしい凶暴な魔獣から核を奪う。それもサリュマーナを一番に指名するために。

その事実に気がついて、無数の小さな傷がとてつもなく愛《いと》おしく感じる。その溢れた気持ちを行動に移すかのように、全ての傷にそっと触れるだけのキスをする。

「痛くはないですか……？」

「あぁ……大丈夫」

傷口が沁みるのを心配して尋ねると、耳を赤く染めたロンヴァイが眉間に皺《しわ》を寄せながら答えてくれた。

そうやって傷以外のところも何度も何度も口づけた。

特に腹筋は割れた溝が芸術作品のように美しくて、指でなぞりながら丹念に舌で舐《な》め上げた。

ロンヴァイの下穿きに膨らみがあるのに気がついて、おずおずと確認をとる。

「ロン様、下も……その口づけても良いですか？」

うっ……と小さく唸り、あからさまに視線を逸《そ》らされる。

「お嫌でしたら……」

「いやじゃない………すぐ出たらごめん」

逸らされた横顔が赤い。

恥ずかしいのは、緊張しているのは自分だけではないのだと不思議と勇気を貰って、腰から下穿きを下ろす。

弟たちの幼いモノとは全く違う。画《え》では何度も見て勉強した男性の象徴。大きく反り上がり、筋が浮き立っていて生々しい。

グロテスクなはずなのに、自分が思ったよりも忌避感を感じていなくてほっとした。

そっと付け根を手で支えて先端にちゅ、とキスをする。ピクンと動いたので、思わず顔を見上げて確認してしまった。

「ごめんなさいっ、痛かった……？」

「……っ！　……痛くない、から大丈夫」

ハァとつく溜《た》め息に色を感じて、嬉《うれ》しくなる。

サリュマーナは勉強したことを思い出しながら、そっと灼熱《しゃくねつ》に触れていく。

舌を這わせるように舐めてみたり、ゆっくりと手で扱《しご》いてみる。

「…………っぁ……ふ……」

甘さを含んだ声に勇気を貰い、動きを大胆にしていく。

歯を立てないように先端の膨らみを口の中に含み、ちゅぱちゅぱと吸い、舌で嬲《なぶ》る。全てを口の中に含むのは物理的に不可能だったので、手も使って雄全体を愛撫する。

「つく……サリ、待って……！」

軽く額を押されて顔が上を向き、ロンヴァイと視線が交わる。熱い炎の瞳が揺らめいていて扇情的だ。

「んん……」と首を横に振り、続ける意思を主張してから、今度は首を上下に振り、雄をキツく吸って扱く。

「ぅあ……サリ、ヤバいそれ……ぅ……っ！」

今度は先程よりも強く額を押されたが、抵抗して力を入れると逆により深く咥《くわ》え込んでしまった。喉の奥の奥に雄の膨らみが当たって苦しい。

喉の奥で弾《はじ》けた白濁がドクドクと流し込まれる。なんともいえない苦味。ねっとりしたものが喉に張りつく。吐き出すこともできず喉をごくんと鳴らして飲み込んだ。

「っごめ……出して！」

「んっ…………はぁ……飲んじゃい、ました」

「……っつ！　…………これ、水」

「ふぅ……ありがとうございます」

コップを受け取り苦さを押し流す。

初めてだったが上手くできただろうか。耳の赤みが増したロンヴァイに問うてみると。

「サリ、他の奴《やつ》にしたことあるのか？」

「いえ、ロン様が初めて、だったんですケレド……」

やっぱりぎこちなかっただろうかと不安に感じていたら、「すごく気持ち良かったから……もしかして他の奴で練習したのかと思った……」とボソリと呟《つぶや》かれ、再び心臓がキュ、と鳴る。

「勉強しただけでこんなにできるなんて、サリとは合うのかもな」

「えっ私、娼婦の素質アリですか？」

「ただし俺専属な」

他の男には絶対に触らせないから。

呟きと同時にポスンとベッドの上に押し倒された。

攻守逆転して、昨夜と同じく手を繋ぐという拘束を受けながら、全身を隈《くま》なく愛される。

「可愛い」「綺麗だ」と何度も囁かれる。昨夜と同じ言葉なのに、何故か胸が締めつけられるように苦しくて。それに、なんだかすごくすごく恥ずかしい。

「ひぅ……っ……ろんさま……」

「サリ、気持ち良い?」

「んっ、ん……きもちい……けど、」

「もっと他のがいい?」

「恥ずかし、から……ひぁっ!　ぁっ!」

愛撫を緩めてほしかったのに、むしろグイと大きく足を開かされる。精巧な顔を寄せ、舌で秘所を舐め上げられて甲高い嬌声《きょうせい》がでる。

「恥ずかしいのっ……恥ずかしいから、ロンさまぁ……っ!」

「昨日から何度も見られて、触られて、舐められてるのに。それでもまだ恥ずかしいの?」

「恥ずかしいに、決まってます……っ!　そんな、汚いトコ……っあ!　舌いれないでぇっ!」

蜜穴にぐちゅぐちゅと舌を挿し入れてくる。

手は繋がれたままで動かせないので、代わりに太腿《ふともも》で頭を挟み込んで、なんとか抵抗を試みた。

「ひぃぃっ……やぁ、だめっ……そこ、だめぇ……っ!　あぁぁあんっ!」

抵抗もむなしく花芯をべろりと嬲った後に、じゅううっと強く吸われて背中が仰《の》け反《ぞ》って震える。

「はぁ……やばいな。無理矢理押さえ込んででも、突き挿《い》れたくなる。はー……」

ピクピクとなかなか痙攣《けいれん》が収まらない体を抱き上げられて、ぐるりと上下が逆転する。

「んっ、はぁっ……はうぅ……」

サリュマーナは仰向《あおむ》けに寝転んだロンヴァイに跨《また》がり、硬い胸に手をついた。

「今日、俺だめだ……サリが上になって。俺がもし暴走したら、ぶん殴るなり首を絞めるなりして良いから、止めてな」

「あう……ろ、んさま……」

乱れた長い髪を片方へ寄せ、大きな手で頭をよしよしと撫でられると、じわっと心が温かくなる。

少しだが痙攣も落ち着いてきた。

未《いま》だに赤くなったままの耳が目に留まって、顔を寄せ出来心でペロと舐めてみる。やっぱり熱を持っていた。

小さな反応が返ってくるのが嬉しくて、夢中になって頬、首、肩、胸を舐めて味わう。

時折、腰に硬いものが触れる。

このとき、サリュマーナは反応が返ってくる嬉しさで気が大きくなっていたのかもしれない。

娼館で勉強した愛撫方法の一つの画を思い出して、試してみようと腰を灼熱に押しつけた。

それは先程一度吐き出したにもかかわらず、大きく反り上がっている。

少しずつ少しずつ位置をずらして秘所と熱棒をぴったりと擦り合わせる。

ロンヴァイにドロドロに溶かされた秘所は、熱棒にねっとりと纏《まと》わりついてヒクヒクと震えていた。

ちょっと、これはやりすぎたかもしれない……と顔が熱くなる。この行為は想像の上をいく破廉恥さだった。

嫌がられていないか不安に思って、視線を向けると、ロンヴァイは頬を染め眉間に皺を寄せ、歯をギリギリと噛《か》みしめている。

その姿が超絶に色っぽくて、瞳がギラギラと艶めいていて。

――あぁ、この人はこんなにも私を想ってくれていて、求めてくれている。

自分の怪我も厭わず、自分の欲情を我慢して、いつもサリュマーナの心と身体《からだ》を想ってくれていた。

正直、ロンヴァイのことが好きなのかどうかはわからない。だけど今、この瞬間、ロンヴァイの想いに応えたい。ロンヴァイと奥から触れ合ってみたいと、胸を突き動かされた。

――ハジメテはこの人としたい。

サリュマーナはハァと小さく息を吐いて、腰の角度を変えて熱棒の先端をくぷ……と呑み込んだ。

「っ……！　サリ……！」

「うっ……だめ、動か、ないでっ……」

ロンヴァイが慌てて腰を引こうとするので、それを言葉で制す。

おっきいいぃっ……痛いいたいいいたい……。こんなの全部入る気がしないいっ……！

目尻に生理的な涙が浮かぶ。

ユンヒさんがくれた媚薬使いたい……っ。でもなくしちゃったし。なんで小分けにしておかなかったの私の馬鹿っ！

後悔してもないものはないので、どうしたものかと動かない頭を必死に動かす。

すごく痛いけれど、こんな途中で止まるのは嫌……。最後まで、ロン様を体の奥で感じてみたい。

ヒリヒリと引き攣《つ》る蜜穴にゆっくり腰を動かしながら、時間をかけて少しずつ熱棒を馴染《なじ》ませ、呑み込んでいく。

しかしある一点から奥が、どう頑張っても痛くて進めない。

痛みには相当我慢できるほうだと自負しているサリュマーナですらも、我慢できないほどの苦しさに足が強張《こわば》って震える。

自分ではこれ以上は無理だ。

助けを求めるようにロンヴァイに覆いかぶさると、至近距離で目が合う。

灼熱の瞳には欲情が溢れ出ていて、そして噛みしめて歯型がついてしまった唇に目が留まって。

吸い寄せられるように自ら唇を合わせた。

「……ロン様」

「サリ」

名前を呼び合って再び唇が触れ合う。鳥が戯れるような淡いキス。

温かくてこそばゆくて、なんだか歯痒《はがゆ》い。

「本当に、良いのか……？」

「っ……わたし、奥まで、ロンさまを……感じたい、です……」

熱っぽい甘い瞳を向けられて、何故か心が苦しくなって。

目から雫《しずく》がぽろぽろと落ちていった。

再び唇を合わせるとぬるりと熱い舌が入ってくる。上顎や歯列を丹念に舐めたあと、舌を絡める。

一度離して、またすぐに舌を絡めて甘噛みし、吸い上げる。

濃厚なキスの間もロンヴァイは労《いた》わるように細い腰を撫でてくれていて。

そうしていると繋がったままのところがじわりと滲《にじ》んだのがわかった。

留《とど》めていた腰を少しずつ下ろしていくとズズ、と奥へ呑み込んでいく。

「あっ、あ……ろんさま、おく……までっ！」

「サリっ……っく、ゆ、くり……」

「ふうぅ……きす、ろんさま、きす……して……っ」

少し解《ほぐ》れたとはいえやっぱり初めては痛い。涙は止まらないし、このままだと大声で悲鳴をあげてしまいそうだった。

サリュマーナの願いをすぐに聞き入れてくれて、角度を変え何度も口づけあった。

「んっ……ふぅ……はっ……んんふぅんぁあんっ！」

ゴリィっと蜜穴の最奥に熱棒が押し当たった。ぶわぁっと涙が溢れて、ロンヴァイの頬に落ちていく。

「入っ、た」

「ぁふぅ……はっ……」

「痛い、よな……？」

「うぅ……ん、んふぅ……」

「動かなくていいから。このままキスしてもいいか？」

コクンと首肯すると再び唇が重なる。ゆっくりと味わうように唇から舌、歯や歯茎まで口内の全てを暴かれていく。

ロンヴァイとのキスはとても気持ちがよかった。唾液が甘い蜜のような味がして、自らちゅうちゅうと吸い味わう。

膣《ちつ》内の引き攣った圧迫感が少し和らいで、雄の熱や形を感じ取れるようになってきた。

これならできるかもと希望が見えた。

キスを続けながら腰を前後に揺らしてみると、再び奥からじわりと蜜が滲む。

「んふぅっ……んんっ……」

口づけが噛みつくように激しくなる。

甘い攻撃を受け止めつつ、今度は腰を上下に揺らしてみる。痛みが引いて完全になくなると、動きを少しずつ大きくしていく。

ぱちゅん、と肌がぶつかる音がする。内壁を灼熱で擦られ、奥をぐりぐりと捏《こ》ねると、快感が全身を巡った。

はぁ……と口が開放されると、興味本位で繋がっているところを覗《のぞ》いてみた。

自分の秘穴に凶暴な赤黒い熱棒が沈んでいく。あまりにも卑猥《ひわい》な光景に恥ずかしくなるが、やっと奥で繋がったという嬉しさが勝った。

「私の中に、はいって……ロンさま、気持ちい、ですか？」

「っ、あぁ……」

ロンヴァイの大きな手と指を絡めて必死に腰を振るう。髪が乱れ、胸が揺れるのも厭わず、無我夢中で雄を扱きあげる。

自重で深く熱棒が挿さり、感じるところに当たる。何度もそれを繰り返すとどんどん何かが迫り上がってくる感じがした。

ロンヴァイは顔を歪めて眉間に皺を作りながら、ただじっとされるがままだ。

サリユマーナは慣れない腰の動きで、すぐに下半身に疲れが出始めた。

「あんっ、ろんさまも……動いてっ」

「はっ……俺、今動いたら止まれる自信ない……っ」

「や、やめな、で……いっぱい、愛してっ！」

「うっ……あぁっ！　もうっ！　必死で抑えてたのに……っ！　責任とれよっ」

「ひゃうぁあ！」

腰を掴《つか》まれ下から容赦なくズチュンッと突き上げられ目の前に星が飛ぶ。

そのまま最奥を先端の膨らみで捏ねるように抉《えぐ》られて、ぎゅううと強く膣内が収縮して灼熱の雄を食い締める。

白い腰をがしりと掴み、痙攣する膣内を味わうように速いスピードで抽送《ちゅうそう》され、すぐにまた絶頂へと押し上げられた。

「あああぅ……あぁぁっ、イくぅっ！」

「う……っく……っぅあ！」

全身が大きくビクンビクンと跳ね、お腹《なか》の奥で熱いものが広がっていく。

コントロールが利かない体を逞《たくま》しい体に抱きしめられる。

頭を撫でられて再び心臓がキュンと鳴った。

「はぅ……はぁ、はぁ……ひゃんっ！」

「ごめん、サリ……我慢、できないっ」

「あんっ！　ろん、さま待って……ぁあ……ぁああっ、またイくっ……イっちゃううぅっ！」

ベッドへ押し倒されるとズブンと熱棒を押し込まれた。手加減なく揺さぶられ、何度も何度も膣内を掻き抉る。

高いところへ飛ばされた快感が引く前にまた押し上げられてしまって、降りてこられない。

「やっ……イってる……あぁっ、お、かし、なるっ……！」

「サリっ……サリュマーナっ！」

抜けないぎりぎりに引いては最奥を叩《たた》きつける。ストロークが長くて善いところを擦られて、先程とは違った快感が走る。

まるで空に飛ばされたような浮遊感。

雷に打たれたような衝撃。

痛みと苦しみに近い気持ち良さ。

それらが同時にサリュマーナを襲って、受け止め方がわからず上手く息ができない。

揺れる胸を掴まれて、頂を強めに抓《つね》られて、また強く膣内の雄を締めつける。

「ぁん……んんっ……んんんんんーっ！」

「んぁっ……っ！」

唇に噛みつかれて最奥で灼熱が爆《は》ぜる。ドクンドクンと吐き出される欲を震えながら一生懸命呑み込んだ。

「ろ……さ、ま……」

頭に酸素が回らない。相変わらず短くしか呼吸できなくて視界が暗くなる。

「サリュマーナ……愛してる」

耳元で囁かれた甘い声がサリュマーナに届く前に、プツリと意識が途切れた。

五　また結び会いたい（ロンヴァイ視点）

一瞬見間違えたかと思った。

真《ま》っ直《す》ぐで滑らかな金髪に、珍しい青緑色の瞳。光の加減で色が変わる、神秘的な宝石のような瞳。

何故《なぜ》、騎士団専属娼婦《しょうふ》として魔獣が住む危険な森にいるのかと、初めは自分の目を疑った。

サリュマーナは自分のことは二の次で、常に他人を思いやる優しい心の持ち主だった。そんなサリュマーナが自らの意思でこんなところにいるなんて、不測の事態があったのだろうか。

初めて出会ったときに比べ、少し大人びた顔つきになった。背丈はあまり変わっていないが、しなやかな女性らしい曲線が時間の経過を感じさせた。

前髪は短く揃《そろ》っており、横髪は頬にかかっていてサリュマーナの可愛《かわい》らしい顔立ちが引き立っている。

昔から可愛らしい女の子だったが、今のサリュマーナは可憐《かれん》な女性だった。

「なぁ今回の癒し人、当たりじゃね」

「おっ、本当だ。みんな可愛い」

「今回の狩り、本気で頑張ろうかな」

等間隔に整列し、点呼をするギロック団長の声の合間から騎士たちの雑談が聞こえる。

——他の奴《やつ》がサリュマーナに触れるなんて、そんなこと絶対にさせない……！

無意識に腰に下げている愛剣の柄《つか》をぐっと握りしめる。

幸運なことに、魔獣の核採集は魔獣討伐よりもずっと得意だった。

ロンヴァイは剣、槍《やり》、弓の武器を扱い、それぞれの魔獣に最適な武器を選び核を狙う。核は魔獣の急所に近いところにあるため、破損せずに核を採集するのは緻密な技術が必要だ。

一人一武器を極める人が多い中、ロンヴァイは三つの武器を器用に使いこなしていた。

剣術の試合では何度も優勝経験があるほど、武術には才があった。

それだけでなく、魔獣の体の構造は全て頭に入っている。核や心臓はもちろん、骨や大きい筋肉の位置は最低限の知識として全て記憶している。

そうすれば魔獣を仕留めやすいからだ。効率よく、一発で急所に当てるために。

魔鳥や魔猿など動きが素早いものは遠くから弓で狙い、体の大きいものは槍で深傷《ふかで》を負わせて剣で仕留める。

少ない体力でより多くの核を奪うために。そうした試行錯誤の末に三つの武器を使い分ける技術を身につけた。

「ロン、なんか今日すごく張り切ってない？　今日の癒し人可愛いってみんな噂《うわさ》しているよね。ロンもそれ狙い？」

「うるせぇ。雑談している暇はない」

ホーバードの問いに雑に応えながら槍を構える。

木の影から飛び出してきた魔狐の心臓を槍で一突きし、地面にバタリと倒した。

「癒し人になる女性なんて、よほどそういう行為が好きか、お金が欲しいかだよね」

「……っ」

ホーバードの言葉に、思わず槍を強く握りしめる。

サリュマーナはきっとそのような女性ではない。おそらく予期しない出来事があって、仕方なく団娼婦という選択肢を選んだに違いない。

そう思っていても長年想い続けた女性の人柄が大きく変貌してしまったのかもしれないという、懸念が拭いきれないのも事実だった。

ロンヴァイは仕留めた魔狐の額に生えている核を乱暴に刈り取った。

「特にさ金髪の子、可愛いよね。変わった瞳の色で。夜になるとどんな色になるのかなぁ。涙に濡《ぬ》れると青色が濃くなったりして？」

「…………バード、言っておくが今日のトップは俺だからな」

刈り取った核を腰袋にしまい、ギロリと美丈夫を睨《にら》む。

背に流れる金髪を上半分結わいた優雅な美貌の男。魔獣の住む森には似合わない風貌をしているくせに、その腕は一流だ。更に公爵家嫡男というハイスペック。なんでそんな男がこんな所にいるのか今でも理解ができない。さっさと城にでも行けと思う。

「ふふ、殺気立ってるね。じゃあ僕も頑張ってこよー。健闘を祈るよ、ロン」

「またな」

大きな弓を抱え直して颯爽《さっそう》と去るホーバードの背を見送る。

同じ副団長のホーバードはビトラ国一番の弓の使い手だ。

近距離だとそこまでロンヴァイと力の差は大きくないが、ホーバードの弓は飛距離が圧倒的に長く、コントロールが的確なのだ。安全な場所から油断している魔獣を次々に仕留める。

どんなに鍛錬をしても、弓だけはホーバードに敵《かな》わなかった。

とにかく今はなんとしてもホーバードよりも絶対多く核を奪わないと……。

ロンヴァイは気を引きしめて森の奥へ進んでいった。


一度休憩も兼ねて野営地へ戻ろうと森を歩いていると、上から木の実がボト、ボト、と落ちてくる。

「はっ？　なんだ！」

不可解な現象に顔を顰《ひそ》める。

あまりないことだが、野営地の近くで魔獣が出たのだろうか。

いつもの習性で瞬時に剣の柄を握り、上を見上げるとふわりと天使が落ちてきた。

「きゃあああぁっ！」

なんとか受け止めたが勢い余って後ろに倒れ込んだ。甘い花のような香りがふわりと鼻をくすぐる。

「いってぇ……」

「ごめんなさい、ごめんなさいっ……！　お怪我《けが》は」

鼻と鼻がくっつきそうな距離で目が合う。

――あぁ。ずっと、会いたかった。

初めて会ったときから変わらない真っ直ぐな眼差《まなざ》し。熟れた果実のようなふっくらとした唇。柔らかそうな頬。

ずっと焦がれていたサリュマーナだ。

普段あまり動かない表情筋が思わず緩む。

それと同時に〝ロイ〟のことは絶対に言わないでおこうと思った。初対面で言葉を交わす前に、顔面に吐きかけられたなんて……下手したらトラウマものだ。弱く情けない馬鹿《ばか》な男なんて格好悪い。

絶対にバレたくない……。

ロイに対して絶対に良い印象なんてあるはずがないのだ。

魔獣と対峙して魔力を含む血を浴びるようになったからか、ロンヴァイの瞳の色があの頃と変わった。おかげでサリュマーナはロイだと気づく気配はない。

気づかないのであればそれで良い。

また一から始めよう。初めからやり直してサリュマーナの愛を乞おうと心に決める。

木の上で何をしていたのか問うと、木の実を採っていたらしい。

危険なのでもうしないように釘を刺し、何故わざわざそんなことをしていたのか不思議に思う。

「そんでこれ、どうすんの？」

「ママナラは疲労回復効果が高いので、たくさん採って治癒係の人に渡すつもりでした」

「自分が飲みたかったわけじゃねーのな」

「はい！　私は飲むほど働いていないので！」

「そういうことじゃねーよ」

ん？　と小首を傾《かし》げるサリュマーナも可愛いなと思いながら、先程の懸念が杞憂《きゆう》だったと確信してホッと息をつく。

サリュマーナは何も変わっていなかった。初めて出会った頃のまま、他人のことばかり優先する優しい人。

ロンヴァイが思い切りサリュマーナに嘔吐《おうと》してしまった時も、自分のことを厭《いと》わず献身的に看病してくれた。迷惑をかけたお詫《わ》びに何が欲しいかと問うと、家族や村人が喜ぶものばかり挙げて。

もっと自分を大切にしてほしいと思うのと同時に、自分がサリュマーナを大切にしてやりたいと思う。真綿で包むように、宝物を胸に抱きしめるように。

サリュマーナが自分自身を蔑《ないがし》ろにするのなら、それ以上に自分がサリュマーナを愛してやりたい。

だから王都で流行《はや》っていたサリュマーナに似合いそうな小ぶりな装飾具と、あの石を贈った。

いつか再びまた結び会えるようにと。

——誰かのためでもなく、誰に言われたでもなく、サリュマーナ自身の意志で俺を選んでほしい。

そして俺の想いを受け入れてほしい。

そんな執着にも似た恋心がむくむくと大きくなっていった。

＊＊＊

煮えたぎる欲情を必死に抑えた。

あれは騎士団での地獄のような訓練よりも地獄だったと思う。好きな人の淫態を前にして最後までできないのだから。

ただでさえ狩りの後で昂《たかぶ》っているのに、吐き出し口がなくて熱が体にこもり苦しい。

サリュマーナは仕事として野営地に来ていて、ロンヴァイはその仕事相手だ。

愛《いと》しいサリュマーナとの触れ合いを、仕事だから、他の人のためだからという理由にしたくなかった。かと言って据え膳を食わないという理性は流石《さすが》に持ち合わせていなかったが。

——俺を見て。感じて。俺に堕《お》ちてきて。

乞い縋《すが》るようにしつこく柔肌を愛した。

ロンさま、ロンさまといやらしく喘《あえ》ぐサリュマーナが可愛くて愛おしくて、何度でも見ていたくて必死に柔肉に喰らいついた。

そうして一日目はなんとか欲望を押し殺して耐えた。

しかし流石に狩りの二日目になると、溜《た》まった欲情が沸騰するように熱くて苦しくて、今にも弾《はじ》けてしまいそうだった。

昨夜はサリュマーナを抱きしめてそのまま眠ってしまったから、熱を放出することができなかった。

今日はサリュマーナが寝てから絶対自己処理しようと心に誓う。キツい、キツすぎる。これだけは根性論ではどうにもならない。

「今日、俺だめだ……サリが上になって。俺がもし暴走したら、ぶん殴るなり首を絞めるなりして良いから、止めてな」

サリュマーナが逃げられないように華奢《きゃしゃ》な体を力で押さえつけて、ドロドロに蕩《とろ》けた蜜穴に捩《ね》じ込みたい。可愛く嬌声《きょうせい》をあげる唇に噛《か》みつきたい。

そんな獣じみた激情を、なけなしの理性で必死に押し留《とど》めていた。

そんなロンヴァイの理性を試すかのようにサリュマーナは雄に秘所を押しつけてくる。

——ぐううぅ、耐えろ俺……っ！

少しでも位置をずらしたら入ってしまう。そんな濃密で淫らな触れ合いに、下唇を噛んで必死に粉々になった理性をかき集めた。

ハァ、ハァと息を荒くして、宝石のような瞳を潤ませて。足を震わせながらぎこちなく腰を揺する愛しい人に胸が爆《は》ぜそうだ。

これが仕事でなかったら。想い合った末の行為ならばどんなに幸せだろうか。

悔しさ、情けなさ、嬉《うれ》しさ、熱さ。いろんな感情が混ざり合ってぐちゃぐちゃに塗りつぶされていく。

不意にくぷ……と先端が蜜穴に埋まる。

「っ……！　サリ……！」

「うっ……だめ、動か、ないでっ……」

間違えて入ってしまったわけでもなく、ロンヴァイが意識を飛ばして無理矢理に挿入したわけでもなかったらしい。

サリュマーナは痛みに涙を滲《にじ》ませながらロンヴァイを呑《の》み込んでいく。

サリュマーナの初めての男になれる嬉しさと、受け入れてくれた喜びと甘く蕩ける蜜穴の気持ち良さで、頭が馬鹿になってしまいそうだ。

サリュマーナが覆いかぶさってきて、至近距離で見つめ合う。

ぽろぽろと涙を流す姿は扇情的でとても美しかった。そんな天使に見惚《みと》れていると更に距離が縮まって、唇に柔らかいものが触れる。

——キス、してくれた……。

身体中から歓喜の熱が上がる。それに伴ってズクンと股間も反応してしまった。

何度も名前を呼び、口づけを交わす。

そうすると押し戻されそうに窮屈だった膣《ちつ》内が、柔らかく蕩けたのがわかった。

キスして感じるとか、可愛すぎるだろ……っ！

「ふうぅ……きす……ろんさま、きす……して……っ」

すごく痛むだろうに、サリュマーナはキスをせがんで必死に腰を動かしている。

その姿がとても愛おしくて……。まるで夢を見ているかのような幸せな光景だった。

すぐにでも発射してしまいそうな雄を、男の最後の意地で必死に我慢した。

ゴリィっと子宮口に雄が当たり、奥まで繋《つな》がる。

「入っ、た」

「ぁふぅ……はっ……」

「痛い、よな……？」

「うぅ……ん、んふぅ……」

「動かなくていいから……キスしてもいいか？」

すぐに突き抉《えぐ》りたい気持ちを必死に抑えて、紳士の仮面を被《かぶ》る。

深くゆっくりと味わうようなキスをすると、またとろりと膣内が蕩けていく。

キス、好きなんだろうな。サリュマーナが可愛すぎてツラいっ……。頑張れ俺……！

「ロンさま、気持ちい、ですか？」

そう問いながら手を繋いできて、腰を淫らに動かして熱棒を扱《しご》いていく。

うぁあああ動きたい……！　突き上げたいいっ！　ああぁでもサリを傷つけたくはない……！

淫らな欲望とサリュマーナへの溢《あふ》れる愛情が複雑にせめぎ合って、心臓が握り潰されたかように暴れる。

そんなロンヴァイの葛藤を揶揄《からか》うかのように、ぎこちなかった動きがだんだんと大胆になっていく。

肌と肌がぶつかる音と粘膜同士がぐちゅぐちゅと混ざり合う音がテント内に響き渡る。

「あんっ、ろんさまも……動いてっ」

「はっ……俺、今動いたら止まれる自信ない……っ」

「や、やめな、で……いっぱい、愛してっ！」

「うっ………あぁっ！　もうっ！　必死で抑えてたのに……っ！　責任とれよっ」

「ひゃうぁあ！」

今にも溢れそうだった、決壊寸前のダムはその言葉で呆気《あっけ》なく崩壊した。

容赦なく最奥を突き、うねる内壁を擦《こす》り上げながらサリュマーナの膣内を堪能する。

限界の限界まで抑えていた欲情は、何度果てても萎えることがなかった。

「ごめん、サリ……我慢、できないっ」

「あんっ！　ろん、さま待って……ぁあ……ぁああっ、またイくっ……イっちゃううぅっ！」

痙攣《けいれん》が止まらないサリュマーナに手加減ができず、猿のように腰を振りたくる。

ヤバい、最高すぎ……っ。

柔らかくて熱い膣内は複雑に熱棒に絡みつき、きつく締めつけてくる。ぎゅうぎゅうに食い締めて、更に奥へ奥へと誘ってくる。

淫靡《いんび》にふるふると揺れる乳房を掴《つか》み、先端を抓《つね》ると更に蜜穴が収縮する。

射精感が我慢できなくなって涙に濡れた唇に噛みついた。舌を奪い、絡めて吸い上げる。

「ぁん……んんっ……んんんんーっ！」

「んぁっ……っ！」

ドクドクと解放した熱がサリュマーナの体内へ染み渡っていくのを感じる。

「ろ……さ、ま……」

瞼《まぶた》が下りていくサリュマーナに愛してると囁《ささや》くと、安心したかのように口端《くちは》を緩めて眠ってしまった。

――俺を受け入れてくれてありがとう。これからは一生、サリュマーナが大切にしているものもサリュマーナも、俺が愛して守っていくから。

震える華奢な体を抱きしめて、滑らかな金髪を撫でた。

未《いま》だにヒクヒクと震える蜜穴から己を引き出すと、白濁が流れ出てシーツにシミを作った。

三度吐き出したロンヴァイの雄は衰えることはなく、反り立っている。

その後、寝顔を見ながら自身を慰めたことは、サリュマーナには秘密にしておこう。

六　遠征同行最終日

　ふわりと意識が浮上する。

　視界に広がるのは白いテントの天井。簡易な造りながらも絶妙な丸みのあるシルエットは、雨風にも耐えられる造りになっていると誰かが言っていた気がする。

　テント内を見渡すと誰もおらず、小さなサイドテーブルに水と食事と小さい紙が置いてあるだけ。

　今何時なのだろうか。太陽は出ているようだが朝なのか昼なのかわからない。

「ぁ……うっ……」

　体を起こそうとすると腰と足にズンとした鈍痛が走る。それは畑仕事を一日中した次の日の感覚と似ていた。田舎村に住んでいた頃は、何度か経験したことのある痛みだ。ただ痛む場所が微妙に違うけれど。

　なんとか体を叱咤《しった》して動かした。

　喉がカラカラだったので水を飲もうと立ち上がると、ジクジクとする股の間からぽたりと粘液が流れ落ちる。

「ひいぃっ……！」

　蜜夜を鮮明に思い出して、顔から火が出そうになる。

　ついに、最後までシてしまった……っ！

なかなか濃密だったと思うけれど、とにかく腹上死にならなくて良かった……。

あのときはとにかく必死で。冷静な思考を完全に見失っていた。ロンヴァイの二つ名のことがすっかり頭から抜け落ちていたなんて……。

昨夜の交わりはとても濃厚だったと思う。他を見たことも聞いたこともないから比較のしようがないけれど。

ロンヴァイはどこに触れても熱くて、力強くて、甘くて。溶けてなくなってしまうのではないかと思うほどに蕩《とろ》けてしまっていた。

ドロドロに甘くて、ぐちゃぐちゃになりわけがわからなくなって。蕩けすぎてもう無理、自分が自分じゃなくなる……っ、と何度も思ったけれど、腹上死になるほどではなかった。現にサリュマーナはなんとか起き上がって自力で動けている。

初めてだから手加減されたのかもしれないが。この娼婦《しょうふ》殺しの二つ名はもしかしたら誤解で生まれたものかもしれない。

テーブルの上の水を飲み、一息ついてからメモを手に取る。

『愛《いと》しいサリ、また今夜。R』

愛しい……いと……いとしい……っ。

何度もその文字を見直してはキュンと心臓が跳ねる。

私、ロン様を好きになってしまったのかしら……？　再会してまだ二日目なのに？　私ったらこんなに惚《ほ》れやすい体質だったの？　……体を繋《つな》げたから、ではない、はずよね？

うーん……と断言できない自分に混乱する。

こういうときは一人で考え込むよりも誰かに相談したい。母やメリアーナだったら率直な意見をくれそうだ。現実的に聞ける距離にいないが。

ユンヒ……経験も豊富だろうし、相談するには適役だと思うが昨日も夜まで寝たきりのようだったし、ゆっくり話す時間なんて取れなさそう。

シュリカは……論外かな。サリー、自殺願望でもあるの？　と真顔で言われてしまいそう……。

はぁ、と小さいため息をつく。用意してあった、質素だがバランスの取れた食事を胃に収めていった。


身支度を整えて外へ出る。

齷齪《あくせく》と忙《せわ》しなく働く見習い騎士たちに尋ねると、あと一時間ほどで騎士たちは狩りから戻り始めるようだった。

思いの外寝過ごしていたのだと知り、姿が見えないシュリカの元へ行くことにした。

「サリーです。シュリカいる？」

「さ、さりぃー」

着替えやタオルなどが入った籠を持ちテントに入ると、シュリカがシーツにくるまって寝転んでいた。

「大丈夫？」

「大丈夫と言いたいけれど大丈夫じゃないいぃ……」

「ここは、ユラン様のテントかしら？」

「そうだよぉ。あいたたた、」

身体《からだ》中の筋肉が悲鳴を上げているらしく、着替えを手伝ってあげた。

「あっ！　そうだ！　昨日サリー魔獣に襲われたんだって?!　熊団長から聞いて本当に心配したんだからっ！」

「ギロック団長ね。そうなの。黒くておどろおどろしい魔鳥だったわ。ロン様が助けてくれて」

「流石《さすが》、一撃必殺のロンヴァイ副団長ねっ！」

「一撃必殺？」

「騎士の間では有名みたい〜。ロンヴァイ様はいろいろな武器に精通していて、相手を効率よく的確に狙って攻撃することができるって。特に綿密なコントロールがいる核の採集の成果は常にトップだって聞いたよ」

「……そうなのね」

あれこれと教えてくれるシュリカに世話を焼きながら、ふと気分が落ち込む。

――私、ロン様のこと何も知らないのね。

それも再会二日目。初めて会ったときを含めてもたった三日だ。

ずっと田舎の辺境村で過ごしていたし、騎士についての情報はもちろん、元々の情報量がそもそも少なすぎる。

上京してすぐの田舎娘が王都育ちの人と同じ土俵に立つことがそもそも間違っているのだ。

ロンヴァイのことを好きかどうかよくわからないけれど、少なくとも嫌いではないのは確か。これから少しずつ知っていって、どう転ぶのかはわからないが自分の気持ちがハッキリとしていけば良い。

知らないことを落ち込むより、これからのことを考えたほうがよっぽど効率的だ。

自問自答して前向きな答えが見つかる。

「ありがとうシュリカ！　焦ることないわよね。なんかすっきりしたわ」

「えーと。何のことかよくわからないけど良かったねっ！」

テキパキと動いて身の回りのついでに散らかったテント内も整えると、シュリカは時間ギリギリまで体を休めるということで、一人でユンヒがいるテントへ向かった。

「ユンヒさん～？　サリーです、大丈夫ですか？」

返答はないものの、ここにいると聞いてきたのでとりあえず中に入る。

広くないテントの中はベッドとテーブル、あとは着替えなどの荷物だけだ。

弓につける弦や弓矢がケースに入って置かれている。

あぁやっぱり、とユンヒの昨夜のお相手を確信して、ベッドへ近づいた。

毛布には膨らみがあり、ユンヒは眠っているようだった。

「ユンヒさん。あと三十分ほどで騎士様たちがお戻りになるそうです。起きられますか？」

「ん……サリーちゃん？　……ぁりがと……」

よろよろと起き上がったユンヒは軽く身支度を整えたあと、再び眠ってしまったらしい。

「一応タオルとか持ってきました。良かったら使ってください」

「助かるわ。サリーちゃんは体のほう、大丈夫なの？」

「今のところは、大丈夫です」

「それは良かったわ。お水いただける？」

「わかりました。どうぞ」

お礼を告げて水をゆっくり含むユンヒはいつにも増して色香を纏《まと》っていて妖艶だ。穏やかに頬を緩める姿は水彩画のような美しさがある。

そして、気のせいか目元が赤い気がした。

「明日の朝には森を出発するから、今日で最終日ね。皆で怪我《けが》なく帰りましょうね」

「はいっ！　……あのユンヒさん、大丈夫ですか？」

聞かないほうが良いのかもしれないが、やっぱり気になってやんわりと訊《たず》ねてみた。自分にできることは少ないが、話を聞くだけでもすっきりすることもある。

「サリーちゃんから見てもそんな風に見えるなんて。私もまだまだ駄目ね……」

「あの、無理する必要ないのでは？　私、ギロック団長に言って今日のお仕事を」

「いいの。……私の問題だから。ありがとうね」

何かを隠すようにふんわりと笑う。そう言われてしまっては、もうサリュマーナにできることはない。

「なんか……このお仕事って。心と体が追いつかないわ。この魔獣の住む森がそうさせるのかしら」

「それは、こんな新人でもなんとなくわかる気がします。経験値も低くて何にも頼りにならないですけど、私はいつでもユンヒさんの味方ですからね！」

「ありがとう、サリーちゃん。私もよ」

華奢《きゃしゃ》なユンヒにぎゅううっと抱きつく。

心細い時は触れ合いが一番良いのだ。あれこれ言葉で伝えるよりも、ダイレクトに心に届く。幼い弟妹たちへもよくこうやって触れ合って心を通わせてきた。

ユンヒは相変わらず柔らかくて花のような良い匂いがする。同じ女性のサリュマーナから見ても魅惑的で美しい女性だ。

そんな魅力的な女性のお手本であるユンヒを見ていて、自分もユンヒに近づけばより女性として洗練されるのではないだろうか。よりロンヴァイが自分のことを見てくれるのではないか……そんな想いが胸をよぎる。

「ユンヒさん、ちょっといいですか？　あのお願いがあって……」

ふとある言葉を思い出したサリュマーナはユンヒにあることを頼んだ。


ユンヒと別れて外へ出ると、続々と騎士たちが帰ってきていた。

一度荷物を取りにいこうと歩き始めると、サリーちゃんと呼ばれて足を止める。

「サリーちゃん探したよ」

「ホーバード副団長様。お帰りなさい。ご無事でなによりです」

「ありがとう。昨日のサリーちゃんの荷物を僕が預かっててね。はい、これ」

ポンと渡された小さな麻袋の中には小瓶が二つと、巾着に入った青緑色の石が入っていた。

魔鳥に襲われたときにワンピースのポケットに入っていたものだ。ロンヴァイにワンピースをひん剥《む》くように脱がされてからは行方知れずだったので、すっかりないものだと思っていた。

「これ……川に流されちゃったと思っていました。ありがとうございます。大切にしていたので嬉《うれ》しいです……！」

「それは良かった。その綺麗《きれい》な石はどうしたの？」

「これですか？　昔、ロン様にいただいて……」

「やっぱり……くっ……あははははっ！」

ホーバードが急に笑い出す。しかもお腹《なか》を抱えて、目尻には涙を浮かべて。

何がそんなに面白いのかわからない。初めて見る美丈夫の意外な姿にキョトンとしていると。

「あー。あんな顔してやること乙女チックで本当っ……笑える、ぷはははっ！」

「あのー。そんな面白い石なのですか？」

笑ってばかりいないでそろそろ教えてほしい。日も沈むし、こちらにも色々と準備があるのだ。

ジトリと美丈夫を見遣《みや》ると、教えてあげるよとこっそり耳打ちしてくれた。

「その石はただの石でも綺麗な水晶でもない。〝結び石〟という特殊な魔力が封印されたものだよ。それを贈った人と受け取った人が必ずまた結び会える石」

「……え………」

「受け取った人の瞳の色に変化するんだよ。変わっているでしょう？　あんまり知られていないんだけどね。そんな石なんか贈らずに、会いにいって直接口説けば良いのにね。あのロンがそんなことをするなんて……っ……あー面白い」

開いた口が塞がらない。

笑いが止まらない美人な男性を横目にぐるぐるといろんな記憶が錯綜《さくそう》する。

三年前、体調の悪かったロンヴァイを介抱し、そのお礼として貰った青緑色の石。

サリュマーナと同じ瞳の色で綺麗だったから、ただの水晶で安物だけれど受け取ってほしい。添えられた手紙に確かそう書かれていたはず……。

何故《なぜ》、どうして？　と理解できない疑問ばかりが浮かぶ。

ただ一つ、ロンヴァイはサリュマーナにまた会いたいと、そう願ってくれたということだけは確かだ。

「たくさん笑かしてくれたサリーちゃんに、これプレゼント。真実薬だよ。これをロンに飲ませて全部本音を吐かせちゃいなよ」

「えっ……そんな……ホーバード様っ！」

黒色の液体が入った怪しげな小瓶をサリュマーナの掌《てのひら》に押しつけると、くるりと踵《きびす》を返して行ってしまった。

どうしよう……整理が追いつかない……。

しかし時間がない。とにかく仕事に遅れることだけは駄目だ。

頭は混乱していたままだったが、とりあえず持っていた籠に荷物を突っ込んですぐに仕事の準備に取り掛かった。

荷物の整理や身支度を整えていたら、すぐに成果発表の時間になった。

ギロック団長の後ろに控える。ユンヒやシュリカとの雑談も上の空で頭に全く入ってこない。

ギロック団長の野太い声が、広い野営地に轟《とどろ》く。

「狩り三日目、最終日。今日の一番の功労者を発表する！　核数、四十五、ホーバード副団長！　前へ」

「ハッ」

今日のトップはロンヴァイではないのかと思いながら、ギロック団長がお酒を注いでいる様子をぼんやり見守る。

そのお酒を一気に呷《あお》ると、美丈夫は真《ま》っ直《す》ぐに癒し人たちのほうへ向かってきた。

当然のようにユンヒのほうへ行くものだと思っていたから、サリュマーナの前で足を止めたときにはとても驚いた。

「えっ……」

「たまには趣向を変えてみるのも一興かな？」

頬に手を添えられ、親指でなぞるように唇に触れる。

――ロン様ではない人に触られる。

そう思うと全身の毛が逆立つように身震いした。手足が途端に冷たくなり、背筋が恐怖でぞわりとする。

怖い、嫌だ、助けて。

無意識で自己防衛本能が働いたのか、目が潤む。心が、体がこの男の人を拒絶している。

しかしサリュマーナはただの団娼婦だ。ロンヴァイに想いを寄せられていたとしても、たとえロンヴァイのことを想っていたとしても、この誘いを断ることはできないのだ。

頬に手を置いたまま、そっと耳打ちされる。

「震えちゃって、可愛《かわい》らしいね。でも向こうで威嚇してる獣が恐ろしいからまたにするよ。僕は自分の身が可愛いからね。ほら、左の奥のほうを見てごらん」

相変わらず言動が予想できない男性だ。

揶揄《からか》われただけだと気づいてほっと安堵《あんど》する。

言われた通りの方向へ視線だけを向けると、炎のように瞳を揺らし、歯を食いしばっているロンヴァイの姿が見えた。

キュと心臓が縮こまり、顔が赤くなる。

「あの獣を上手《うま》く飼い慣らしてね、サリーちゃん。また僕を笑わせてよ」

パチリと片目を閉じると、ホーバードはさっさとサリュマーナを離し、隣のユンヒの元へ行き手を取っていた。

「僕がサリーちゃんに取られるかと思った？」

「取られるも何も、選ぶ権利は貴方《あなた》にありますが」

「あれだけあんなことシたのに、まだ素直にならないんだ……本当ユンは楽しいよ、最高」

「私は最低最悪ですっ」

「あんまり可愛いこと言うと、今夜も優しくしてあげられないよ？」

そんなやり取りが聞こえてきて、ホーバードはさっとユンヒを抱き上げて行ってしまった。

ホーバード様に捕まったユンヒさん、お気の毒だなぁ……。

ユンヒの心労に同情する。ぼんやりと二人の後を目で追っていると、いつの間にか目の前には歯をギリギリと噛《か》みしめ、瞳をぎらつかせた逞《たくま》しい男性が立っていた。

ぎゅっと掴《つか》まれた手は痛いくらいだったが、不思議と恐怖心はなかった。

「ロン様、っ」

「そんなに見つめて……あいつがよかったか？　でも悪いがそれは無理だからな」

地を這《は》うような低い声でそう言うと、ひょいとサリュマーナを横抱きにする。人を抱えているのかと疑いたくなるようなスピードでスタスタと歩き出した。

人集《ひとだか》りが遠くなる寸前、「サリー、ファイトッ！」というシュリカの陽気な声が聞こえた。


見慣れた野営テントに入ると、ゆっくりとベッドの上に降ろされた。

「今日で狩りは終わりだ。明日にはここを発《た》つ。今日はサリにたくさん触れたい」

下唇を噛みしめたまま、欲情の籠もった瞳を向けられて心臓が煩《うるさ》くなる。

ロンヴァイには話したいことや聞きたいことがたくさんある。しかし考えがまとまっておらず、なんて切り出せば良いかわからない。

「あの、ロン様……」

「あいつが良いって言っても許さないから。言っとくけどあいつ、綺麗な顔して腹の中はドロドロの真っ黒だからな」

「それは……私でもなんとなくわかります」

「それなのにあんなに赤くなって……っ。でも今日の相手は俺だから。今更交代なんてさせない」

ハァ……と息をつくロンヴァイを見ながら必死で頭を回転させる。

何から聞こう？　なんて聞こう？

注意が散漫になっているサリュマーナは、ワンピースの裾から手を入れられ、柔らかな太腿《ふともも》を撫《な》で上げられてびくっと慌てた。

「ロン様、待って……っ」

「サリ、そんなに嫌か？　……昨夜俺を受け入れてくれたのは気まぐれだったのか？」

「ちがっ、お話をっ！」

布の上からロンヴァイの大きな手を押さえながら、急いでワンピースのポケットから麻袋を取り出す。

「私、田舎育ちだからっ……ロン様のことも何も知らなくて、だから色々と聞きたいことがあるんです！」

今にも押し倒そうとする硬い胸に麻袋を押しつける。

ロンヴァイはそれを渋々受け取り、一度ベッドに座り直すと麻袋の紐《ひも》を引く。

カチャカチャと硬いものがぶつかり合う音が聞こえた。

「これ……」

「ロン様、教えてください……っ」

どうして私にこれを贈ってくださったの？

貴方の気持ちが知りたい。

胸の前で手を握りしめ、懇願するようにロンヴァイを見つめる。

「わかった」

落ち着いた低い声で一言そう言うと、目を閉じて大きく息を吸って吐く。

そして麻袋から小瓶を取り出し蓋を開けた。

「あ、違う！　それじゃなくてっ」と慌てて手を伸ばしたときには、その瓶の中の黒い液体はロンヴァイの喉を通り過ぎていた。

「いけません！　ロン様、それはっ！」

「……初めて飲んだが意外と不味《まず》くないんだな……知ってるよ。瓶に入った黒い液体なんて大体真実薬だから。こんなものをサリが持っているなんて意外だったけど」

「なんでわかってて飲んでしまうのですか！　私は、」

「何か不安があったんだろう？　これを飲んで全て吐けということじゃないのか？」

「違います！　そんな横暴なこといたしません！　私はただ、石について聞きたかっただけなのに

「……っ」

涙が溢《あふ》れて頬を伝う。

真実薬は主に罪人などに使われる自白剤のようなものだ。そんなものを飲ませてしまうなんて。自分の言葉の足りなさに、不甲斐《ふがい》なさに情けなくなる。

「ごめんなさい……っ。ロン様のこと、私何にも知らなくて悲しくて、たくさんお話しして知っていけたらと思ったのです……。こんな薬を飲ませる気は全然なくて……」

「サリ、中身をわかっていて飲んだのは俺だ。元々俺はわかりづらい、言葉が足りないとよく言われるし、これを飲むくらいでちょうど良いと思った。嘘《うそ》をつけないから信憑《しんぴょう》性もあるだろ？」

「でも、ロン様の尊厳を無視したひどいものです……」

「ではどうしてこれを持っていたんだ？」

「先程いただいたのです。時間がなくて急いでいたのでそのままにしてしまいました……」

自分の不甲斐なさに再び涙腺が緩む。目尻に溜《た》まった雫《しずく》が頬を伝うと、それをロンヴァイが唇で拭ってくれた。

「もう泣くな……と言いたいところだが、サリが涙するところも少し興奮するな」

「ロ、ロン様！」

ひゅんと水分が引っ込む。

今ロンヴァイは嘘をつくことも事実を隠すこともできない状態だということを思い出して頬が熱くなった。

そしてこれから話すことは全て真実なのだ。

「ロンヴァイ・ググル。二十二歳、ググル侯爵家次男で第三黒騎士団、第一編成部隊を率いる副団長。今は爵位はないが、近々爵位をいただく予定。騎士団の寮で暮らしている。好きな食べ物は赤身の肉。嫌いな食べ物はきのこ全般。趣味は武器を磨くこと。他に聞きたいことは？」

「えっと……きのこが嫌いなのは、やっぱりあのときビビアタケを食べてしまったからですか？」

「……そうだ。あれ以来トラウマになった。森で拾ったものも基本的には口にしないようにしている」

「ふふっ。デュタケは美味しいですよ？」

「サリと一緒なら食べてもいいかもな」

自然と手が重なり絡まり合う。ずっと混乱しっぱなしで茹《ゆ》だった頭がなんだか少し落ち着いた。

「一撃必殺のロンヴァイ副団長だって聞きました」

「あぁ……少ない力で多くの魔獣を狩ろうと色々試行錯誤していたら、いつの間にかそう呼ばれていた」

一息ついて、聞きたかった質問を投げた。

「私のことを想って、あの石……結び石をくれたのですか？」

「そうだ。手に入ったのはたまたまだった。魔狼《まろう》を討伐したときに、何故かはわからないが体の中から出てきたんだ。折角手元にあるのなら、サリに贈りたいと思った……。結び石だと伝えて返されたら嫌で、安物の水晶なんて嘘をついた。そう言えばきっと快く受け取ってくれるだろうと思って」

「そう、だったのですね……」

「初対面で女性に嘔吐《おうと》してしまうなんて……そんな弱くて情けない男、相手にされないと思って、なかなか会いにいく勇気が出なかった。だから成果を出して爵位を得て、金も貯めて、万全の状態でサリを迎えにいきたかった。でも……ずっと会いたかった」

繋いだ掌から、甘く細められる視線から、想いが伝わってくる。じわじわとサリュマーナを侵食するように。

「この石のおかげで、私たちは再会したということでしょうか……？」

「かもしれないな。こんな魔獣が溢れてる森の中だし」

「私が……私が、ロン様に触れてみたいと思ったのは石の魔力のせい、ですか……？」

引っ込んだはずの水分が、またすぐ溢れ出ようとする。

ホーバードからこの石の真実を聞いて、一番不安に思ったこと。それはロンヴァイへのサリュマーナの気持ちが、石による魔力で操作されたものなのではないかということだった。

サリュマーナの気持ちを無視して、無理矢理にでも結ばれようとロンヴァイが結び石を贈ったのではと……とそう思ってしまった。

「この石は物理的に直接会えるようにすることだけであって、人間の感情には干渉しない。……はぁ。サリ、本当興奮するからあんまり可愛いこと言って泣かないで」

「ぁっ……！」

言われてみれば確かに、と納得した。結び石が感情や思考を操作するものであったなら、そのような疑問は思いつかないように石が印象操作するはず。

浅はかな考えに、勝手に落ち込んで不安になっていた自分が恥ずかしい。

「ハァ。他に聞きたいことは？　早くサリとシたいんだけど」

「ふぁ……っ！」

薬のせいか、いつもより言葉数が多く、言い方も直接的ですごく恥ずかしい。熱くなった頬を繋いでいない手で隠しながら小さい声で最後の質問をした。

「ロン様は、私のことをどう思っていますか……？」

高い目線の先にある整った顔を見つめる。

きりっとした強い眼に筋の通った鼻。すぐに赤くなる耳。

あぁ、もう既に囚《とら》われてしまっているのだとやっと気づいた。

「いっつも他人のことばっかり考えて自分のことは後回しにする心優しい人。しっかりしてそうでたまに抜けてる。笑顔が可愛くて抱き心地も最高。あとは啼《な》き顔もイイ」

「う、あのっ……！」

「この世で一番愛してる。絶対離したくない。俺がサリもサリの大切なものも全て幸せにしたい」

いつからかはわからない。何故なのか動機も理由もわからない。けれど大きく胸を突き動かされる。

——この人が好き。

ぽたぽたと玉になった雫が落ちる。胸が熱くて苦しくて張り裂けそうで。

両手の指が絡まり、熱が合わさって溶けて全身へと広がっていく。

「サリは、俺のことどう思ってる？」

端正な顔が近づいてきて高まっている胸が更に暴れ出す。

その真剣な表情を前にして、真実薬を飲んでいないはずなのに、嘘をつくことも誤魔化《ごまか》すこともできなくて。

「すき……」

そう小さい声で呟《つぶや》くのが精一杯だった。


ロンヴァイとのキスは気持ち良い。

絡まって混ざり合って溶けていく。それがとても心地良くて幸福で。

ぽぅ……として何も考えられなくなる。全てをロンヴァイに委ねて寄りかかってしまう。身も心も全て明け渡したいと思うほどに。

一度唇を離し、ワンピースの裾を捲《まく》り上げてくる手つきに促されて万歳をする。

ロンヴァイの炎のような橙《だいだい》色の瞳が頭から足先まで舐《な》め回すように辿《たど》っていく。

「…………えっろ」

「へ？　ぁっ……忘れてたぁ……」

ホーバードから話を聞いた後は、結び石のことで頭がいっぱいになってすっかり忘れていた。団娼婦用のテントで夜着に着替えるときも、どこか上の空できちんと確認もしなかった。

サリユマーナが着用している夜着は先程ユンヒにお願いして借りたものだ。

白い繊細なレースは胸と股間に当てがわれているのだが、最もガードすべきところだけがくり抜かれて丸見えになっている。もはや夜着ではなく下着だ。布面積もとても少なくて、むしろ全裸よりも恥ずかしいのではと思うほどの卑猥《ひわい》なデザインだった。

「忘れてくださいぃぃいいっ！　すぐに着替えてきますっ！」

「だめ。もっと見せて。……ふーん。下も丸見えなのか」

「ひぃぃぃいっ」

体を捻《よじ》って腕でなんとか隠そうとしたらシーツに縫い付けられ、開脚までさせられた。まるで寝技のような一瞬の出来事だった……。

「毛もないから……すごい景色だな」

「ロン様、っ、もう許してっ」

懇願する声が震える。

今回の遠征でサリュマーナが娼館から持ってきたのは防御力の高い夜着（サリュマーナ基準で）のみだ。

ユンヒに研修で指導を受けたように、今夜はお相手の好みを考慮して夜着を選んでみようと考えた。今までと異なる一歩踏み込んだ夜着なら、ロンヴァイの目に自分がより魅力的に映るかもしれないと、そう思ったのだ。

でもこんな過激で下着のような夜着だなんて予想もしていなかった。そもそもきちんと確認してから借りれば良かったのだ。

自分の馬鹿《ばか》……。何もかも詰めが甘すぎる自分に嫌気が差す。

「裸よりもエロいな……。これはサリの趣味？」

「違います！　私はそこまで淫乱ではありません……っ」

「……もしかしてバードか？」

ピキッと一瞬で場の空気が凍る。別の意味でふるふると震えてきて、急いで誤解を解こうと口を開く。

「ロン様がっ、もしかしたらこういったほうがお好きかもと思って、ユンヒさんから借りたのです。少しでも、ロン様の目に魅力的に映ったらいいなって……。同じような夜着しか持ってきていなかったから……」

「……なんだ、そうか。俺はサリだったら何着てても興奮するけど」

「これは、その……お嫌い、でしたか？」

羞恥心をなんとか堪《こら》えて足の間に見えるロンヴァイの表情を窺《うかが》い見る。

耳が赤くなっているのが確認できて、そこまで失敗ではなかったのだと少し安心した。

「すごく淫乱で綺麗だよ」

そう言ってぎらりと獣のように口端《くちは》を吊り上げ、柔肉に齧《かじ》りつかれた。

全身隈《くま》なく撫でられて舐め回されて、この二日間で散々覚えさせられた快楽に簡単に落とされてしまう。

何度も何度も達しては「可愛い」「愛してる」「離さない」と囁《ささや》かれて、その度に心臓が弾《はじ》けそうになる。

夜着を脱がせてとお願いしても却下され、結果ロンヴァイの視界を楽しませることになってしまった。

「ぐちゃぐちゃに乱れてて、エロ」

「濡《ぬ》れてどんどん透けてきてるな」

「裸よりエロいものがあるなんて初めて知った」

真実薬を飲んだロンヴァイはサリュマーナの痴態をいちいち口にするものだから、心身共に相当抉《えぐ》られた。穴があったら飛び込んで入って埋まりたい……。

「はぁ……俺も限界、やっぱり最終日はヤバいな」

「はぅ、ろん、さま……」

「サリ、俺から一つわがままを言っても良いか？」

「ふ……は、い……ぁんん……っ」

トロトロに蕩けた蜜穴に、張り詰めた雄を擦《こす》りつけながら低く甘い声で囁く。

「サリからねだって、俺を欲しがって」

ぶわっと熱が集まり、お腹の奥がきゅうと収縮する。

こんな破廉恥な夜着を着て散々言葉で心を抉ってきて……とどめを刺すかのような恥ずかしい要望に頭がクラクラする。

自分の中にいる羞恥心と闘っていると「サリ……」と渇望の目を向けられて、結局サリュマーナは折れた。

目をぎゅっと瞑《つぶ》り、膝裏を腕で抱え込み、大きく脚を開く。震える声をなんとか捻り出して渾身のおねだりをした。

「ロン様、挿《い》れて、くださいませ……っ」

「駄目。ちゃんと俺を見て言って。可愛いサリを見せて」

うぅ、ひどいいいぃっ！　一瞬で却下された……。これでもかなり頑張ったのにっ！

その間も熱い雄は敏感な秘所を擦りつけてきていて、クチュと恥ずかしい音がなる。ジワジワとした愉悦が湧き上がって、お腹が疼《うず》く。

自分の中にある全ての知識を掻《か》き集めた。

意を決して、欲望を燃え上がらせた逞しい愛しい男性へ蕩けた瞳を向ける。

「私の全てを、ロン様だけに捧げます……っ。だから奥まで挿れてロン様っ、あああぁあんっ！」

太くて硬い灼熱《しゃくねつ》が、蕩けた蜜壁をこじ開けて奥を叩《たた》きつける。散々愛された蜜穴が喜んで雄を迎え入れ、キュンと強く収縮する。

あっという間に瞼《まぶた》の裏が白く光ってチカチカと瞬いた。

「くっ……サリ……ヤバい幸せすぎて止まらないっ」

「ひゃうっ……ぁあ、あんっ……ろん、さま、きもちい、の……っ」

「つっ、サリ。サリユマーナ……！」

ひゃあぁあと甲高い嬌声《きょうせい》があがる。今までの触れ合いで「気持ちいい」「イく」と言うように躾《しつ》けられた体が、勝手に反応して言葉にする。

連続して達して、震える膣内《ちつ》を容赦なく抉られ続けて、頭から足先まで大きな快感が巡る。もう何がなんだかわからない。

気持ち良いを通り越してなんだか苦しい。呼吸も正常にできているのかがわからない。

でもサリュマーナの胸の中は幸福感で満たされていた。

言葉で表せない快感の嵐に、ただ呑み込まれてなすがままに翻弄される。

「イくうぅっ、うあ……あぁぁ……すき……ろ、すきっ……ろ、さまぁ、きもちいっ、ぃい……くぅう……っ！」

ビクンビクンと体が跳ねるのが止まらない。もはや自分でも自分の体が制御できなくて。ひたすら目の前の逞しい体に必死にしがみついて嵐のような快楽を受け入れた。

「あぁぁあぁっ……っ！」

熱棒が最奥で更に膨らみ、熱いものが奥へ奥へと流し込まれていく。それすらも蕩けるように気持ちが良くて、また達してしまう。

膣内は悦《よろこ》びに震えてきゅうぅと子種を搾りとった。

「ぐ……ごめんサリ、収まらない……っ、もう一回中で出させて……！」

「んっ……んんんーっ！」

快楽の波が収まらない。もう常にイキっぱなしで何が何だかわからない。

必死に自らの舌をロンヴァイの熱い舌に絡みつけて腕を掴み、苦しいくらいの快楽を受け止める。

二人の愛蜜が溢れて、ぐちゅぐちゅと卑猥な音が小さなテント内に響き渡る。

「んふ、んん……ぁんんっんー！」

サリュマーナの嬌声は全てロンヴァイの熱い口に呑まれて、情けない音にしかならない。

一際大きい波を受けて、秘所から温い液体がぷしゅぷしゅと溢れた。

捏《こ》ね回すようにグリグリと灼熱を最奥へ押し当てられ、再び熱い飛沫《しぶき》が吐き出される。

もう無理。おかしくなる。体がバラバラに崩れてしまいそうな未知の感覚。

ガクガクと震えが止まらない。目からは生理的な涙が伝い落ちる。

「はっ、は……サリ……中イキして潮吹くとか、エロすぎる……ヤバいまた勃《た》った……」

「うあ、も……こわ、れ……る……！」

ひくひくと情けなく泣きじゃくる。

必死の訴えが通じたのか、ズルリと熱棒を引き抜かれた。蜜穴から熱が溢れてお尻を汚していった。

そんなサリュマーナの淫態を目の前にして、更にロンヴァイの炎が獰猛《どうもう》に煌《ひか》る。

「あー……もう可愛すぎて無理だ、サリは少し休んでて」

サリュマーナの全身を舐め回すように眺めながら、自身のそそり立つ肉棒を握りしめて上下に擦り始めた。

未《いま》だに収まらない痙攣で情けなくヒクヒク跳ねながら、ロンヴァイの淫態を見つめる。

分厚い体には幾つも玉のようになった汗がつたい、ランタンの光に反射して輝く。獣のように欲情を露《あら》わにしたロンヴァイは猛烈に色っぽい。

「はぁ……」と色のある息を吐き、サリュマーナの恥ずかしいところをねっとりと凝視する。

うっ、と小さく息を詰めたかと思うと、お腹や胸に白くて粘ついた液体が飛び散った。

ぼんやりとした意識の中、これが精液か、と本で学んだ知識を思い出す。

「はぁ、ごめんサリ。大丈夫か？」

「は、はい……」

大丈夫かと言われたら大丈夫でない気もしたが、少なくとも先程よりは大丈夫だ。

そういう意味だったのだけれど。

「そうか。じゃあもう一回、な」

「えっ……ぁあんっ、ろんさま、あっ、私もう……っ！」

「サリの綺麗な肌が、俺ので汚れてるのも、興奮する、な……っ！」

「ぁああっ！　……ひぅう……っ！」

狩り後の騎士様の生存本能を舐めてたぁ……。

今までは相当手加減されていたのだと思い知った。

サリュマーナは生存本能の熱を当てられ、ただ啼いて喘《あえ》いでそれを受け入れるだけで精一杯だった。

幕間　血も涙もない悪魔

騎士団専属娼婦《しょうふ》になる前は、ユンフィーア・トルネアソという名だった。一応、トルネアソ伯爵家の長女であった。

伯爵夫妻はなかなか子宝に恵まれなかったため、仕方なく伯爵のお気に入りだった娼婦に子を孕《はら》ませて産まれたのがユンフィーアだった。

家族には殆《ほとん》ど会ったことはない。産まれたときから王都から離れた領地で、使用人のお婆《ばあ》さんと二人暮らしだった。

跡継ぎがいないため、伯爵令嬢として育てられていた。教育もマナーも教養もしっかりと躾《しつ》けられた。

社交は伯爵以上の爵位をもつ家が一度は参加しなければならない王城の催しに、十歳のときに一度参加しただけ。殆ど外には出ていない。幼馴染《おさななじみ》や恋人はもちろん友達もいなかった。

転機が訪れたのは十三歳のとき。トルネアソ伯爵夫妻が念願だった子を授かったのだ。

跡継ぎの保険として扱われていたユンヒはお役御免となり、すぐにでも市井《しせい》に捨てられると思っていた。

しかし産まれた男の子は体が弱く、病気がちだったため、ユンヒが十九歳になるまで領地に留《とど》めさせられた。

正式な跡継ぎとなったその男の子の健康状態が良くなると、伯爵夫人はユンヒに団娼婦になるよう命令した。

「今までかかった生活費や教育費、働いて返してもらわないと……。立派に育ててもらったのだから、当たり前でしょう？　貴女《あなた》の母親もそうだったのだから、その仕事がきっと天職よ」

そうにっこり笑って、騎士団専属娼館の前に身一つで捨てられた。

悲しいとか辛《つら》いとか悔しいとか。そういった感情は一切なかった。

やっぱり、という思いが大きかった。そしてやっとあの伯爵家の檻《おり》から抜け出せたという安堵《あんど》感のほうが勝った。

——やっと終わった。

お金も家も家族も友達もいない。夢や目標、矜持《きょうじ》や誇りなどもない。

将来に対する不安も恐怖もなにもなかった。

ゆっくりと目の前の扉を叩《たた》く。

そして十九歳で団娼婦ユンヒとして生きていくことを決意した。

＊＊＊

団娼婦としての初仕事のお相手は、美しい男性だった。背中に流れる艶《つや》やかな金髪をハーフアップにした教祖神のような男性。少し垂れ目がちな甘いご尊顔は、女性から人気がありそうだ。

「ユンヒです。今夜はよろしくお願いいたします、ホーバード副団長様」

腰を折り丁寧に挨拶をする。ホーバードの目の前で、娼婦として大切な避妊薬を服薬した。教えられた手順に則ってワンピースを脱ぎ夜着だけになる。初めてにもかかわらず、羞恥心も恐怖心も全くなかった。

簡易な野営用のベッドへ腰を下ろし、営みが始まるのをじっと待つ。

先程からホーバードは何も言わない。愛のない営みなんて、きっとそんなものなのだろう。

顎を掬《すく》い上げられて、顔が近づく。いよいよ始まるのかと心を決め、瞼《まぶた》を下ろしていく。

すると鼻と鼻がくっつきそうな距離で楽しそうな声が聞こえた。

「ユンフィーア・トルネアソ」

ピクンと体が反応する。じわりと掌《てのひら》に汗が滲《にじ》んだ。

「トルネアソ伯爵家のご令嬢が、どうしてこんな所にいるのかなぁ……。もしかして、捨てられちゃったの？」

可哀想《かわいそう》にね、と揶揄《からか》うように言われてカッと頭に血が昇る。

そんな感情をホーバードに悟られないよう、冷静な声で反論した。

「何のことでしょうか？　人違いです」

何故《なぜ》ユンフィーアのことを知っているのかはわからないが、殆ど領地からは出ていないし、姿絵なども出回っていないはず。しらを切り通せば、やり過ごせる。

……そのときはそう思っていた。

「そっか、人違いねぇ……じゃあ本当のことを言いたくなるくらい、苛《いじ》めちゃおうかな」

にっこりと笑う美しいご尊顔が悪魔の微笑《ほほえ》みに見えた。

身の危険を感じてぶるぶると背筋が震え上がり、顔色はどんどん青くなっていく。

ホーバード・ミュランは美しい女神のような顔をした悪魔だ。

淑女教育の一環として、貴族名鑑で顔と名前、生まれ等は知っていた。

ミュラン公爵家はビトラ国の三大貴族の一つだ。代々、王族が王籍から抜け臣下へと下るときは、この三大公爵家へと、婿入りもしくは嫁入りする。王族とも血の繋《つな》がりを有するミュラン公爵家は、過去には宰相や国王専属護衛騎士など有能な人物を輩出したこともある、ビトラ国きっての名家だ。

そんなミュラン家の嫡男であるホーバードという男性は、平民出身者が多く実力至上主義の黒騎士団に身を置く変わり者。世間ではそう言われているようだ。

何度も何度も人違いだ、勘違いだと言い張っても、ベッドの上で甘い責め苦を繰り返される。泣いても喚《わめ》いても許してもらえない。

「……っ……ユンフィーア、です……っ！　本当の、名前っ……うぅ、だからもうやめて、副団長様！」

とてつもなく切なくて苦しくて辛くて。耐え切れなくなり、とうとうユンフィーア・トルネアソであることを自供した。

「やっと認めたね。嘘《うそ》をついてはいけませんって、淑女教育で習わなかったのかなぁ」

ちゃんとルールは守らないとね、と幼子を叱るように言いながら、ユンヒの柔らかい体を責め立てる。

「父親に保険として飼い慣らされて、捨てられるのはどういう気分？」

「貴族令嬢が娼婦に落とされるって、まるで演劇にありそうな展開だよね」

まるで友人同士で雑談するような、軽い口調でユンヒの柔らかい心をズタズタに傷つける。

身も心もボロボロになり、涙が枯れるほど泣きじゃくった。

それがユンヒとホーバードの初めての出会いだった。


おかしいと気づいたのは団娼婦になって三ヶ月が経った頃だった。

他の団娼婦たちは二、三週間に一度のペースで騎士団の遠征に同行している。

それに比べてユンヒは六週間に一度というスローペース。初めは団娼婦になりたての新人だからと、仕事の配分を配慮されているのかと思っていた。しかしどうやらそれは違ったらしい。

本来同行する騎士団を、団娼婦側から選ぶことはできない。ランダムに割り当てられるはずなのだが。

ユンヒが担当するのは決まって第三黒騎士団の第一編成部隊なのだ。

私だけこんな異質な扱いを受けるなんて、絶対おかしいわ。絶対にあの人が関わっているに違いない……！

すぐに団娼館のオーナーに問い合わせる。

「騎士団側との調整も色々あるの。それに毎回同じ部隊だと、色々と勝手もわかってむしろやりやすくて良いでしょう？　なにか不満でもあった？」

「……」

毎回仕事相手になるのがホーバード副団長だから大変不満なのですが……。むしろホーバード副団長以外とシたことがないのですが……。

美しい顔で笑いながら心を抉《えぐ》るような酷《ひど》い言葉を浴びせられて、白いお花畑が見えるほどしつこく攻め立てられて、毎回毎回気絶させられて。

そして最終日には必ず肌が見えなくなるくらいに所有痕をつけられる。

この限りなく失礼な男、団娼婦禁止にしてやってほしいのですが……っ！

「過去に騎士様で団娼婦禁止になった方っていらっしゃいませんか？」

「えぇ？　そうね。窒息死寸前まで首を絞められたとか、鞭《むち》で叩いて体に傷をつけたとか、火がついた葉巻を押し当てたとか。そういった乱暴なことをした騎士は地下牢行きになるけれど。それ以外は聞いたことないわね」

ただの娼婦が騎士を罰することなんてよっぽどのことがない限りできるはずがない。

ホーバードは手酷くユンヒを抱く。しかし体を痛めつけたり傷つけたりという非道なことはしない。

……それ以上にメンタルはズタズタにされているが。

もう一つは遠征でホーバードがユンヒを指名できないように、成果をあげられなければ良いのだが。

魔獣討伐も核の採集の狩りも、ホーバードはいつも首位か二番の成績だった。聞いた話によるとビトラ国では一番腕の良い弓使いだそう。特にその圧倒的な飛距離の長さと的確なコントロールは右に出る者はいないという噂《うわさ》だ。

しかもホーバードが毎回ユンヒを指名するものだから、第三黒騎士団では『ユンヒはホーバードのお気に入り』という情報が広まってしまっていて。たとえ首位が別の人でもユンヒを指名しないのだ。はた迷惑な忖度《そんたく》である。

これは諦めるしかない、とユンヒは肩を落とした。

＊＊＊

そして団娼婦の仕事としてホーバードに抱かれ続けて半年が経《た》った。

団娼婦としての仕事は変わらない。遠征へ同行してホーバードに指名されてぐちゃぐちゃに抱かれる。そして最終日には無数の鬱血痕をつけられて王都へ戻る。その繰り返しだった。

ホーバードのことは大嫌いだ。女性の尊厳を無視して酷い言葉を浴びせてくる。

特に伯爵令嬢だったことを引き合いに出してユンヒを苛めてくるのだ。

「僕のお願いを聞いてくれないなら、王都中にユンフィーアは団娼婦だってバラしてもいい？」

「元伯爵令嬢が卑猥《ひわい》な夜着を着て男に跨《また》るなんていやらしいね」

「自分で腰振りなよ、娼婦なんだから。されるのを待つなんてそんなこと許されるのは貴族のご令嬢だけだよ？」

そんなホーバードの言葉の数々を思い出すと怒りで震えてしまいそうになる。

いっそのこと、魔獣に襲われてしまえばいいのに。怪我《けが》をして弓を射ることができなくなってしまえばいいのに。

そんな酷いことをまで考えてしまうのはいたしかたないと思う。

それなのに、ホーバードが無事に狩りから戻ってくる姿を見ると、どこかで安堵する自分がいる。

そんな自分が理解できなくて納得できなくて、またホーバードに冷たい態度をとってしまう。

——あの悪魔に抱かれすぎて、今更他の男性に抱かれるのが怖いだけよ。そう、絶対そう！

ユンヒは胸にある複雑な思いに蓋を閉めた。

＊＊＊

久々にオーナーに呼び出されて、新人の研修を任されることになった。

団娼婦になり一年。騎士団専属娼館ではすっかり古株の存在になった。

団娼婦は危険も多く長距離の移動も多い。体力的な問題と魔獣に対する恐怖で、すぐに辞めてしまう女性は多い。一回目の遠征で退職してしまう娼婦が八割を占めるくらいだ。

したがって団娼婦はいつも慢性的な人手不足状態である。

しかし国の方針でたとえ数が少なくても、狩りの遠征に必ず団娼婦を同行させる。団娼婦がいるのといないのとでは、狩りの成果数が圧倒的に上がり、死亡人数も格段に減るらしい。これも生存本能ということなのだろうか。

――私が新人の研修をするなんて……。たった一人にしか抱かれたことがないのに。そんな自分が教えられることなんてあるのだろうか。他の団娼婦から聞き齧《かじ》った内容くらいならば伝えてあげられるだろうか。

そうして新人と思《おぼ》しき女性に声をかけた。

「サリーちゃんの研修を担当することになったの。よろしくね」

「よろしくお願いします。ユンヒさんみたいな美しい人から教わるなんて、光栄です」

屈託のない眩《まぶ》しい笑顔でくしゃりと笑うサリーは人懐っこくて、真面目で、心優しい女性だった。

初め見たときは、いかにも田舎から上京しました、といった風貌だったが、流行髪《はやりがみ》にして少し化粧を施すだけで見違えるようになった。

顔色を赤くしたり青くしたり、コロコロと変わる表情がとても愛らしい。

サリーは愛する男性の前でもきっと素直になれるのだろう。

自分にはない魅力を持っているサリーが、ユンヒにはとても眩しく見えた。

＊＊＊

第三黒騎士団、第一編成部隊の遠征に同行するのは今回で九回目だ。

一日目、二日目はいつものようにホーバードがお相手だった。最近第一編成部隊へ異動してきたロンヴァイ副団長とホーバードの成果数は拮抗《きっこう》していて、ホーバードは二日間とも二位だった。

首位のロンヴァイは迷わずサリーを選んでいるのを見て、どこかで安心している自分がいた。

娼婦殺しの騎士だからだろうか。ホーバードに選んでもらって嬉《うれ》しいと思ってしまっている自分がいる。……そんな気持ちはホーバードとの触れ合いですぐに霧散して、他の騎士が良かったなんて言ってしまうのだが。

狩り最終日、ホーバードの成績は首位だった。

一年間毎回指名されていたユンヒは、当然自分のところへくるだろう。そう信じて疑わなかった。

「えっ……」

「たまには趣向を変えてみるのも一興かな?」

そう呟《つぶや》いて震えているサリーの唇に触れるホーバード。

――嘘。なんで私じゃないの……?

バクバクと心臓が握り潰されたように苦しくなる。

私に飽きたの？　もう私は要らないの？

そう思うと涙が迫《せ》り上がってくる。

親に団娼館の前で捨てられたときですら、こんなに悲しくはなかったのに。

このままでは泣いてしまう。自分の手の甲に爪を立てて、痛みでなんとか感情を抑え込んだ。

サリーに何かを耳打ちしたホーバードはくるりと向きを変え、自分のほうへ向かってくる。

「僕がサリーちゃんに取られるかと思った?」

「取られるも何も、選ぶ権利は貴方《あなた》にありますが」

「あれだけあんなことシたのに、まだ素直にならないんだ……本当ユンは楽しいよ、最高」

「私は最低最悪ですっ」

「あんまり可愛《かわい》いこと言うと、今夜も優しくしてあげられないよ？」

爪を立てたせいで傷になった手の甲にキスを落とし、抱きかかえられる。

「あーあ。せっかく今夜は優しくしてあげようと思ってたのになぁ。残念」

「今まで優しくしてくれたことなんて一回もありませんでしたが?!」

そんな色気も可愛げもないやり取りをしていると、あっという間にテント内のベッドに降ろされた。

そしておもむろにユンヒのワンピースのポケットを探ると、小瓶を取り出す。

「これ、いつもの避妊薬？」

「そうです。今から飲みます」

返してください、そう言おうとしたらホーバードはテーブルに置いてあったコップに薬を全て入れてしまった。シュワシュワと薬が溶けていく音が聞こえる。

「ちょっと、何するんですか！　水に溶かしたら効果が落ちてしまいます！」

「これはお酒だよ。アルコールで分解されてしまうから飲んでも効果はないよ」

避妊薬は娼婦にとって最も大切な仕事道具だ。自分の身を守る唯一の頼みでもある。それを奪うなんて。

「どういうつもりですか？　そんなに私を傷つけたいのですか……っ」

もし妊娠してしまったら、傷がつくのは女性のほうなのだ。堕胎するにも肉体的にも精神的にも女性は非常に辛い思いをする。

なんて女性を軽視した言動なのだろう。

今まで散々言葉で馬鹿《ばか》にされ罵られてきたが、これだけはどうしても許せそうにない。

怒りで体が小刻みに震える。頭に血が昇り、目に涙が浮かんでくる。

「そうだよ。ユンを僕に縛りつけようと思って」

何でもないことかのように、いけしゃあしゃあと言う。

売り言葉に買い言葉で、ホーバードをひっぱたこうと手を上げると、簡単に細腕を取られた。

「……離してください。他の娼婦から薬を貰《もら》ってきます。それがダメなら今日のお相手はできません。娼館のルール違反ですので」

ホーバードを睨《ね》めつけ、自分の中で最も低い声を出す。

力では敵《かな》わないのはわかっている。だから冷静にホーバードの良心に訴えかけた。お願い、考え直してと。

「怒ってるユンも可愛いけど、それも駄目だよ。だってユンには僕の子を孕んでもらうから」

「…………あの聞き間違えたようなので、もう一度良いですか?」

「何度でも言ってあげる。ユンには僕の子供を産んでもらうよ」

「私は貴方の愛人になるなんて、絶対に嫌です。お断りします」

貴族の子を産んだ娼婦の未来を知っているユンヒは、それを受け入れる気は毛頭ない。自分のような可哀想な子を自分が産むなんて。そんなことは絶対にさせない。

「ふふ。ユンはそう言うと思った。でも絶対ユンに僕の子を産んでもらうよ。……だから今夜はたくさん中に出してあげるね」

整った綺麗《きれい》な顔で美しく笑う悪魔に、ついに堪《こら》えきれなくなった涙が頬を伝った。

「んんっ！　……んんんんんー！」

キスで口を塞がれて、助けを呼ぶことができない。あっという間にワンピースも夜着も脱がされて熱い掌で全身を弄《まさぐ》られる。

無理矢理押さえつけられているのに、白肌に触れる掌は優しくて、それが無性に居《い》た堪《たま》れない気持ちになる。

体を捩《よじ》っても思い切り叩いても、重くのしかかった男性の体を退けることができない。

豊満な双丘を揉《も》みくちゃにされて、赤い実を強く抓《つね》られて、ビクンと大きく体が反応した。

「んはぁっ……ぁんんーっ！」

一年間体を交えてきて、ユンヒの体を知り尽くした手は的確に敏感なところを苛める。

感じたくないのに、反応したくないのに。心とは裏腹に体は勝手にホーバードを求めて蜜を零《こぼ》し始めていた。

蜜穴に指を突き入れられて、ぐちゅりと粘着質な音が響いた。こんなに嫌がって抵抗しているにもかかわらずホーバードに触られて感じている。それを知られてしまったことが恥ずかしくて悔しい。

「んっ……ひぅんんっ……」

絶えずホーバードの舌がユンヒの口内を這《は》い回る。舌を絡めて歯を立て、溢《あふ》れた唾液を飲み込む。

すぐに指でユンヒの弱いところを攻め立ててきて、更に奥から蜜を溢れさせてしまう。

弓を扱うホーバードの指は太くて長い。そして指の力が強い。

無意識に指をぎゅっと締めつけてしまうところを、何度も何度も擦《こす》り上げられてあっという間に絶頂に追いやられる。

「っ……んんんーっ！」

背が弓なりにしなり、陸に打ち上げられた魚のようにビクビクと跳ねた。情けなくて悔しくて。目尻から雫《しずく》が落ちた。

やっと唇が解放された。ずっと離してもらえなかったからか、酸欠で頭もフラフラする。

「嫌なのに感じてイって……本当ユンは可愛いよ」

「はぁ……やだっ！　副団長様っ……お願い、お願いだから……！」

蜜穴に大きく勃《た》ち上がった雄を押しつけられて必死に懇願した。できる限り腰を引いて、距離を取れるように全身の力を振り絞った。……あまり物理的な効果はなかったが、それでも意思は十分に伝わったはずだ。

泣き腫らしたユンヒの顔を見ながら、悪魔は獰猛《どうもう》に嗤《わら》った。

「いっぱい中に出して、孕ませてあげる」

ぐぢゅんっと奥まで熱棒を貫いた。

「きゃあぁああ……っ！」

躊躇《ちゅうちょ》なく突き刺した熱棒は敏感な子宮口を思いきり叩いた。それだけで達してしまい、身体を大きく震わせる。

「挿《い》れただけでイくなんて、すっかり僕の形に馴染《なじ》んだね。お利口さんだよ、ユン」

達して震えている体を容赦なく突き上げる。

もう無理、壊れる……！

狭いテント内に肌がぶつかり合う音と粘液が混ざり合ういやらしい音が響く。

何度も何度も真っ白な世界へ飛ばされておかしくなってしまったのか、いつの間にか抵抗していたはずの手をホーバードの首に縋《すが》るように回していた。

「ふぁああっ……ああっ……も、だめっ！」

「……っ、抵抗するんじゃなかった？　これじゃあもっとしてほしいって、言ってるみたいだけど？」

「うっ、くぅう……だ、めぇ」

「だめならもっと抵抗しなきゃ。このまま、奥にぜーんぶ出しちゃうよ？　いいの？」

中に出される。そう思っただけで何故かユンヒの体は膣《ちつ》内に蠢《うごめ》く雄をぎゅううっと締め上げた。

駄目と思っているのに、絶対嫌なのに。心と体がバラバラでもうわけがわからなくて涙が止まらない。

「や、だ……っあ、あんっ……やぁあ」

「ユンの啼《な》き顔たまらないな……やだやだ言いながら子種欲しがっちゃって。ユンは本当、最高だよ」

「あんっ……やっ……あぁぁーっ！」

膨らんだ先端で最奥を捏《こ》ね回されて、瞼の裏がチカチカと光る。イった後もしつこく奥を苛められてなかなか快感の波が引かない。段々と視界が白んで霞《かす》んでくる。

「ひゃうぅっ……あんっ……あぁぁっ！」

「………く……っ！」

爆《は》ぜた雄から大量の精子が流し込まれてくる。熱がお腹の奥から更に奥へと広がっていく。

「あっ、う……ひうぅ……」

中に出された。避妊薬も飲んでいないのに。

ポロポロと溢れた涙でシーツが濡《ぬ》れていく。

体は未《いま》だにヒクヒクと震えたまま、膣内に居座っている雄を食い締めている。

ホーバードは肌に張りついた髪をかきあげ、ねっとりと嗤った。

「気持ち良かった？　いつもより締めつけが強かったけど？」

「ぅ……最低……馬鹿、大嫌い……っ」

小さな声でそう罵ると何故か中にいる熱棒がズクンと質量を増した。

「え……っ、なんで大きく……?!」

「はぁ……僕、相当ユンの啼き顔が好きみたい。これから毎日これを見られるなんて、幸せすぎてどうしよう。仕事なんて行ってられないな」

「え……毎日なんて、何を言って……？」

「んー、独り言？」

そんなやり取りをしながら再びホーバードは腰を動かし始める。

「やだっ……もう、おしまいにしてくださいっ！」

「駄目だよ、いっぱい中に出すって言ったでしょ」

「お願い……私、自分みたいな不幸な子を、産みたくないの……っ！」

「大丈夫。ユンが産んでくれた子は公爵家の大事な跡継ぎなんだから。ちゃんと育てて幸せにするよ。

もちろんユンは僕が一生愛して幸せにしてあげるからね」

「えっ……？　今、なんて……きゃあああっ！」

くるんと百八十度回転させられて後背位の体勢になる。ぼぅっとした頭では上手《うま》く言われたことを処理できなかった。

「ああっ……待って、あっ、あっ……あぁっ！」

「だーめ。今はこっちに集中して？」

激しい抽送《ちゅうそう》が再開される。話の続きを聞こうとするユンヒを咎《とが》めるように最奥に叩きつけられた。

大きくて熱い雄が蜜壁を擦り上げて敏感な場所を抉る。

背中を舌が這い、ときどきチクリと痛みが刺した。

ホーバードの熱がじわじわと全身へ巡っていく。

もうこの美しくて憎らしい男性のことしか考えられない。

「ひゃあっ！　……ひゃうっ！　ふくだんちょ、さま……っ」

「好きだよ、ユン」

後ろから抱きしめられて、耳元で囁かれて。甘い声が子宮にダイレクトに響いた。

ぎゅううっと灼熱《しゃくねつ》を搾り上げて、喜びを伝えてしまう。

圧搾した刺激でユンヒは更に気持ち良くなってしまって、もうバラバラに壊れてしまいそうになった。

「そんな、ああっ……んん……う、そ！」

「ふふ……信じられないか。じゃあユンに伝わるまで、たくさん愛してあげるね。今夜は気絶しても止まってあげないよ」

背筋がぞくぞくと震えてすぐに達してしまったのは、歓喜からくるものなのか恐怖からなのかは、ユンヒはよくわからなかった。

七　帰り道

ガタンガタンと揺れる振動で目が覚めた。どうやら馬車に乗っているらしい。

重い瞼《まぶた》を開けると目の前に煉瓦《れんが》色の髪が揺れているのが見える。

「まだしばらくかかるから寝てるといい」

起きたことに気づいたロンヴァイが、愛《いと》おしむような優しい瞳で声をかける。

「ぁの……っ……」

「大丈夫、このままでいいから」

馬車の座席で膝枕をされているのだと気がついた。申し訳なく思い、動こうとするも体が鉛のように重くて思うように動かない。

「ごめんなさぃ……」

掠《かす》れた声でなんとか謝罪を伝えると、そんなこと気にするなとでも言うように、ゆっくりと頭を撫《な》でられる。

それが心地よくて、つい頬が緩んでしまう。思わずうとうとと二度寝してしまいそうになった。

「うげ。こんな甘ったるいロンが見れるなんて。今回の狩りは来て正解だったなぁ」

「うるさい。馬車から放り出すぞ」

ホーバードの飄々《ひょうひょう》とした声が聞こえて一気に意識が覚醒する。座席の向かい側に顔を向けると、ホーバードの膝にはサリュマーナと同じようにユンヒが眠っていた。

「馬車の台数には限りがあるからね、同席は許してよ。二人きりになりたいのはわかるけどさ。君たちはまるで付き合いたてのカップルみたいな初々しさだねぇ」

にっこり微笑《ほほえ》む笑顔はとても美しいのに、背景になにか黒いものが見えた……。なんだかこの人と関わると良くないことが起きそう、そんな気さえした。

「勝手に言っとけ。サリ、こいつは無視でいいから」

「そんな、酷《ひど》いよねサリーちゃん。しばらく移動続きなんだからさ、仲良くしようよ。そういえば昨夜の僕からのプレゼントは気に入ってもらえたかな？」

「っへ?! ……ぁ、のぉ……」

「やっぱりあの変なブツの出所はこいつか……あれは俺が勝手に捨てた」

「えぇーなんだ、つまらない。真実薬は手に入れるの結構大変なんだよ？　知らないの？」

「知ってるに決まってるだろう」

ホーバードに言うと碌《ろく》なことにならない。そんな言葉が聞こえてきそうだったので、余計なことは言わないで黙っておいた。

ずっと頭に大きな手を置かれて撫でられて、それがなんだか心強くて安心するから不思議だ。

「てっきりサリーちゃんに信用してもらうためにロン自ら真実薬を飲んで、必死に口説くのかと思ってたのになぁ。予想が外れたか」

「暇かよ。そんなこと考えてる暇あるなら、他にもっとやることあるだろ」

ピクッと顔が引き攣《つ》ったサリュマーナに対して、全く動じないロンヴァイ……。きっとホーバードの扱いに慣れているのだろうな。殆《ほとん》ど事実を言い当てられてここまで平然としていられるなんて。今度コツを教えてもらおう。

ホーバードとの会話にはあまり入らないほうが良さそうだな、なんてことを考えていると。

「そういえばロンたちの結婚式はいつ頃にするの？　今回の狩りで叙爵できるぶんの成果は出たはずだから、もうそろそろでしょ？」

「まだ何も決めてない。落ち着いてから、サリが好きなときにやったらいい」

「………………ふへ？」

目が点になる。結婚式？　叙爵？

聞こえてきた単語は聞き間違いだろうか。

目を見開いたまま石化したサリュマーナにホーバードが色々と答えてくれた。

「この感じ、ロンったらどうせサリーちゃんに何も説明してないんでしょ」

「……詳しくは」

「気の毒にサリーちゃん。ロンは前々から叙爵されたら結婚するって言ってたんだよ。そのお相手を僕は知らなかったけど、なんとなくサリーちゃんだろうなとは今回の狩りですぐにわかったけどね。騎士団では狩りでの成果数が一年間で千を超えると叙爵できる仕組みになってるんだ。なかなかいないけどね」

「そ、そうなんですね……」

「……ごめん。ざっくりとしか言ってなかった」

確かに近々爵位が貰《もら》えそうとも、貰ったら迎えにいくとも、確かに言っていた。それどころではなさすぎて、すっかりサリュマーナの頭から抜け落ちていただけなのだ。

「ロンのことだから、既に娼館《しょうかん》には話をつけていて、サリーちゃんをこのまま引き取るんでしょ？　やたら伝書鳥飛ばしてたから、そうだろうなとは思ってたけどさ」

「ふぇ……っ！」

「バード、お前何見てるんだよ。本当暇かよ……」

苦虫を噛《か》み潰したような顔をしてホーバードを睨《にら》む。

ちょ、ちょっと聞き捨てならないことがたくさんあったけれども……?!

「ロン様、私にもきちんと教えてくださいませ……」

膝枕をされながら言うのもどうかと思ったが、体が怠《だる》いのでいたしかたない。それもロンヴァイのせいでもあるし。

頭に置かれたままの大きな手を包むように手を添える。

ロンヴァイの言葉を一字一句聞き逃すまいと耳を傾けた。

「サリにはこのまま娼館ではなく王都にある俺の侯爵家に来てもらう。狩りの報告とか叙爵の手続きとか面倒《めんどう》ごとが終わって落ち着くまでは別邸で待ってて。ワイングロー家にも手紙を出してあるから安心していい。準備が整ったら二人で挨拶に行こう」

「あ、あの、私……」

「サリが不安に思っていることも、大丈夫だから。何も心配しなくていい」

きっとロンヴァイには全てばれている。家族のためにお金が必要なことも。そのために団娼婦として働いていたことも。

心配しなくて良いということは、おそらくサリュマーナが稼ぐつもりだったお金を肩代わりしてくれて、もう娼婦として働く必要はないということなのだろう。

何から何まで、サリュマーナの尻拭いをロンヴァイにさせてしまって申し訳なく思う。

でもここで謝るのは違うと思った。

「ロン様、本当にありがとうございます。……私、幸せです」

じわりと目に雫《しずく》が滲《にじ》む。サリュマーナは瞬きをしてそれを散らした。

自分の掌《てのひら》より遥《はる》かに大きいそれを、そっと頰に当ててぬくもりを堪能する。安心と大きな喜びがサリュマーナの心に沁《し》み渡っていく。

もう娼婦として働かなくて良い。もう気持ちの通わない男性と触れ合うことなんてない。

この先ずっとロン様と一緒に生きていける。

その事実が少しずつ少しずつ実感として広がっていく。甘く温かくて、なんだかこそばゆい。

——好きです。

今こそきちんと伝えたいと思ったが、それは二人きりのときに取っておきたくて、視線で気持ちを送った。

気づいたのか気づいていないのかはわからないが、ロンヴァイの耳が赤くなっていたので伝わっていれば良いなと思う。

「ロンもついに結婚かぁ。また周りがうるさくなるなー」

「バードもフラフラしてないでさっさと一人に決めたらいいだろう」

「うーん、それができたらいいけどねぇ」

あははと綺麗《きれい》に笑う美丈夫。初めて会ったときほどキラキラと輝いておらず、むしろ今はどす黒く見えるから不思議だ。

「わっ」

「きゃあっ」

突然ガタンと大きく馬車が揺れる。

座席から転げ落ちそうになったところをロンヴァイが抱きかかえてくれた。そんな力強さにもキュンと胸が鳴る。

「大丈夫か?」

「はい、ありがとうございます」

ドキドキと自分の心音が聞こえる。

昨夜あんな濃密な触れ合いをしたにもかかわらず、些細なことで顔が赤くなってしまう。

駄目だ、今完全に頭が恋愛脳になってしまっている……っ!

田舎から都会へ出てきて、あっという間に団娼婦としての初仕事。そのお相手がまさか昔介抱したことのある騎士見習いで、今は立派に副団長にまでなっていて。更にその人から熱烈に口説かれて抱かれて、更には求婚されて。そして自分も好きだと、思うわけで……。

短い間にいろんなことがありすぎた。のんびりゆったりと暮らしてきたサリュマーナには色々とキャパオーバーである。

ロンヴァイの些細な一挙手一投足にいちいち胸が高鳴る。

落ち着きなさい、しっかりしなさいっ！　サリュマーナ・ワイングロー！

サリュマーナがむぎゅっと頬をつねって活を入れている様子を、ロンヴァイは不思議そうに眺めていた。

＊＊＊

無事に魔獣の森を抜けて、近くの町にやってきた。あまり大きな町ではないが、自然が多く残る穏やかな町だ。

今日はこの町に唯一ある宿に泊まることになった。

遠征に向かうときは黒騎士団とは別日程で野営地に向かったので、団娼婦と護衛の者だけだった。

しかし帰りは大所帯での移動。行きは二日で着く日程だったが、帰りは三日かかってしまうそうだ。

とてもではないが騎士団員全員を宿に収容することはできない。他の人はどうするのか尋ねると、近くの広場を借りて野営をするとのことだった。

ユンヒとシュリカと合流し、割り当てられた一室へ向かい荷物を下ろす。行きは一人一部屋だったが、帰りは小さなベッドが三つ並んだだけの簡素な一部屋だった。でも一晩過ごすだけなので十分だろう。

予定よりも到着が早かったようで、まだ日が暮れるまで二時間ほどある。

馬車の中の移動時間でゆっくり休むことができたので、だいぶ体力が回復した。なので少し外に出て町を散策してみたい。

ギロック団長に可否を尋ねたところ、護衛を一人つけるならと許可が出た。ユンヒはまだゆっくり休みたいとのことだったので、シュリカと町に出ることにした。

「護衛を任されました。ユランです。よろしくお願いします！」

ピシッと礼儀正しく頭を下げるのは少佐のユラン。チョコレートのような深みのある茶色の髪に琥《こ》珀《はく》色の瞳をした好青年だ。くるんとした癖毛がなんだかぬいぐるみのようで愛くるしい。

「はじめまして。サリーです。私たちのわがままでお手を煩わせてしまい、申し訳ありません。短い間ですがお願いします」

「ユラン様、お願いしますねっ」

軽くワンピースの裾を掴《つか》み、腰を折る。シュリカは何度かユランのお相手をしていたので、気さくに声をかけていた。

特に行く当てはないので、町の人に聞いてとりあえずメイン通りを歩くことにした。

宿から三つほど先の角を曲がると大きな広場があり、そこでは騎士たちがテントを張っている様子が見えた。

森の中の野営地とは違い、場所が限られている。狭いスペースで体の大きな騎士たちが身を寄せ合って小さくなり、横になるようだ。

「私たちだけ宿に泊まるなんて、なんだか申し訳ないわね」

「いえ、癒し人になにかあってはいけませんので」

ポツリと呟《つぶや》いた言葉をユランが拾ってくれた。

それにしても広場は狭い。ここで食事を摂《と》り、一晩を過ごすとはなかなか窮屈だろう。

「食事を用意する場所もないのね……。どうするのかしら？」

「帰りの食事は支給されるパンのみです。稼ぎのある者は町で酒を飲んだりもしますが……黒騎士団は結果が全てなので、成果を出せなかった者は少しキツいですね」

「そうですか……騎士様も大変なお仕事ですね」

黒騎士団は成果に応じて給金が支給される。したがって成果のない者の給金はゼロだ。まさに実力主義の世界である。

雑談しながら歩いているとすぐにメイン通りに着いた。

夕方の時間ということもあって、人通りはそれほど多くない。

商店や飲食店、雑貨店など様々な店が建ち並ぶ。

「シュリカは何処《どこ》へ行きたい？」

「うーん。とりあえずお肉に飽きちゃったから、甘いものか、さっぱりとしたものか、そういうものがあれば良いなぁ」

「確かにそうね。もし持ち帰れそうであればユンヒさんにも買って帰りましょう」

看板の文字を読み、立ち並ぶ商品を見ながら、ゆっくりと歩を進めていく。ユランは一歩引いたところでしっかりと護衛を勤めてくれているので、安心して町を散策できた。

「サリー、ここはどう？」

そう言われて足を止めたのはキャンディー専門店と書かれた看板。ディスプレイにはカラフルな色合いの可愛《かわい》らしいモチーフの飴《あめ》が陳列されている。

うさぎや猫などの動物から、薔薇《ばら》やチューリップなどの草花を模したものまで様々だ。

「可愛いいぃ……！」

サリューマーナの知る飴とは、鼈甲《べっこう》飴や蜂蜜飴など、茶色くて歪《いびつ》な形という認識だ。こんなカラフルで可愛い飴があるなんて……。

「キャンディーなら移動中にも食べられるし、日持ちもして良いわね！」

早速中へ入店すると、店内もカラフルな色合いでとても可愛かった。ウキウキしながら商品を物色し、気に入ったものをいくつか購入する。

お値段もケーキやチョコレートなどのスイーツよりはお手頃だった。

外に出て、再びメイン通りを歩く。

シュリカは待ち切れないのか、早速購入したばかりの飴を口に含んでいた。

「んんん〜っ！　甘くて美味《おい》しい！　サリーは食べないの？」

「私は明日の移動のときにするわ」

「そっかぁ」

頬を膨らませて飴を味わうシュリカがまるで小動物のようで可愛らしい。

「ユラン様もおひとつどうですか？」

くるりと振り返って飴の入った袋を差し出す。ユランはコホンと咳払《せきばら》いをして「任務中ですので……」と断っていた。

「では宿に着いたらお渡ししますね！」

そう言ってふわりと笑うシュリカ。ユランは口元を押さえてモゴモゴと何か言っていたけれど、サリュマーナにはよく聞き取れなかった。


シュリカとユランが二人で話し込んでいるとき、サリュマーナはふと向かいにあるお店に目がとまった。

木の籠にたくさんの果物や野菜が入っており、種類ごとにきちんと整列されている。体の大きいお爺《じい》さんが営む、青果店へ足を向けた。

「わぁ、ママナラの実だわ！　ユグラ、モニアカまである……！」

「いらっしゃい。嬢ちゃん、詳しいね」

「ここは珍しいものが多いですね」

「そうなんだよ。わしが好きでねぇ。見た目のせいかあんまり売れはしないんだが、どうしても仕入れてしまうんよ」

「確かに知名度は低いけれど、どれも美味しくて栄養もたくさんあるのに……」

どの果物も栄養価が高いものばかりだ。疲労回復や免疫力を高めるもの、寝付きが良くなるものなど、その効果は薬とも違わないものばかり。

しかし見た目が良くない。毛茸《もうじょう》が生えていたり棘《とげ》が出ていたりするのだ。

「良さを知っている人でもなぁ、魔獣の森の近くの食べ物には魔獣の怨念がこもってる、なんて言って嫌厭《けんえん》する人もおるんだ。そんなことあるはずないのになぁ」

「それは酷い話です……。お爺さん、このママナラとモニアカをいただけますか？」

「ありがとうよ嬢ちゃん。そうだ、嬢ちゃんは旅の方か？　あまり見かけない顔だが」

そうだと告げると、店の路地裏に山積みになっている木箱を見せてくれた。その木箱の中にはたくさんのママナラ、モニアカなどの果物が入っている。

「よかったらここに置いてあるもの、好きなだけ持っていってくれ」

「ええっ、良いのですか！」

「あぁ、明日には熟れ過ぎてだめになってしまう。こんな時間じゃあもう売れないからなぁ。本当の価値をわかってくれる、可愛い嬢ちゃんに」

そう言って皺《しわ》を深くして微笑んでくれた。温かい親切にじわりと胸が熱くなる。

「では全ていただいても良いですか？　食べ物を無駄にするのは私の信念に反するのです……。少ししかないのが心苦しいですが、お渡しします」

袋に入れていた全財産をお爺さんへ手渡す。あともう少しお金を持ち歩いておけば良かった。

そうしてユランにも手伝ってもらい、大量の木箱を運び始めた。

色々な人の手を借りてなんとか大量の木箱を宿の近くに移動させる。

馬車を停める宿駅にスペースがあったので、宿主に許可を得てそこへ木箱を下ろした。

「サリーさん、こんなに大量の果物どうするんですか？　流石《さすが》に王都に持ち帰るのは難しいですよ？」

「広場で野営している騎士様たちにお配りしようと思って。パンとフルーツなら、口寂しくならないでしょう？」

ヨイショと重い木箱を下ろしながら、近くを通りがかった人に広場にいる食事係の騎士見習いたちを呼びにいくように頼む。

「シュリカは疲れたでしょう？　先に休んでて」

「ふふ、さっき美味しい飴を食べたら元気になったの！　あんまり器用じゃないけど、あたしも手伝うよっ」

「ありがとう……っ。でも無理はしないでね？」

「それはこっちのセリフだよ、サリー」

顔を見合わせてふふ、と笑う。

ワンピースの袖を肘上まで捲《まく》り、よしと気合を注入した。

「それで……こんなたくさんの果物をどうするの？」

「ママナラは皮が硬いから尖《とが》った石で叩《たた》いて、中の果汁を取り出すの。モニアカの毛茸はザルにいれて振るうと取れるわ。ユグラの棘は包丁で剥《む》くしかないのだけれど……そんなに数はないみたいね」

使う器具を用意したり、果物を選別していると食事係の騎士見習いたちが集まってくる。すっかり顔馴《なじ》染みになった青年たちは、皆不思議そうな顔をしていた。

「サリーさん、これなんすか」

「栄養たっぷりの果物よ。これをミックスジュースにして広場の皆さんにお配りしましょう！　夕暮れまであまり時間もないから、効率よく進めますよー！」

ピカピカに研ぎ澄まされた包丁を上に掲げ、おー！　と気合を入れる。

そして集まった数人へテキパキと指示を出していった。

不思議な形をした果物に初めは半信半疑だった騎士見習いたちも、下処理をして甘い爽やかな香りがたちこめると、段々と声音《こわね》が明るくなっていった。

「こんな物騒な見た目なのに、切ったらとても美味しそう……。香りも良い」

「美味しいだけでなくて、栄養価も高いし、まるでお薬を飲んだかのように体の調子も良くなるの。明日の朝には体が軽くなると思うわ」

「サリーさん、すごいっすね！　よかったら騎士団の専属料理人になりませんか！」

「それ、すごい助かります！」

「それは駄目だ」

突然地を這《は》うような低い声が聞こえて後ろを振り返る。眉間に深く皺を刻み、鋭い目を更に尖らせた黒騎士団副団長がいた。

「サリは俺専属。覚えとけよ」

すみませんでしたぁ！　と頭を下げる騎士見習いたち。蜘蛛《くも》の子を散らすように皆持ち場へ戻った。

「窓からサリが見えて何しているのかと思ったら……なんだ？　これはパーティーか？」

「いえ、果物をたくさんいただいたので、広場の騎士様たちにお配りしようか、と、思い、まして」

ロンヴァイの目がどんどん鋭く尖っていく。アァ？　とでも聞こえてきそうなほど、不機嫌さが滲み出ていた。

その様子を見て恐縮したサリュマーナの説明する声が小さくなっていく。

「あの、ロン様にも後できちんとお渡しするつもりで……」

「はぁぁぁー」

そんなに怒らないでください……と続けようとしたら硬い胸にぎゅっと顔を押しつけるように抱きしめられた。

「……サリのそういうところも含めて惚《ほ》れた部分もあるからな……強く言えないな」

耳元で小さく囁《ささや》かれて顔が茹《ゆ》だる。低く掠れた声は甘さを含んでいて、昨夜を思い出してお腹《なか》がズクンと疼《うず》いた。

「ロン、さま……」

黒騎士団の隊服を握りしめ、温かい胸に顔を埋《うず》める。

ふわりと香る男性特有の匂い。大きく息を吸い込んで肺の隅々までそれを堪能した。

ぽんぽんと頭を撫でられて、心臓が縮まる。

「サリー！　サリー！　どうしよう、棘を触ったら赤い液体が出てきたよぉおお！」

「大変！　シュリカすぐに手を洗って！　残ると痒《かゆ》くなるわよ！」

シュリカの必死な声が聞こえると即座に顔を上げ、ロンヴァイを突き放して腕の中から抜け出す。

すぐさまシュリカの元へと駆け寄った。

置いてけぼりをくったロンヴァイの肩に大きな手がのせられる。

「ロン副団長も大変ですね」

「ユランか。護衛ありがとう」

「いえ。役得でしたので」

「は？」

「すぐに殺気出すのやめてください。サリーさんじゃありませんよ」

琥珀色の瞳には涙目になって必死に手を洗うシュリカの姿が映っている。

ロンヴァイは「お前も大変だな」と声をかけると。

「ロン副団長は、欲しいものが手に入らないときはどうしますか？」

「……使えるものは全て使って、どうにかして手に入れる」

「それでも無理なときは？」

「…………」

「……いえ、何でもありません」

目線を少し上に上げると、眉を下げ、悔しそうに下唇を噛むユランの姿があった。

そろそろ戻ります、と言ってユランは果物が入っている木箱を抱えて行ってしまった。

だんだんと日が暮れる。空には雲がかかっており、夕焼けは見えなかったが、空は綺麗な茜《あかね》色に染まっている。

「できたわー！」

「わーい！　間に合ったねっ！」

キャッキャと女子二人ハイタッチをする。

完成したのはママナラとユグラ、モニアカの実を使って作った栄養満点、純度百パーセントのミックスジュースだ。綺麗な蜂蜜色のジュースからは甘くて少し酸味のある香りがして、食欲を刺激する。

子供が入りそうな大きさの鍋五つ分を荷台を使って広場まで運び、騎士たちみんなに振る舞った。

「なんだこれは……！」

「美味《うま》い！」

「一体なにで作られているんだ?!」

ミックスジュースは好評のようだ。

青果店のお爺さんに感謝感謝である。

また次にこの町に来たときはたくさん買い物をしようと、心に書き留めた。

――これで少しでも狩りを終えた騎士たちを労《ねぎら》えたならいいな。

たとえ成果があってもなくても、国民のために命をかけて働いてくれたことに変わりはない。

団娼婦としては、結局ロンヴァイしか相手にできなかったけれど、別のところで他の騎士たちの癒しになっていればいいなと思う。

騎士達への配膳がひと段落すると、余分に取っておいたジュースを持って煉瓦色の頭を探す。

辺りはすっかり暗くなって視界が悪かったが、不思議とすぐに見つけることができた。

「お手伝いありがとうございました。ロン様の分、取っておきました。どうぞ」

「ありがとう」

ロンヴァイはそれを素直に受け取ると、一気に呷《あお》る。無事に渡せて良かったと一安心していると、突然顎をとられ唇が重なった。

舌で唇をこじ開けられ、甘いジュースが送り込まれる。突然な行為に抵抗もできず、そのままコクコクと飲み込んだ。

「どうせ自分の分はないんだろう？　美味いか？」

「……っ」

こ、こんな人前で！　と罵る余裕もなく、顔を手で隠して頷《うなず》いた。顔から火が出そうなくらいに恥ずかしい。

無意識のうちに距離をとろうとして後ろに一歩下がる。そうするとロンヴァイも一歩近づいてくる。

「もっと要る？」

「も、もう十分でしゅ」

「そうか、残念だ」

揶揄《からか》うようにニヤリと笑うと、残っていたジュースを一息で飲み干す。

飲み終わったコップを近くにいた騎士に押しつけ、ひょいとサリュマーナを縦抱きにして抱えると、「後片付けは任せた」と言い残して広場を後にした。

そのまま宿に戻るのかと思ったら広場と宿の間にある狭い路地で降ろされた。

完全に日は暮れて、住宅の窓から漏れるランタンの光でぼんやりとしか周りは見えない。

「少し、サリを補充させて」

そう言うと後頭部を手で押さえられ、腰は太い腕で囲われて唇を奪われた。

すぐに舌が差し込まれ、口内を余すところなく愛される。鼻から果物の甘ったるい香りが抜けてクラクラと酔いそうだった。

「ん、んふ……んん、ぁ……」

体が囲われていて動けない。硬い胸を軽く叩いて拘束を緩めてもらい、動かせるようにしてもらうと、すぐにロンヴァイの首に腕を回して自ら抱きついた。

されるばかりではなくて、自分からも舌を差し込んで動かしてみた。ロンヴァイよりも下手だというこことはわかっていたが、それでも自分から行動したいと思った。

「んんっ……ん……」

上手《うま》く唾液を飲み込めずに口端《くちは》からこぼれる。そんなことも厭《いと》わず、夢中になってロンヴァイを堪能した。

すると腰に硬いものが当たる。

ハッとして唇を離すと、ゆらゆらと揺らめく炎と視線が合う。

こんな所で……と咎《とが》める自分がいるのにもかかわらず、止められなかった。吸い込まれるように再び口づけを交わす。

何度も角度を変え、舌を絡めて味わって。息があがってようやく唇を離した。密着させた腰には硬い象徴が当たったままだ。

「……ロン様、流石にここでは……」

「わかってる。でもあんな中にサリがいて。……あー、狭心だな俺は」

ぐしゃぐしゃと髪をかくと、天を仰いで大きな深呼吸を三回繰り返した。

「うん。もう大丈夫。宿に戻るか」

「ロン様、このままで良いのですか？　私、その、あの……手とか口とかで……」

腰に当たっているものは相変わらず強度があり熱もある。一度発散が必要では……と思ったので遠回しに協力を申し出てみたけれど。

「してくれてもいいけど絶対、今すぐここで絶対襲う。襲われたいなら、シて？」

「へ……あ……やめ、て、おきます」

絶対って二回も言った……。

外でシたいなんて趣味はサラサラないので、丁重にお断りしておいた。

そして二人揃《そろ》って宿へと向かった。

ロンヴァイに宿の部屋まで送ってもらい、中に入ると既にシュリカも戻ってきていた。

部屋には既に三人分の夕食が運び込まれていて、カトラリーまで綺麗に並べられている。

「サリー、今呼びにいこうとしてたの。早く食べましょー！　あたしお腹ペコペコで！」

「ユンヒさん、お体はどうですか？」

「流石にゆっくり休んだからもう大丈夫よ。心配かけてごめんね」

みんなでテーブルにつき、夕食をいただく。サラダ、チキンのソテー、パンが載ったシンプルなワンプレート。小さいテーブルに載せるとそれだけでいっぱいになった。

「ユンヒさん、食後のジュースもありますよ～！　あたしとサリーとみんなで作ったんです」

「とは言っても下処理をして絞っただけですけどね」

「あら。甘い香りはそれかしら？」

「ユラン様があたしたちの分も別にとっておいてくださったの！　ほんと気が利くお兄ちゃんみたいな素敵な人よね！」

シュリカが手際良くグラスにジュースを注いでいく。蜂蜜色のミックスジュースはランタンの光に反射してキラキラと輝いていた。

「んっ！　香りほど甘くなくて飲みやすいわね」

「ほんと～！　おいし～っ！」

「みんなで作ったから、何倍も美味しく感じるね。青果店のお爺さんに感謝しないと」

三人で顔を見合わせながら楽しい食事を満喫する。

「ユンヒさん、これ見てください！　可愛いキャンディーも買ってきましたよ～っ」

「あら。わざわざありがとう。……これは猫？」

「そうです、ユンヒさんそっくりの、お金持ちのおうちで飼われていそうな白猫です！」

ユンヒとシュリカが隣で楽しく会話している中、サリュマーナは先程のロンヴァイとの口づけを思い出しながら、ゆっくりとミックスジュースを飲み干した。


食事が終わると今度はお風呂である。

遠征中は水で濡《ぬ》らしたタオルで体を拭くことしかできなかったので、湯槽《ゆぶね》を使えることはとてもありがたかった。

団娼婦三人が使ったあと、順次役職についている騎士たちも使うようで、時間短縮のため三人同時に入ることになったのだけれど。

「ユンヒさん、シュリカ……それ、痛くないんですか……っ?!」

お風呂に入るため、服を脱いでサリュマーナは驚いた。ユンヒは首から下の至る所に、シュリカは主に背中に赤い所有痕が散らばっている。

それが男女が交わる際につける印ということは本で学び知っていたが、実際に見てみると思っていたよりも痛々しい。

「つけられるときは少し痛みがあるけれど、今はなんでもないわ。……改めて鏡で見てみると酷いわね」

「ユンヒさんすごい量！　流石にちょっと引くレベルですね。あたし背中にあるなんて今気づいた……」

洗い場にある小さな鏡を覗《のぞ》く二人。

ユンヒはスラリとした長身なのに出るところは出ている女性らしい体型。一方小柄なシュリカはウエストが驚くほど細い。

二人の女性らしい曲線美を見て、サリュマーナは自分の体が見窄《みすぼ》らしく感じた。

「ホーバード様の執着を感じますね……」

「仕事にならなくなるからつけないでって言うと、楽しそうにつけるのよ。本当に性格悪いわ……！」

「うわぁ……ユンヒさんご愁傷様です」

お風呂を使える時間は限られているので、小さな洗い場を上手く使いながら湯を使い、体を清めていく。

「ところでシュリカはどうして背中ばかりに痕があるのかしら？」

「ユラン様、後背位がお好きみたいでそればっかりだったからかなぁ」

シュリカのあっけらかんとした物言いに、思わず想像してしまって、顔が赤くなるのを湯を被《かぶ》って誤魔化《ごまか》した。

「サリーも娼婦殺しのロンヴァイ副団長を三日間相手にして、意外と元気だし、あの噂《うわさ》はただの噂だったのかなぁ」

「サリーちゃん、そのことは何も聞いていないの？」

「いやぁ、さすがに娼婦殺しましたか？　と聞ける余裕はありませんでした……」

「それはそうね……」

髪を洗い、体も石鹸《せっけん》で綺麗にして湯槽に浸かる。冷えて硬くなっていた体が解《ほぐ》れていくようで、ほぅ、と息が漏れた。

「ユンヒさん、ホーバード様との夜ってそんなに激しかったんですかぁ？」

な、なんてことを聞くの……！　と思いながらも実は少し気になっていたサリュマーナは黙ってユンヒの言葉を待った。

「激しいと表すなら激しいとは思うけれど、それよりは……うーん。地獄という表現がぴったりかしら」

「『ユンヒさん、本当にお疲れ様でした』」

ユンヒは尊敬するところばかりだ。あのホーバードの相手を務めることができるのはユンヒ以外にはいないのではないだろうか……。

お風呂から出て就寝の準備を整えると、倒れ込むように眠ってしまった。自分が思っていたよりも体は疲れていたらしい。久々に湯を使ったこともあって、ぐっすりと眠ることができた。

早朝、一番に目を覚ましたサリュマーナは他の二人を起こさないように静かに準備を始める。

寝衣を脱いで外出着に着替えようとしたとき、ふと窓ガラスに映る自分の姿が目についた。

傷も痕もない、まっさらな白い体。凹凸《おうとつ》がないわけではないけれど、特段に誇れるようなところもない標準体型。昨日のユンヒやシュリカの体とは異なり、平凡で何もない。

昨日初めて見た鬱血痕。本で見た画《え》よりも生々しく痛々しかったそれは、ホーバードやユランの執着にも似た歪《ゆが》んだ愛情を表しているかのように感じて、なんだか空虚感を覚えた。

体が仕事の娼婦に痕をつけるということは、常識的に考えてルールに違反する。痕が残る間は仕事ができないのだから。娼婦にとっては死活問題でもある。

愛してると言ってくれたロンヴァイの愛情を疑うわけではないのだが、物足りなさを感じてしまう自分はおかしいのだろうか。

執着、嫉妬、独占欲のような暗いものを自分に向けてほしいなんて思ってしまう。

「私、どうしちゃったんだろう……」

愛を告げてくれただけでもすごく幸せなことだ。更には家族の問題や娼館の手続きまで担ってくれている。ロンヴァイには十分すぎるほど大切にされているとわかっている。

わかってはいるのに、この胸の渇きはなんだろうか。

自分は恋をしておかしくなってしまったのか。

「はぁ……」

行き場のない感情を留《とど》めたまま、サリュマーナは外出着に袖を通した。

宿を出ると再び馬車へと乗り込む。今度は女子三人という気楽で楽しい移動だ。

移りゆく景色を見ながら、昨日買ったキャンディーを味わい、女子だけで楽しい移動時間を過ごす。

今日は昨日よりも大きな町で一泊する予定だ。

馬車が停まったのは高く聳《そび》える白い塔のような建物。頂上には十字架に教祖神を模した像がある。

馬車を降りると数人の神官が出迎えてくれた。

「ようこそ。大変お疲れ様でございました。女性の方は別塔となりますのでご案内いたします」

男女が共に寝泊まりをしてはいけないのが教会のルール。したがって泊まる場所を別々に分けているとのことだった。

少し離れた建物に入り、再び三人で一部屋を借りた。

「明日はやっと王都に着くわね」

「三人での移動も楽しいけれど、やっぱり移動ばかりだと飽きますねぇ」

うーんと腕を高く上げて伸びをする。

時間はまだ余裕があるが、町へ出ても手持ちのお金はゼロだ。今日は大人しく部屋で過ごそう。

そう思っていると、案内をしてくれた神官から小さなカードを手渡された。

見覚えのある小さな紙。開くとそこには筆圧の濃い力強い字があった。

『三十分後、教会の入り口で待ってる。食事にいこう。R』

ぽっと心が温かくなる。でも。

「わぁ！　いいな〜レストランでご飯！」

「デートのお誘いね！」

「どうしよう、私、手持ちのお金なくて……」

折角誘ってくれたのに、と落ち込んでいると二人に意味がわからないと真顔で言われてしまった。

「高給取りの騎士様よ？　ましてや副団長。女性に食事代なんて払わすわけがないでしょう」

「そうだよっ。あたしですら自分で払ったことなんてないからね」

「サリーちゃんが心配するところはそこじゃないわよ。三十分じゃあ新しい服を買うのは難しいわね……。少しお化粧をして、髪も結って雰囲気を変えてみるのが良いかしら」

ユンヒに腕を引かれ椅子に座らされると、あれやこれやと施しを受けた。

数十分後、完成した姿に自分でも驚いた。

少し幼く見えがちな顔も、頬や唇に色を乗せてもらうことによって大人びた印象になった。目元にひいたアイラインのおかげで目がくっきりと大きくなった気がする。

そして髪型は緩く編み込んで一つにまとめ、後れ毛を垂らして、落ち着いた女性らしい雰囲気を醸し出していた。

「わぁ、これ私……？　ユンヒさんに髪を切ってもらったときもそうだったけれど、別人みたいです」

「サリーちゃんは素材がとても良いんだから、もっと可愛くなるわよ。本当は服装も変えられると良かったけれど、それは仕方ないわ。お食事、楽しんでおいで」

「ユンヒさん、ありがとうございます！」

ぽんぽんと肩を叩かれて自然と笑顔が溢《あふ》れる。おしゃれをするって、こんなに心が躍ることなんだと初めて知った。

小さな鞄《かばん》を肩から掛け、部屋を出て教会の入り口へ向かう。

先程馬車を降りた場所へ向かうと、シャツにスラックスという軽装姿のロンヴァイが待っていた。

黒騎士団の隊服とは異なり、紋章などの装飾がない分、体の逞《たくま》しさが如実にわかる。

「お待たせしました。お誘いありがとうございます」

軽く裾を摘《つま》み上げ、腰を折る。

顔を見上げるとロンヴァイの表情はいつも通りだが、少し耳が赤らんでいた。そのことに気がついて、サリュマーナは思わず頬が緩んでしまう。

「急に悪かったな。歩いて十分くらいのところにあるレストランなんだが、馬車を使うか？」

「いえ、少し歩きたい気分です」

「そうか。移動続きだからな……じゃあ行くか」

ん、と手を差し出される。

サリュマーナは申し訳なさそうに眉を下げた。

「料金は先払いですか？　ごめんなさい、手持ちを昨日で使い切ってしまって。王都に戻ればご用意できるのですが、今は立て替えてもら」

「そんなこと気にするな。サリは俺のことだけを考えていればいいから」

そう言ってサリュマーナの小さな手を掴み、指を絡ませ合う。そしてさっさと歩き始めた。

大きな掌は相変わらず体温が高くて温かい。掌にある硬くなった場所を無意識のうちにスリスリと撫でてしまう。

「ロン様は手を繋《つな》ぐのがお好きなんですか？」

夜の触れ合いのときもよく手を繋いでいたのを思い出し訊《たず》ねてみる。

あのときは拘束の意味で繋いでいたのだと思っていたが、案外単純な理由だったのかもしれない。

そう思って何気なく聞いてみた。

「サリの手は、好きだ」

「私もロン様の手、好きです」

「そうか？　タコだらけで汚らしいが」

「大きくてあったかくて。硬くなってしまったところも、なんだか可愛いです」

「可愛い？　俺にはよくわからないが……サリが良いならいいか」

隣を歩くロンヴァイを見上げると、また耳が染まっていて。あぁやっぱり可愛いなぁと思わず笑みが溢れた。


ロンヴァイに連れられてきたのは海鮮専門のレストランだった。

食卓が立ち並ぶ奥の、カーテンで仕切られた個室に案内される。

ロンヴァイの話によると、このレストランはこの町でも盛りつけの見た目が美しいことで有名なお店らしい。そう言われると店内にいるのは女性客が多かった気がする。わざわざサリュマーナが喜びそうなお店を選んでくれたことが嬉《うれ》しかった。

「嫌いなものや苦手なものは？」

「ないです。何でも食べます」

「じゃあ店のおすすめにしよう。酒は飲めるか？」

「甘いワインはよく飲んでいました」

「じゃあ果物を漬けたワインも頼もう」

テキパキと注文を済ませ、しばらくすると料理が運ばれてきた。

蛸《たこ》と野菜のマリネに海老《えび》とトマトのスープ。バターがたっぷり練り込まれたパン。そしてメインは白身魚のソテーだ。

目の前に並べられた彩りも装飾も美しい料理を見て、思わず気分が高揚する。

「わぁ、すごい……ロン様、お皿にソースが模様のように描かれていますよ！　おしゃれですね！　食べてしまうのが勿体《もったい》ないです」

「そうだな」

「スープには海老の頭がのって……これも食べるんでしょうか？」

「それは飾りだと思うぞ」

「流石に硬くて食べられませんね。では、このマリネに添えられている花びらも飾りなんでしょうか？」

「それは苦味の少ない食用の花だから食べられるはずだ」

「うぅ、おしゃれな料理は食べるのが難しいですね」

「ぷっ……ははは！」

ロンヴァイが口を大きく開けて笑い出す。

しまった、と思ったときには既に遅かった。食い意地が露呈して恥ずかしいと思う反面、ロンヴァイの屈託のない笑顔が見れて嬉しいとも思ってしまう……。

やはりサリュマーナは今、恋愛脳になってしまっているのかもしれない。

「ロン様、そんなに笑わなくても……」

「いや、サリは目を輝かせながら食べるのな。一緒に食事していて楽しいよ」

普段表情の少ないロンヴァイがくしゃりと笑ってそんなこと言うなんて。

簡単に心臓に矢を射られた。

「ロン様が楽しいなら良かったです」

「あぁ。これから毎日見られると思うと家に帰るのが楽しみだ」

そんな口説き文句をさらりと言いながらマリネを口に運ぶロンヴァイ。

そんな様子を見て、本当に狡《ずる》い人だと思った。きっとこの人に敵《かな》うことはないんだろうなぁと思いながら、スープを一口飲んだ。

食事も終わり、甘いワインを飲みながら鞄から巾着を取り出しテーブルの上に置く。

「ロン様これを……」

巾着の紐《ひも》を緩めて中に入っているものを取り出し、ロンヴァイへ差し出した。

受け取って石を光にかざしながら、丁寧に細部を確認する。

「あの結び石か。こんな色に変わるんだな……」

ロンヴァイから贈られたときはサリュマーナの瞳と同じ、綺麗な青緑色だった。しかしロンヴァイと体を重ね、想いが通じたときから段々と色が黒ずんで、今ではただの真っ黒な石になっていた。

結び石は人間の感情には左右されないので、実際に結び会えた後はこうして変色していくのだろう。

「役目を終えたから、ですか？」

「そうかもしれないな」

「もう結び石の効果はなくなってしまったんでしょうか」

「いや。結び石の魔力は特別だ。外には漏れ出ないし、消費することもない。まだ効果は持続しているはずだ」

改めて見てみると、本当にただの石にしか見えない。

魔力を含む物質は、素人が持つとその魔力にあてられて魔力酔いが起きるのが普通だ。魔法に関しては素人のサリュマーナが何年も持っていて平気だったので、余程精度の高い魔力封じがされているのだろう。

「この石はロン様からいただいて、ロン様と結びつけてくれた大切なものですけれど……私、本当に必要な人にお渡しするべきなんじゃないかと思うのです。もう私たちには、必要のないものですし……」

効果を失ってただの石になったのであれば記念にとっておきたいとも思う。しかしまだ効果が持続しているのであれば、このままサリュマーナが持っているのは良くないだろう。

頂き物を手放すのは失礼なことだが、結び石を心より欲している人は必ずいるはずだ。黒くなり役目を失った石を自分がただ持っているのは宝の持ち腐れである。

ロンヴァイは数秒考えた後、「そうだな」と同意してくれた。

「確かに俺たちにはもう必要ない。他の人に渡すべきなんだろう。サリは譲り渡したい人はいるのか？」

「……いえ、特にいません」

頭に家族とユンヒ、シュリカの顔が浮かんだが、会いたいのに会えない等の環境下に悩んでいる人はいない。

「そうか。では俺に結び石を託してくれないか？　決して悪いようにはしないから」

「はい。もちろんです」

元はロンヴァイが手に入れたものなのだ。ロンヴァイの望むようにするのが一番だ。

巾着に石を戻し、紐を引き丁寧に結んだ。

ふとある疑問が頭をよぎり、訊ねてみる。

「ちなみに、結び石って売れるんですか？」

「売れるぞ。なかなか手に入らないからかなり高額なはず。二十万ビトラくらいが妥当じゃないか？」

「ひぇっ……！」

私、団娼婦にならなくてもお金手に入ったんじゃ……！

自分のあの並々ならぬ覚悟は一体何だったのだろうと少し落ち込んだ。団娼婦にならなければ魔鳥に襲われそうになることもなく、恐怖に震えることもなかった。

結果としてロンヴァイと再会できたし、想いを通じ合うこともできたわけなので、悔いがあるわけではないが……。

なんか、聞かなければよかったな……。

レストランを後にし、酔いを覚ますのも兼ねて、再び歩いて宿泊する教会へと向かう。

夜風は少しひんやりとしていて、火照った体にちょうど良かった。

「明日王都に入る検問所で侯爵家の馬車を用意している。そこでその馬車に乗り換えるから、そのつもりでいてくれ」

「わかりました」

ユンヒとシュリカには今夜のうちにきちんと話しておこう。そう心に決める。

女性のみが入れる別塔の入り口まで送ってもらい、ロンヴァイと別れた。

部屋に入るとユンヒとシュリカはいなかった。皆外で食事をしているのだろうか。

机の上には小さな書き置きが残されていた。

『外出してきます。ユンヒ、シュリカ』

今夜のうちに話しておきたかったが、仕方がない。明日の朝にしよう。

サリュマーナは早めに就寝の準備をして眠りにつくことにした。

八　降り積もる影

結局のところ、ユンヒとシュリカに会うことはできなかった。

朝起きて出発の時間になっても二人は現れなかった。心配してギロック団長に尋ねると「別ルートで王都へ向かっているから大丈夫」と言われて一安心したものの、会えなくて残念に思う。

娼館《しょうかん》へは戻らないことを直接会って伝えたかったが、後日手紙を送ろう。そしていつかまた会いにいこうと心に誓う。

孤独な馬車の旅を数時間過ごす。外の景色はだんだんと高さのある建物が増えていった。

そしていよいよ王都に到着した。王都に入るには検問所で身分証明を提示するか、あらかじめ連絡をいれるかをしないと通れない仕組みになっている。

一度馬車を降り、ロンヴァイと合流すると、睡蓮《すいれん》の花を模《かたど》った紋章の馬車に乗り込んだ。

「長旅は疲れただろう」

「いいえ、私は乗っているだけですので。でもユンヒさんやシュリカにお別れを言えなくて、少し寂しいです」

「二人は一緒じゃなかったのか？」

「昨夜部屋に戻ったらいなくて。ギロック団長に伺ったら別ルートで王都に向かっているとのことでした」

「そうか。落ち着いたら、また会いにいけば良い」

そうしてゆっくりと馬車が動き始める。

黒騎士団の馬車よりも装飾が多くて座席も柔らかくて肌当たりが良い。のんびりと王都の街中を眺めながらくつろいでいると、あっという間に侯爵家に到着した。

ググル侯爵家。国王の側近として優秀な人物を数多く輩出する名家。先代の侯爵から代替わりしたばかりで、確か現在はロンヴァイの兄であるログウェルトが当主として手腕を振るっている。

サリューマーナが家庭教師から教わった貴族の情報は確かこうだった。

貴族名鑑に載っていた容姿は、赤髪で漆黒の瞳を持つ端正な顔立ちの男性だった。今思い返すと顔立ちもロンヴァイとよく似ていると思う。

大きな門をくぐり、本邸を横切って奥へと進む。

本邸はとても広大で、馬車の小窓からは全容が確認できないほどだった。煉瓦《れんが》造りの建物は華やかな装飾が施されていて、まるで芸術品のようだ。

小さくなっていく本邸に目を奪われていると、ゆっくり馬車が停まる。

ロンヴァイにエスコートされて降りると、本邸より遥《はる》かに小さいものの、品があって清潔感のある煉瓦造りの建物があった。

「本邸はまるで芸術品のようでしたが、別邸は落ち着きがあって素敵な屋敷ですね」

「そうか。ありがとう」

玄関先には使用人と思《おぼ》しき人物が三人腰を折って主人を出迎えていた。

「「お帰りなさいませ」」

「あぁ。こちらの女性はサリュマーナ。手続きはこれからだが、俺の妻となる女性だ。丁重に扱ってくれ」

「「畏《かしこ》まりました」」

「初めまして。サリュマーナ・ワイングローです。よろしくお願いします」

ワンピースの裾を上げ、軽く腰を落とし挨拶をすると、ロンヴァイが使用人を紹介してくれた。

白髪頭を後ろへ撫《な》でつけた知的なお爺《じい》さんは執事のワイカー。サリュマーナの専属侍女は口元のほくろが色っぽいノニカと、垂れ目が可愛《かわい》らしいソアン。

軽く自己紹介だけを済ますと早速建物の中へと案内される。

――またここで新しい生活が始まるのね……！

そう胸を躍らせて屋敷の敷居を跨《また》いだ。

このググル侯爵家の別邸は主に来客用、もしくはロンヴァイが長期間在宅する際に使用するのみで、基本的にはあまり使われていないそうだ。

ロンヴァイは騎士団の仕事が忙しく、手がつけられない書類仕事や手続きなどを、ワイカーが手伝ってくれているらしい。

ロンヴァイと共に一通り屋敷の中を見て回る。

二階建ての屋敷は主寝室と執務室を除いて殆《ほとん》どが来客用の客室だった。

屋敷をぐるりと一周したあとは、主寝室にあるソファーでロンヴァイと一息つく。

「急で用意もできておらず申し訳ないな。必要なものがあればワイカーにでも申しつけてくれ」

「いえ、十分すぎるほどです。あの本邸にいらっしゃる侯爵様へご挨拶はよろしいのでしょうか？」

「それは俺のほうで手続きが完了してからにしよう。アレはややこしいから」

「そうですか、わかりました」

娼館の寮にあった少ない荷物は既に別邸へ運び込まれていて、クローゼットに並べられていた。他にも見たことのないワンピースやドレスが数着用意されていたので、サリュマーナのために急いで揃《そろ》えてくれたものだろう。

「俺は今から騎士団へ戻って今回の狩りの報告や手続きを済ませてくる。一週間ほどかかりきりになるから、それまでここで待っていてほしい」

「わかりました。……あの、ロン様」

「何か不安か？」

サリュマーナの表情が曇ったことをすぐに察知して心配してくれる。

顔を上げ、橙《だいだい》色の温かい双眸《そうぼう》を見つめた。

「ロン様、私は弟妹たちの教育費を稼ぐために家を出て団娼婦として働くことを決意しました。家族はこのことを知りません。私は王都で行儀見習いとして働くと伝えてあります。家族のために私が娼婦になったと知ったら、きっと悲しむと思ったので……。おこがましい申し出なのはわかっておりますが、可能であれば家族には秘密にしていてほしいのです」

背筋を伸ばし、真《ま》っ直《す》ぐに見つめながら思いを伝える。団娼婦になった経緯をきちんと自分の口から説明しておきたかったのだ。

ロンヴァイはフッと表情を和らげると、真っ直ぐに見つめ返しながら答えてくれた。

「そうか……弟妹たちのためか。サリらしい理由だな。ワイングロー家には、王都へ向かうサリを俺が見初めて野営地まで連れていき、求婚したと伝えてある。団娼婦の件も、オーナーには既に話を通してある。サリは娼館に一時的に身を置いていただけということになっているから」

「そうでしたか……。ロン様にはたくさん手を尽くしていただいて感謝しています。娼館でたてかえてもらっていたお金は働いて必ずお返しします」

いくら結婚するからといって、やはりワイングロー家の金銭問題をロンヴァイに払ってもらうのは筋違いだ。きちんとそこは割り切らないといけない。

手仕事をして物を売ったり、薬草を育てて売るでも良い。何かしら働いて必ず返金する。きっと何年もかかってしまうが、それが礼儀だとサリュマーナは思う。

「本当は返済なんて要らないが、それではサリの気が済まないんだろう。その件についてはまた婚姻後に改めて考えよう」

前のめりになって必ず返す旨を伝えると、サリュマーナの頭を優しく撫でてくれた。

そして一杯の紅茶を飲むと、すぐにロンヴァイは騎士団へと向かった。

＊＊＊

サリュマーナがググル侯爵家の別邸へ来て三日が経《た》った。

執事のワイカーや侍女のノニカとソアンにはとても良くしてもらって、快適に過ごせている。

別邸へ来てからは侍女二人に、遠征で乾燥してしまった肌をピカピカに磨いてもらい、移動で凝り固まった体を解《ほぐ》してもらった。

「お任せくださいませ、サリュマーナ様！　本邸からとっておきの美容アイテムを持って参ります！」

「今のままでもお美しいですが、更にピカピカのツヤツヤのクネクネに磨き上げてみせます！」

目を爛々《らんらん》と輝かせる二人に好き勝手されて、サリュマーナの体調はすこぶる良くなった。

肌は全身しっとりと保湿されて爪は光を反射するほど煌《きら》めき、髪も艶々と輝いている。

体も少しウエストが細くなり、胸は大きくなった気がする。

侍女二人の技術の賜物《たまもの》だ。

いつもよりも長めの睡眠を取りながらゆったりと過ごす。ユンヒやシュリカに手紙を書き、窓の外を眺めながらお茶を飲む。そんなことを繰り返すこと三日。流石《さすが》に手持ち無沙汰になり、時間を持て余すようになってしまった。

ロンヴァイが手続きを終えて帰宅するまでは外出は控えるようにと言われている。周りに迷惑がかかってしまうので、引き籠もることに異議はない。

しかしこの状態のまま、あと数日過ごすのも気が滅入《めい》ってしまいそうだ。せめて本を借りる、刺繍《ししゅう》をする、庭を散歩する、くらいはできないだろうか。

執務室にいるワイカーに可否を聞いてみようと早速足を運ぶことにした。

ノックをして入室する。壁の一面には分厚い本が所狭しと並んでおり、中央にある机には封筒や贈り物と思しき箱が山積みになっていた。

「サリュマーナ様、如何《いかが》されましたかな？」

「ワイカーさんにご相談があって……」

「それではこちらでお伺いしましょう。お茶を用意してきますので少々お待ちを」

そう言うとワイカーは一度外へ退出した。

初めて入室する執務室は、機能性を重視したシンプルな内装で、一般的な執務室とそこまで相違はない。

サリュマーナは執務机に置かれている丁寧にラッピングされている箱や封筒がどうしても気になってしまった。

可愛らしいピンクや赤色のリボン。包装紙は女性らしい花柄やポップな色合いのものばかり。明らかに若い女性からの贈り物だとわかる。

「……おモテになるのね、ロン様」

名家の侯爵家の次男で黒騎士団副団長。しかも近々叙爵される予定で貴族としての地位も確立される。更に背も高く、見た目も男性らしい鋭さのある端正な顔立ちだ。世の女性からしたら優良物件なのだろう。

あまり見てはいけないと思いつつも、宛名と差し出し人の名を見てしまう。

『ロンヴァイ・ググル様へ、キャシューア・リガロより』

可愛らしい字で書かれた桃色の封筒だけ、別箱に入れられている。

この女性とは一体どういう関係なのかしら……。

モヤモヤと黒い影がサリュマーナを覆っていく。

ノック音がしてワイカーが戻ってきた。

「お待たせいたしました。おや、机に何かございましたかな？」

「いいえ、ロン様は随分と女性から人気なのね」

「そうですね。黒騎士団の副団長になったあたりから急に増えましてねぇ。私の仕事が一気に増えましたよ」

ほほほと朗らかに笑うワイカー。サリュマーナは執務机にある一点を見ながら話し続けた。

「ごめんなさい、勝手に見てしまったのだけど……この桃色の封筒だけは別に取っておくのね」

「あぁ、その方の手紙は別にしてロンヴァイ様にお渡しするように言いつけられておりまして」

「そう……大切なお方なのね」

――大切なお方。自分で口にしておいて盛大に傷ついた。

もやもやとした影が針へと姿を変えて心臓を刺していく。ズキズキと鋭い痛みが全身へ回っていくようだった。

サリュマーナは痛みに蓋をするように、無理矢理笑顔を浮かべてソファーへと腰かけた。

ワイカーの淹《い》れてくれた紅茶を口へ運ぶ。侯爵家で用意されている茶葉は一級品で、香り豊かで美《お》味《い》しいはずなのに、何も味がしなかった。

「それでご相談とは何ですかな？」

「……ロン様がご帰宅されるまで暇を持て余してしまって。何かすることはないかしら。できたら体を動かせることだと嬉《うれ》しいのだけど」

ワイカーを訪ねた本来の目的を思い出す。

読書や刺繍でも良かったのだが、今のこの気持ちの陰りをどうにかしたいという思いでいっぱいになっていた。こんなに胸が痛むなんて。初めてのことでどうしたら良いかわからない。

だからこそサリュマーナはどうしても体を動かしたかった。体を酷使しないと眠れなくなりそうだし、余計なことばかり考えてしまいそうだから。

「そうですか。では……紅花餅《べにばなもち》作りをしては如何でしょう？　紅花を摘んで作る、染料の素になるものです。この別邸の裏に丁度咲き始めたところなんですよ」

「黄色と赤色の可愛らしいお花のことかしら？」

「そうです。いつもはただ見て鑑賞するだけなんですけどねぇ。紅花餅にすれば日持ちもするので売ることもできますし、糸を染めたいときに染めることもできますよ」

「それは良い考えだわ」

ワイカーの提案に大きく頷《うなず》く。今日の昼食後から早速取り掛かろう。

「必要な物は手配しておきます」と有能な執事は迅速に動いてくれた。

「よし、早速始めるわよ」

動きやすい無地のワンピースに着替え、つばの広い帽子を被《かぶ》り、手には大きな籠を持つ。

まずは紅花の花を摘むところからだ。

ワイカーやノニカ、ソアンは本来の使用人としての仕事が片付き次第、手伝ってくれることになっている。

ワイカーから教わったことを忠実に守りながら花を摘んでいく。小さな棘《とげ》が刺さらないように手袋をはめて丁寧に花をもぎ取っていく。

紅花餅を染料にして糸を染めると美しい赤色になる。しかしその花弁は赤だけでなく白や黄色も混じっているから不思議だ。この白や黄色の花弁からも赤い色となる色素が出るそうで、それも自然の奥深いところである。

時間を忘れて感情を無にして、ただひたすら紅花を摘む。

元々こういった細やかな手作業は得意だ。夢中になって作業をすること三時間ほどで、庭に咲いている紅花を全て採集し尽くしてしまった。

やはり体を動かして単純な作業をするのは心が洗われるように気持ちが良い。特に自然を相手にするとよりその効果が高まる気がする。黒く汚れた醜い汚れが綺麗《きれい》になっていくようだった。

休憩を挟みつつ、今度は採集した紅花を水で綺麗に洗う。何度も水を換え、土や汚れを洗い流す。

次に洗った紅花を大きな木桶《きおけ》に入れ、足でしっかりと踏む。

そして通気性の良い布の上に花弁を広げていった。

一人で黙々と作業をしていると、仕事を終えたノニカとソアンが駆けつけてくれた。

「サリューマナ様、もう全て終わっているじゃありませんか……」

「なんて手際が良いんですか。私たちにも伝授してください……」

呆《あき》れ驚く侍女二人に晴れ晴れとした笑顔で話しかけた、

「ノニカ、ソアンお疲れ様。やっぱり淡々と作業するって良いわね。心がすっきりとするわ」

「そうですか。それは何よりですが……」

「この後はこのまま紅花を一日置いて発酵させるみたいなの。だから今日はここまで、続きはまた明日にしましょう」

ふぅとグラスから水を飲む。そのただの水がまるで砂糖水のように甘く美味しく感じた。

ノニカとソアンにも後片付けを手伝ってもらっていると、見慣れない使用人の男性がこちらへ向かってくる。

「本邸より参りました。ロンヴァイ様からの文を預かっております」

使用人から手紙を受け取る。力強い筆跡の手紙は二つあり、一つはワイカー宛て。もう一つは封がされておらず、宛先にはキャシューア・リガロ様と書かれていた。

ドクンと心臓が嫌な音を立てた。ノニカとソアンの視線を感じ、慌てて表情を繕う。

落ち着いて、冷静になって……。ここで取り乱してもノニカとソアンが困るだけだわ。

後片付けを侍女たちに任せ、早速ワイカーのいる執務室へと向かった。

「先程本邸から届けていただいたの」

預かった二つの手紙をワイカーへ手渡すと、あぁと納得したように受け取った。

「封蝋《ふうろう》のお申しつけですね。ロンヴァイ様の印章はわたしが管理しておりますので」

ワイカーは慣れた手つきでもう一つの手紙――キャシューア・リガロ様宛ての手紙に印章を押す。

「あの……何か私への言伝《ことづて》など書いていなかったかしら？」

「いいえ。封蝋を頼む、としか書かれておりませんね。遠征後はお忙しいですからいつも最低限のやり取りのみです。とはいっても言葉が少なすぎるとは思いますがね」

「そう……。ロン様は頑張ってお勤めしていらっしゃるのだから、私もいつまでも休んでいられないわ。私にできることをやらなくては、ね」

右の掌《てのひら》を握りしめながら穏やかな微笑《ほほえ》みを浮かべる。

――多忙ななか、わざわざ文を送るなんて。私へは一言もないのに……。

張り裂けそうな胸の内を悟られないよう、口角を上げるので精一杯だった。


紅花餅作りは順調に進んだ。

幸いにも天候に恵まれ、紅花も次々に花を咲かせてたくさんの紅花餅を作ることができた。

発酵させた紅花は鮮やかな赤色に変わり、それを木の棒で優しくついていく。そうすると粘り気がでてくるのだ。それを丸めて水分を抜くと紅花餅となる。日陰で十日ほど乾燥させたら完成である。

紅花餅作りで体を思う存分に動かせたこともあり、ロンヴァイの女の影に落ち込む時間もなく過ごすことができた。

何かに取り憑《つ》かれたように黙々と作業するサリュマーナに、ノニカとソアンは「何故《なぜ》奥様になる方がこんなに働いていらっしゃるのかしら……」「顔……顔が必死だわ……っ」と引くほどだった。

今日はいよいよロンヴァイが帰ってくる。

あらかじめ日暮れ時に帰ると連絡があり、朝から再び侍女の手を借りて体を解してもらった。

「サリュマーナ様、紅花の色素が少し皮膚に残っています。もうっ、気をつけてくださいとあれほど言ったではありませんか！」

「ごめんなさい……どうしてもやりたかったの。気をつけてはいたのよ？」

「……わかりましたよ。私たちが絶対なんとしてでも色素を落としてみせます！」

「侍女魂が燃えますね！」

目をギチギチに見開いた侍女たちが根気よく香油でマッサージをしてくれたので、本来の白い肌に戻った。

有能で心優しい侍女たちに今度プレゼントでも贈ろうと心のメモに書き留めておく。

そうしてピカピカに磨かれている間、サリュマーナは蓋をして抑え込んでいた感情を改めて整理していた。

ロン様が女性から人気なのは当然のことだし、それを悲しむのはお門違い。お手紙の女性のことも、仲の良い女友達がいるなんて当たり前のことだわ。ときには優先順位が私より高くなることだってある。だから私が気にすることではないの。

自問自答を繰り返し、自分自身を納得させる。

ロンヴァイが愛してると言ってくれたことを信じていれば良いのだ。団娼婦のサリュマーナをここまで掬《すく》い上げてくれて、真実薬を飲んでまで愛を乞うたロンヴァイのことだけを見つめよう。

背筋を伸ばして令嬢らしい笑顔を作る。うん、大丈夫、と自分に活を入れる。

そして玄関へロンヴァイを出迎えにいった。

「お帰りをお待ちしておりました。ロン様」

「サリ。ただいま。会いたかった。待っていてくれてありがとう」

荷物をワイカーに渡し、サリュマーナの手を取ると甲にキスを落とす。久々にロンヴァイのぬくもりを感じて喜びを感じた――はずだった。

そのとき、あまりにも信じたくない事実に気がついてしまって、理性で押し留《とど》める前に涙が溢《あふ》れて頬を伝った。

だめ、止まってと思っても次から次へと溢れて止まらない。

「……っ、ごめんなさい」

呆然《ぼうぜん》とするロンヴァイを振り切って部屋へ向かって走った。廊下を走るなんて令嬢としてあってはならないマナー違反だったが、そんなことはどうでもよかった。

部屋に入るとガクンと膝から崩れ落ちる。

「……っ……っ……ぅっ」

ぽたぽたと雫《しずく》が落ち、絨毯《じゅうたん》にシミをつくる。

もう駄目。どんなに頑張っても、これだけは耐えられない。

さっきロンヴァイを信じようと、ロンヴァイだけを見つめようと、そう決めたはずなのに。そんな淡い決意は少しの揺らぎであっという間に崩れて落ちていく。

「サリ、どうした。何があったんだ？」

急いで追いかけてくれたロンヴァイがサリュマーナの肩を抱く。またしてもふわりと嫌な香りがして、思わずロンヴァイを突き飛ばした。

「ロン様来ないで！　臭いわ！」

「えぇっ……」

ガーンという効果音がつきそうなほど、ショックを受けて顔を青くするロンヴァイ。

しかしサリュマーナは幾度も抑えて留めてきた感情が、今になって溢れて止まらなくなっていて。もはや口調を取り繕うことすらできなかった。

「ロン様の馬鹿《ばか》！　やっと会えたと思ったら、そんな匂いをつけて……っ。臭いからすぐに洗って！」

キッと顔を上げて睨《ね》めつけると、突き飛ばしたロンヴァイの腕を強引に引っ張る。そのまま浴室へ引っ張り込むと乱暴に服を脱がせた。上半身を全て脱がした所でシャワーの蛇口を捻《ひね》る。

冷たい水が上から降ってきて二人を濡《ぬ》らしていった。

「ご、ごめん……お、俺そんなに臭かったのか……」

「ロン様の匂いじゃないわ！　女性の香水の匂いよ。そんな香りをつけて、どうして平気な顔をして私の所へ帰ってくるの……っ。ロン様の馬鹿！　ばかばかぁっ！」

濡れたロンヴァイの胸を何度も拳で叩《たた》いた。びくともしない体が憎くて悔しくて。

行き場のない想いを滾《たぎ》らせて、胸元に顔を寄せる。

「ごめん。ごめんなサリ」

謝罪をする声を聞いても、一度沸騰した想いは溢れて口が止まらなくなった。

「ロン様はかっこいいもの。女性から大量のお誘いや贈り物がくることは仕方ないって。そんなことはわかっているわ。でもその中に特別な女性がいるなんて、私よりも優先する女性がいるなんて嫌なの……っ。どうしても嫌……。私に魅力がないことはわかってる。ユンヒさんみたいに胸は大きくないし、シュリカほど腰も細くないもの……。団娼婦に閨《ねや》の痕をつけてはいけないルールだけれど、私はロン様のものだってたくさん印をつけてほしかった！　私も壊れてしまうくらい、腹上死してしまうほどに愛してほしいっ……！」

何もかもがぐちゃぐちゃだ。必死に押さえ込んでコントロールしていた感情が、ストッパーを失ったダムのように呆気《あっけ》なく決裂していく。

言っていることは滅茶苦茶で、ロンヴァイに詰めることでないこともわかっている。けれど止まらなかった。

「馬鹿……馬鹿、ロン様の馬鹿ぁ……」

情けなくみっともなく縋《すが》り泣く。

涙まみれになった顔がシャワーの水で洗い流されて、また涙に濡れる。

サリュマーナがこんなに取り乱すのは初めてだ。ワイングロー家ではしっかり者として親の代わりを務めるほど頼られていたし、弟妹たちのせいで自分の物や時間がなくなってしまってもこんなに悲しいことはなかった。

ましてやロンヴァイが悪いわけではないのに、まるで悪者のように詰《なじ》って責めて。

なんて最低なんだろう。

狭心が故にロンヴァイに当たってしまって。こんな面倒《めんどう》くさい女、引かれてしまうかも……。

「ごめんなさい……今言ったことは忘れて……」

そう言って一歩引こうとしたら体が動かなかった。

いつの間にか背にはロンヴァイの太い腕がまわっており、ワンピースのバックボタンが全て外されていた。

肩からずるりと服が落ちる。水分を含んだ服は重くて肌に張りついていた。

「サリ、こっち向いて」

低くて少し掠《かす》れている聞き慣れた声には、相変わらず甘さが含まれていて、それを嬉しいと喜んでいる自分がいた。

「嫌よ……ひどい顔になってるもの」

「お願い、サリとキスがしたい」

ぎゅうと強く抱きしめられる。支離滅裂で最低なことを言ったにもかかわらず、ロンヴァイはサリュマーナを強く抱きしめてくれる。その行為に後押しされて口を開いた。

「……目、瞑《つむ》っていて？」

「わかった」

そっと硬い胸元から顔を上げ、背伸びをして形の良い唇に自分のそれを押しつけた。

「んふぅ……っ！」

唇が重なった瞬間に服をずるりと腰まで下ろされて、後頭部を押さえられ舌を捩《ね》じ込まれる。

熱い舌が口内を蹂躙《じゅうりん》する。歯列から舌の裏側まで丹念に愛された。

その深いキスが嬉しくてまたほろりと涙が溢れてシャワーの水と共に流されていく。

冷たい水を浴びているのに少しも寒くない。むしろどんどん体の熱が上がっていくので丁度良いくらいだった。

いつの間にか二人の衣類は全て剥ぎ取られていた。唇は繋《つな》がったまま抱きかかえられ、湯槽《ゆぶね》に入る。

湯槽の湯が熱いのかそれともロンヴァイが熱いのか。じんわりと体が温まっていく。

「つんん……ふ……はぁ……」

一度離れてとろりと見つめ合う。ささくれだった心が少し落ち着いてきた。

「匂いはとれた？」

「ぅん……」

「このままサリを抱きたい。いい？」

濡れて張りついた髪を後ろへ掻《か》き上げる。水に濡れたロンヴァイの瞳は艶っぽく揺れていた。

「たくさん痕をつけてほしい、だったか？」

サリュマーナの耳元で低く囁《ささや》くと、肩に唇を寄せる。ギュ、という音がして鋭い痛みが肩に刺さった。

全身が沸騰するように熱い。顔もきっと真っ赤になっているに違いない。

「これだけでいい？」

「…………ここじゃ、いや……」

小さくそう返すだけで精一杯だった。

濡れた体をタオルで軽く拭うとすぐに寝台へと運ばれる。

荒立っていた心は落ち着いてきて、今はもう目の前の愛しい男性のことしか目に入らない。

「ロン様、いっぱいして」

純粋にロンヴァイが欲しくて欲しくてたまらない。

聞きたいことはたくさんある。手紙の差し出し人であるキャシューアという女性とはどういった関係なのか。何故女性の香りを纏《まと》って帰宅したのか。

しかし今は他の女性のことはどうでも良かった。

――私を見て。私を愛して。

ただサリュマーナへ向ける愛を刻みつけてほしかった。心の中に存在する黒い陰りを、ロンヴァイに塗り潰してほしかった。

ロンヴァイへと向かう感情が愛《いと》おしくて切なくて、苦しい。その大きな渦が涙となって青緑色の瞳を潤ませる。

「ロン様をいっぱい愛したいの……」

しっとりと濡れた煉瓦色の髪を掻き抱く。顔に胸が当たっていることすら、気にならなかった。

額に口づけをする。それを皮切りに顔や首元、目の前にある弾力のある肌を何度も啄《ついば》んだ。

「サリ、愛してる」

大きな手がサリュマーナの体の輪郭を確かめるように撫でる。それだけで心地よくなって、小さく息が漏れてしまった。

「んっ……私も……愛してる」

どちらからともなく唇が重なった。甘くて蕩《とろ》けるようなキス。

そのまま自然と重なりが深くなっていく。

ロンヴァイの甘い唾液を堪能しながら、雄の象徴へと手を伸ばし、優しく撫で上げた。

すっかり硬く主張している雄の先端から透明な液体が滲《にじ》んでいる。それを雄全体へと塗り広げるように両手で上下に扱《しご》いた。

「ロン様の、おっきい……」

「サリに触れるとすぐにこうなる」

「嬉しい……。舐《な》めたい、な」

「それは駄目。絶対駄目」

「どうして?」

「……それをされるとすぐ出てしまうから」

耳を赤く染めたロンヴァイが恥ずかしそうに視線を逸《そ》らす。

雄を愛撫《あいぶ》していた手を取られて寝台へと押し倒される。そのまま両手の指を絡め合った。

「俺もたくさんサリを愛したい」

耳朶《みみたぶ》をかぷりと口に含まれて低く囁かれる。たったそれだけで足の間から蜜が滲んだのがわかった。

ちゅちゅ、と首筋や鎖骨にキスされて、何度も甘い痛みが刺さった。

視線を下げると胸の膨らみに赤い鬱血痕が見えた。痛々しいそれがたまらなく嬉しくて、つい頬が緩んでしまう。

「俺がサリを愛した証拠、たくさん残してやる」

そう言うとサリュマーナの体中に舌を這《は》わせて幾つも幾つも印を刻んでいく。

甘い痛みにすっかり体は熱を持ってしまって、小さな刺激でもすぐにピクンと反応するようになってしまった。

「きもちい……んっ……私もロン様を気持ちよくしてあげたい……っ」

「俺はサリに触れるだけですげー気持ちいいよ。綺麗な肌とか、この柔らかな膨らみとか」

「んひゃぁっ」

双丘の膨らみを掴《つか》み、揺すると白い肌がぷるぷると震えた。

舌先で頂を突くように舐められると、胸の奥からじわりと愉悦が溢れ出す。

蕾《つぼみ》のような淡い快感が体中を燻《くすぶ》っていてもどかしい。

「もっと、して……っ」

より大きな悦楽を知っている体は貪欲に欲しがる。秘所をロンヴァイに見せつけるように足を広げ、膝裏を抱え込んだ。

「足りないの、もっと……もっと愛して」

すっかり蜜を溢れさせて濡れそぼったそこを、更に指で広げる。

ロンヴァイの喉仏が上下に大きく動いたのが見えた。

「……これ以上好きにさせてどうする」

差し出された蜜穴に舌を這わせてじゅるるると吸い上げる。ロンヴァイの愛撫にまたお腹《なか》の奥からじわりと蜜が溢れ出る。

「ふぁ……あぁっ……きもちいいっ！」

「すげ……どんどん溢れてくる」

いつの間にか指が挿し込まれ、蜜を掻き出すように捏《こ》ねられてどんどん快感が大きく膨れ上がっていく。

「あああっ……あんっ……それ、もっとっ！」

淫らに欲しがるサリュマーナを、ロンヴァイは丁寧に愛してくれた。

充血して膨らんだ花芯を舌で押し潰されて、膣《ちつ》内を掻き抉《えぐ》られてあっという間に高い所へ押しやられる。

ピクンピクンと弓なりに背を反らせて達してしまった。

「ふあぁ……んん、イ、ちゃった……ロンさま……」

「見てた。すげー可愛かった」

体の震えが和らいでくると、痺《しび》れる体をなんとか持ち上げる。そうしてロンヴァイのほうへ手を伸ばした。

「ロン様にも、気持ちよくなってほしいの……触っても、いい？」

「駄目だって言ってるだろう」

「……どうしても？」

「男は女と違って何度もイけないんだ。だからサリのナカで気持ち良くしてくれるか？」

コクンと小さく首肯する。

寝台に座るロンヴァイに跨がり、秘所に雄を押し当てた。

「そのまま腰を落として」

「ロン様……」

サリュマーナを欲する甘い声が耳から響いて、全身へと広がる。

硬く反り立った熱棒を濡れた泉に充てがい、ゆっくりと腰を下ろしていく。

くぷ、と先端を呑み込む。前回繋がってから時間が空いたからか、狭く窮屈になった蜜路を掻き分けて進んでいく。

経験回数の少ないサリュマーナの蜜路は、大きな雄を受け入れると未《いま》だに圧迫するような違和感がある。初めてのときよりは随分マシだが、それでも痛みで目に涙が浮かんだ。

「ふぅ……うぅっ……」

「舌出して」

言われた通りに舌を出すとロンヴァイのと絡まり混ざり合う。必死に唾液を飲み込み粘膜同士を擦《こす》

り合わせていると、お腹の奥がジワリと疼《うず》く。

「ほんと、サリはキスが好きなんだな……」

「ん、すき……ロンさまの、ぜんぶ……好きなの……」

「っ！」

目を潤ませてロンヴァイの瞳を見つめながらそう言うと、お腹の中にいる熱棒がズクンと大きく膨らんだ。

「あっ、おおきく……！」

「サリが可愛すぎるせいだ」

「んっ……んん……んふぅぅっ！」

再び唇を奪われると、すぐにまた蜜を溢れさせてしまって。滑りの良くなった膣内はズズと灼熱《しゃくねつ》を全て呑み込んだ。

舌を絡ませながら違和感の残る腰を揺らしていると、それは徐々に消え去っていく。

ロンヴァイの広い肩にしがみついて必死に腰を上下に振るう。気持ち良くて、気持ち良くなってほしくて、自分のイイところに押し当てるように腰を動かす。

「熱、くて……きもちい……気持ちいいよぉ……あああっ、ん……ロンさま、も、きもちい？」

「……あぁ」

「あんっ……ロンさまも、気持ちいい、って、言って……！　ロンさま、もっ、と……っ！」

何度も気持ち良いと言葉にして言っていると、余計に感度が上がって弾《はじ》けそうになる。

ロンヴァイにもたくさん悦楽を感じてほしい。ロンヴァイがサリュマーナで気持ち良くなっていることを感じたい。その思いで言葉をねだった。

「あぁ……すげ、気持ちいいよ。サリのナカ、最高に、イイ……！」

「ああっ……ぁっ……あぁああんっ！」

ロンヴァイの欲情を溢れさせた瞳に見つめられて、余裕のない声で気持ち良いと言われて。サリュマーナは無意識のうちに腰を深く押しつけていた。

感じる最奥を自ら押し当てて達してしまう。ぎゅううとお腹の中にいる雄を搾り上げた。

「自分でイイところ突いてイって……サリは随分いやらしくなったな」

「やぁっ……嫌いに、ならないで……！」

「嫌うわけないだろ、大好きだよ……可愛いサリもエロいサリも、泣いて縋るサリも」

蕩けた甘い表情で愛を囁かれて胸が弾けそうになった。

至近距離で見つめ合って目尻に溜《た》まった雫を唇で拭われる。

一度ずるりと雄を引き抜かれ、寝台に四つん這いにさせられた。

一呼吸置かずに、そのまま一気に後ろから貫かれる。

「ひゃあああっ！　……あぁっ……これ……ぁ、当たってっ！」

「ここ？　気持ちいいか？」

「ん、んっ……あぁあっ……いい、の……！」

初めての後背位。当たるところが変わり、下腹部の奥の感じるところを簡単に暴かれてしまった。

「もっと？」

「んんっ……もっとぉ……いっぱい、いっぱいぃいっ！」

羞恥心などなかった。なりふり構わず本能のままにロンヴァイを求めた。

「ほら、自分で腰動かしてごらん。イイところに当たるように。できるか？」

「ぅん……んんんっ……あっ、ああんっ……」

ぎこちないながらも必死で腰を振るった。少し熱棒を引き抜いて再び奥まで呑み込む。呑み込むときは奥の気持ちいい場所にグリグリと当てるように。それを何度も何度も繰り返した。

そんな淫態に煽《あお》られたロンヴァイがサリュマーナの腰の動きに合わせて腰を動かし始める。

「ああんっ！　……ぁあっ、ろんさまぁっ……！　うごい、ちゃ……っきもちいぃ……イく……っ！」

自ら獣のように腰を振るう。感じる場所を叩きつけられる衝撃が強くなってすぐに絶頂に達してしまう。

しかしそれでもロンヴァイは止まってくれなかった。

「イ、たの……っ！　あああっ……また……ああぁぁあっ！」

「いっぱい、だろ？　欲しいんだろ？　ほら、サリも止まっていないでもっと動いて」

「ぁうん……ああぅぅ……ほしっ……イ、くぅ……イくっ！　あぁぁあぁっ！」

パンパンと激しい営みの音が響き渡る。どちらが腰を振るっているのか、もはやわからない。

サラリとした温い液体が噴き出して、二人の足を濡らしていった。

ビクンと何度も大きく体が跳ねる。体を支えている腕がガクガクと震え、今にも崩れ落ちそうになった。膣内は熱棒に絡みついて子種を搾り取ろうと蠢《うごめ》く。

後ろに手を引かれ、上体を浮かせるとロンヴァイの逞《たくま》しい腕に囚《とら》われた。

ロンヴァイは小さな耳朶を口に含みながら、ぞくぞくとする甘い声で囁く。

「潮吹いて、ぎゅうぎゅうに締めつけて……サリのエロい体は俺だけのものだ。そうだろ？」

「んんっ……んくぅ……うぅ……っ！」

「たくさん愛してくれてありがとう。俺も愛してるよ。俺だけのサリ」

大好きな声だけで感じてしまってまた膣内が収縮する。

愛しい人に愛してると言われて体を貫かれて。心も体も熱いもので満たされて、幸せすぎて胸が爆《は》ぜそうだ。

そんなサリュマーナを可愛がるように更にズンッ！　と大きく腰を打ちつけられた。

肌と肌がぶつかる音とサリュマーナの淫らな告白が寝室に響く。

「ひゃあんっ！　あっ……す、き……ろ、好きぃ……だ、いすきっ！　……ぁあああっ！」

「好きだっ……サリュマーナ……！」

最奥を思い切り叩きつけられて、内臓が押し上げられる。

熱棒が爆ぜて白濁が流し込まれていくのがわかった。ドクドクと熱いものが広がるのと同様に、多幸感も全身へ巡っていく。

震えながら甘美で苦しいほどの幸せを噛《か》みしめる。

「もっと、愛してやる。だからサリも俺をもっと愛して？」

ロンヴァイはそう宣言して、サリュマーナに何度も愛を注いでいった。

幕間　悪魔の愛し方

九回目の遠征同行も無事に終わり、帰路につく。

今回もホーバード副団長に指名されては、めちゃくちゃに好き勝手抱かれて。帰りの馬車は起き上がることもできずに膝枕をされて横になる。恒例のパターンだった。

しかしいつもと違うのは最終日に避妊薬を服用できなかったことだ。

言葉で苛《いじ》められて攻め立てられるのは通常通りだが、避妊薬を飲ませず無理矢理組み敷くなんて……。ホーバードらしくない行動を不思議に思う。

それにあの言葉が胸に突き刺さったままだ。

――私に公爵家の跡取りを産んでもらう、なんて……。

今は伯爵令嬢ではない、ただの団娼婦《しょうふ》ユンヒだ。一平民の娼婦が公爵家の嫡男との子供を産むなんて……そんなこと貴族社会では許されない。

たとえユンヒがホーバードの子供を産んだとしても、ユンヒは日陰でひっそりとしか生きていけなくなるのは明白だ。子供も忌み子と陰口を言われ続ける。

ホーバードと生きる幸せな未来なんてないのだ。

おそらく愛人としてユンヒを囲うつもりなのだろう。そうとしか考えられない。

好きとか愛して幸せにとか……絶対嘘《うそ》。夜の営みで昂《たかぶ》った故の言葉よ。閨《ねや》での発言は当てにならないと他の団娼婦から聞いたこともあるし。本人は言ったことすら覚えてない可能性もあるわ。

だからまともに聞き入れるだけ無駄なのだ。

幸い月のものの周期から計算して危険日でなかったため、おそらく大丈夫だとは思うが……。念のためサリーかシュリカから避妊薬を貰《もら》っておこう。事後に服用するのは効果が薄れるものの、少しは効き目があるはずだ。

でも……でも万が一妊娠してしまったら。

そのときは姿をくらましてひっそりと何処《どこ》かで子供と二人で暮らす未来も良いかもしれない。

ホーバードに膝枕をされながらそんなことを考えていた。


宿に一泊して再び馬車での移動になる。団娼婦三人の移動の旅は楽しくて、退屈な移動時間も苦にならない。

サリーもシュリカも人当たりが良くて素直で。一緒にいると心が解《ほぐ》れて温かくなる。

まるで太陽と月のように、自分とは全く正反対の二人が愛くるしくて、羨ましいと思う。

次の町では教会に宿泊することになった。部屋に案内されて一息ついているところに、サリーにロンヴァイからの言伝《ことづて》が届けられた。

折角のデートのお誘いなのに、手持ち金がないと言って慌てるサリーにシュリカと活を入れる。

サリーはあまり男性と関わったことがないのかもしれない。初めて会ったときの風貌からして、田舎から出てきたのだろうなと推察する。

デートで浮き足立つサリーに、髪を結い上げて化粧を施した。遠征同行の荷物は最小限にしているから完璧とは言えないが、それなりに特別感のある仕上がりになったと思う。

子供の頃から使用人のお婆《ばあ》さんと暮らしていたから、髪を結うのも化粧をするのもいつも自分で行っていた。自分の手先が器用だということに気づいたのは団娼婦になってからである。それまでは比較する対象もなければ友達もいなかったのだから。

サリーが出かけてしばらくすると、ホーバードからの言伝が届いた。

『遠征に花を添えてくれた癒し人たちへご馳走を振る舞いたい。是非皆さんでミッドビトラホテルのレストランに来てほしい』

という内容だった。

「ミッドビトラホテルってあの一流ホテルですよね……?! 確か王都にもあって、お値段も高額だった気が……！」

「そうね……。シュリカは行きたい？」

「もちろんですよ！ 行かない理由がないですっ！ きっとご飯も高級料理ですよぉ！ ひゃっほうー！」

スキップをしながら身だしなみを整え始めたシュリカ。

一人ではなくシュリカと二人だし、変なことは起こらないわよね……。

そう思い直して、ユンヒも身なりを整え始めた。

そうしてユンヒとシュリカが訪れたのは、教会から歩いてすぐのメイン通りにあるミッドビトラホテルだ。並びの建物のなかで飛び抜けて煌《きら》びやかな外装なので、すぐに見つけることができた。

入り口には天使を模した石像があり、入ってすぐのところには大きな噴水がある。

「わぁ……！　なんか異国に来たみたいですね！　一応持ってきている服の中の一張羅を着てきましたけど、やっぱり買ってきたほうがよかったですかねぇ……」

「そ、そうね……」

そんなやり取りをしていると黒い騎士服に身を包む男性が二人やってくる。

「ホーバード副団長様と、ユラン様……」

「ユラン様？」

「あたしが遠征でお相手してた方です。ユラン少佐です」

シュリカがこっそりと耳打ちして教えてくれた。

「本日はお招きいただきありがとうございます。急でしたので場にそぐわない服装での参加となり、ご迷惑をおかけして申し訳ありません」

しっかりと挨拶と口上を述べ、腰を折るユンヒに倣いシュリカも頭を下げた。

「いや。畏《かしこ》まらなくていいよ。今日はお礼に誘ったのだから」

「急な誘いにもかかわらず来てくださって……ありがとうございます」

ホーバードよりも高身長なユランが、人懐っこい笑顔で歓迎してくれた。

「では……行きましょうか」

頬を赤く染めてシュリカの手を取るユランをぼうっと見つめる。

くるんとカールした深い焦茶色の髪に琥珀《こはく》色の瞳。この色の組み合わせが、昔大事にしていた犬のぬいぐるみにそっくり……なんてどうでも良いことを思い出した。

手を取られてハッと前を向く。

整った綺麗《きれい》な笑顔でユンヒの手を取るホーバード。傍《はた》から見たら美丈夫が美女の手を取る絵画のようなシーンである。

しかしユンヒにはその微笑《ほほえ》みの背景が黒く淀《よど》んでいるように見えた。

あれ、怒ってる……？　と直感的に思った。

「さぁ行くよ、ユン」

「あの、副団長様。お疲れですか？　それともなにか……怒っていますか？」

ピタリと一瞬動きを止めると、ユンヒの指を唇に当てながら、小首を傾《かし》げた。

「さぁ？　どうだろうね」

瞳の奥がぎらりと瞬いたように見えたのは気のせいだろうか……。

ホーバードに連れられて螺旋《らせん》階段を登っていく。最上階にある一室へ足を踏み入れると、大きな窓から広がる夜景が目に飛び込んできた。

「わぁ、綺麗……」

思わず言葉が溢《あふ》れ出す。

部屋を見渡してその豪華な内装に驚いた。天井には絵画が施されており、床には座ると気持ちよさそうなふかふかの絨毯《じゅうたん》が敷かれている。置かれている家具はどれも一級品ばかりだ。まるでお伽噺《とぎばなし》のお姫様が住む部屋のようである。

夜景が覗《のぞ》く窓の側《そば》には既に夕食が置かれていた。

彩りも鮮やかで二人では食べ切れなさそうなほどの量だ。名前が全くわからない料理が所狭しと並んでいる。

「さぁ、冷めないうちに食べようか」

ホーバードはそう言うとテーブルの椅子を引き、ユンヒをスマートにエスコートしてくれた。

「あの、シュリカやユラン様は？」

「別の部屋で食事をしているよ。……他の人じゃなくて今は僕だけを見ていてほしいな」

食事の準備をしながらホーバードが眉を下げて微笑む。

こんな表情のホーバードを初めて見た気がする。

そういえば、とふと気がつく。遠征同行の仕事中でしかホーバードと過ごしたことがないことに。

ユンヒは遠征以外でのホーバードを全く知らない。

「いつもこうしてホテルに泊まるのですか？」

「いや。他のみんなと同じように教会に泊まるよ。お酒はワインで良いかな？」

「あっ、はい。ありがとうございます……」

ワイングラスに入った透明な液体が揺れる。好物の白ワインだと気づいて思わず口元がほころんだ。

——あれ。何故《なぜ》私が白ワインを好きって知っているのかしら……偶然？

不思議に思いながらコツンとワイングラスを当て、食事が始まる。

カトラリーを上手《うま》く使いながら名前のわからない料理を胃に収めていく。

口に含むと爽やかな香りが鼻腔《びこう》から抜けていく。どれも高級な素材が使われていて、一流の料理人が作ったものだということは一目瞭然だった。

名前のよくわからない料理たちはどれもユンヒの大好物であるビネガーを使った、さっぱりとした料理だった。

チラリとホーバードを見遣《みや》る。

流石《さすが》公爵令息だ。テーブルマナーも所作も美しく、洗練されている。女神のような神々しい見た目も相まって思わず見惚《みと》れてしまった。

「ん？　どうしたの？」

目が合って頬が熱くなる。もう酔いが回ってきたのかもしれない。

「いえ……とても美味《おい》しいです」

「そうか。なら良かった。遠慮せずにたくさん食べて」

いつものようなギラリとした獰猛《どうもう》な嗤《わら》いではなく、ふわりと優しく微笑む。

そんな色っぽい表情を見て何故か心臓がバクバクと煩《うるさ》くなる。

久しぶりのお酒に思いの外酔っているのかもしれない……。そんなことを思いながら、目の前の料理に意識を集中させることにした。

＊＊＊

クラクラと意識が覚醒していく。ガタガタと揺れる振動ですぐに馬車の中にいるのだと気がついた。

目を開けると馬車内は薄暗い。

頭に触れるぬくもりですぐに状況を理解した。

「……ホーバード副団長様、これはどういうことですか……」

寝起きで声が掠《かす》れてしまっていることなんか気にならなかった。

何故ホテルで食事をしていたら急に馬車の中にいて膝枕をされているのか。十中八九この男が原因であるのは間違いない。

「おはようユン。ぐっすり眠っていたね」

ホーバードに支えてもらいながら体を起こして、自分の服装に驚いた。

「えっ……?! なんでこんな格好……！」

「あぁ、ユンが逃げることなんてないと思うけど、念のためにね。寒くない？」

ふわふわのタオル生地のガウンは肌触りが良い。胸元のあわせからチラリと中を覗くと、娼館《しょうかん》で見慣れた破廉恥な夜着が見えた。

「なんでっ……！ 私を誘拐するつもりですか！」

「誘拐だなんて、人聞き悪いなぁ。僕たちの新しい家に帰るだけだよ」

微動だにせずにっこりと微笑む顔が憎たらしい。

今までの経験から、泣いたり逃げ出そうとすれば喜んで倍返しにされることはわかりきっている。

ぐっと感情を抑え、仕方なく大人しく今の状況を整理することにした。

「王都のミュラン公爵家に行くのですか……？」

「そうだよ」

悪びれもせず、さも当然のように頷《うなず》く。

心を荒げたら負けだ。そう思い無心になって必要な情報を聞き出す。

「……今何時ですか？」

「さっき夜が明けたところだよ。まだ薄暗いね」

「シュリカは何処にいるのですか？」

「さぁ、とっくに騎士団に合流していると思うけど。まぁユランがついているから心配ないよ」

「勝手に騎士団から抜けても大丈夫なのですか？」

「ギロック団長には言ってあるから大丈夫。ユンが心配することは何もないよ」

色々と情報を整理して、ユンヒは一つの答えに辿《たど》り着いた。

今から公爵家へ連れていかれて、逃げられないようにきっと監禁か軟禁……されるに違いない。

そこで人形のように弄ばれるのだろう。

子供を産まされてホーバードの好き勝手にされる。

権力も資産も武力も全てを持ち合わせているホーバード・ミュラン。この男の手にかかれば、ただの団娼婦一人くらいどうにでもできる。

――また、逆戻りかぁ……。

沈む気持ちの中で、諦めに似た感情が大きくなる。

トルネアソ伯爵家の跡取りの保険として、飼い殺しにされていたあの頃を思い出す。自由も未来もなく、ただ無気力に過ごす日々。

あの灰色の日々に逆戻りだと思うと気が滅入《めい》る。

でも打開策なんてあるはずもない。既に逃げ道は閉ざされている。

まるで出荷前の家畜のような気持ちになった。


流石に顔を洗ったり、身なりを整えたいだろうと、森の中にある簡素な休憩所に立ち寄った。

ガウン姿ではうろうろと出歩けない。人気の少ない朝の時間帯に用を済ませておこうとなった。

そんな親切心があるなら初めから普通の服を着させてくれればいいのに……っ。

一度ダメ元で交渉してみたらやはり駄目だった……。やっぱりこの男、人間の面を被《かぶ》った悪魔に違いない。

森の少し開けたところに馬車を停める。辺りに人は誰もいない。

小さな井戸と簡易的に作られた閑所で身なりを繕う。

「あの、副団長様……」

「あぁ。獣が出てきて危険があるといけないから近くにいるけど、決して覗かないから」

「…………」

「……なにその目。本当だから安心して行っておいでよ」

もはや一番の獣は貴方《あなた》ですと言ってやりたかったが、その後の報復が怖いのでやめておいた。

用を済ませて、井戸水で顔を洗う。昨日化粧をしたままだったにもかかわらず、顔がドロドロと酷《ひど》いことにはなっていない。もしかしたらホーバードがある程度身を清めてくれていたのかもしれない。

そんな親切心要らないから、普通の服を着させてよ……っ！

ぐぎぎ、と歯を食いしばりながら、人が来ると困るので急いでテキパキと動く。

ふと近くに綺麗な花が咲いているのが目に留まった。朱色で細長い花びらが天に向かって広がっている。中央には黄色い花粉がついていて、その赤と黄の色合いが鮮やかで美しい。

その花が何なのかすぐに気がついた。

――タシューカだわ！

まだ伯爵令嬢だった頃、小さな屋敷の庭で幾つか売れる草花を育てたことがあった。そのときにタシューカも育てたことがある。

タシューカの黄色い粉を嗅いだり、直接触れると体が痺れて動けなくなるのだ。別名『痺れ花』とも呼ばれている。

毒としては軽いもので、人体では一時間ほどで痺《しび》れもなくなる。後遺症も残らない。

主にタシューカは畑の周辺に植えられることが多い。作物が盗まれないようにするためだ。市場ではそのような用途で売買取引されていた。

チラリとホーバードが待つ場所を確認すると、約束通りこちら側に背を向けている。

――公爵家で何をされるかわからないもの……身を守る武器は幾つあっても足りないわ！

ホーバードに抗《あらが》う武器として、タシューカの花粉を採集することに決める。

しかし身一つなため、タシューカを保存する容器も何も持ち合わせていない。

……仕方ない。背に腹はかえられないっ！

ユンヒは穿《は》いていた布面積の少ない下着を足から抜き取った。

誤って触れないように注意を払って、黄色い花粉を布に付着させる。そしてそれを内側に丸めてガウンのポケットに忍ばせた。

元々布面積の少ない下着だったからか、何も穿いていなくてもそこまで違和感はなかった。

「お待たせいたしました」

何食わぬ顔をしてホーバードの元へ戻り、普段通りに振る舞った。


馬車の小窓には布が掛けられており今現在、何処にいるのか全くわからない。

馬が地面を蹴る音と、車輪の音だけが響いている。

やがてスピードが落ち始めて馬車が停止した。てっきり王都の検問所に着いたのかと思っていたら、既に公爵家に到着したらしい。

公爵家の馬車は検問所スルーなのかしら、なんて考えていると大変なことに気がついた。

「わた、私、こんな格好で屋敷の中に入るのですか……っ！」

顔が真っ青になる。王都の公爵家は豪華絢爛《けんらん》とした屋敷で使用人の数はもちろん多い。

そんななか下着も穿いていないガウン姿で屋敷に入るなんて非常識もいいところだ。流石にそんな鋼のメンタルは持ち合わせていない。

「あの一度どこかで着替えを……っ！」

必死に金髪の美丈夫に訴えたが、無言でいつもの悪魔の微笑みを返されただけだった……。

ユンヒを軽々横抱きにすると、しっかりとした足取りで公爵家へと入っていく。

無理無理無理無理、こんな非常識な格好でミュラン公爵家に入るとか無理……！

「お帰りなさいませ。ホーバード様」と言う何人もの使用人の声を聞きながら、気を失ったふりをして顔を伏せる。

誰かこの変態男を止めて！　ガウン姿の女性を連れ帰る公爵家嫡男なんて、許しちゃって良いの……っ！

いつか公爵に会う機会があれば一度聞いてみたい。どうしたらこんな息子になるのか問いただしてみたい。一生叶《かな》うことはなさそうだけれど。

ゆっくりと降ろされて、ようやく目を開いた。

紗《しゃ》がかけられた天蓋には大きすぎる寝台。肌に当たるシーツは滑らかで心地が良い。

大きな窓からは西日が差し込んでいて、部屋の中を明るく照らしていた。

てっきり地下室や監禁部屋を予想していたユンヒは呆気《あっけ》にとられた。

「あれ、地下じゃない……？」

「地下が良かったの？　うーん。できなくはないけど、僕はお日様が当たるほうが良いなぁ」

長旅お疲れだったね、と頬をするりと撫《な》でられた。

「私を監禁するのではないのですか？」

「しないよ。僕がそんな非道なことをする人間に見える？」

「見えます」

即答したら不思議そうに眉を下げていた。

ホーバードは常識を学んだほうが良い。あと日頃の行いをもう一度省みたほうが良いと思う。

「言ったでしょう？　ユンには公爵家の跡取りを産んでもらうって。どうして監禁なんかするのさ」

「私を愛人にして、公爵家に縛りつけるのかと……」

「確かにユンを僕に縛りつけるとは言ったけどさぁ……。まぁ、そうだね、種明かしをしようか」

一度姿勢を整えると、ホーバードはユンヒの黄金色に輝く双眸《そうぼう》を真《ま》っ直《す》ぐに見つめた。

「十年前初めてユンに会って、幼いながらにこの人だ、って直感的に思ったんだよね。それからまぁ公爵家の権力も多少使いながらもずっとユンを見守っていて。トルネアソ伯爵夫妻がユンを団娼婦にさせようとするものだから、色々と手を回して……今に至るかな」

楽しそうに淡々と語るホーバードに目が点になる。

十年前……もしかして、王城の催しのときだろうか？　私を見守る？　色々手を回す？

重要な部分が誤魔化《ごまか》されていて納得がいかない。

「あの、全くわからないのですが」

「うーん。つまりすごく簡単に要約すると、ユンを欲しくなったから権力を振りかざして周りを黙らせてユンをお嫁さんにしちゃった、ってことかな」

「え。しちゃった……？」

「うん。既に婚姻許可証は提出してあって、あとは教会で婚姻誓約書にサインを書くだけ。僕は今日から一週間結婚休暇で休みなんだ。だからたくさん子作りしようね。あ、ちなみにユンは伯爵令嬢のままだよ」

あまりの情報過多に放心状態となったユンヒの唇にちゅ、とキスを落とす。

およそ一年前、伯爵夫妻に捨てられて団娼婦になった。しっかりと研修を受け団娼婦としての知識を学んだ。そしていざ遠征に同行したら、毎回仕事相手になるのはホーバードだった。それは全部ホーバードが裏で手を回していたから。

その事実はすぐに呑み込むことができた。

毎回同じ騎士編成の遠征に同行することになるのは、ホーバードが一枚噛《か》んでいるのだろうとは思っていたから。

しかしその理由がどうしても理解できない。

無意識のうちに手が震え出す。溢れだしそうな感情が揺れて大きくなって、ユンヒの全身を支配していく。

「信じられない……！　私を手に入れるために何でこんな……。回りくどいことなんかせずに、私なんか監禁して好きなようにすることなんて、貴方なら容易にできるでしょう?!　どうしてっ」

「ユンを愛人になんてしたくなかったからね。きちんと正妻として僕の隣にいてほしかったから。あとは……僕がユンを愛しているからかな」

当たり前のことを言うかの如《ごと》く、いつものように小首を傾げて美しく微笑む。普段は真っ黒に見える笑顔が、だんだんと滲《にじ》んで輪郭がぼやけていった。頬にポロポロと雫《しずく》が流れていく。

「……っ、うそよ、うそ……愛してる、だなんて……っ」

「何度でも言うよ。ユンフィーア、君を愛してる」

徐々に距離が近くなる。頬を流れる水分を舌で舐《な》められて拭われた。

「うん。やっぱりユンの啼《な》き顔は最高だね」

「変態……馬鹿ぁ……嫌いです……っ」

「うん、知ってる」

「っ……私、まだ伯爵令嬢のままなら……娼館に身を置くだけで、団娼婦として働かなくても良かったのでは……？」

「うん、まぁそうなんだけど。僕がユンを抱きたかったんだよね。だから団娼婦ではないけれど、団娼婦になったことにして、遠征に来てもらったら合法的に抱けると思って」

――信じられない。

まさか好きな女性を魔獣の住む森へ団娼婦として来させて、仕事として抱くなんて……！

「変態馬鹿《ばか》最低……っ！　魔獣のいる危険な森に好きな女性を連れてくるなんて最低ですっ！」

「危険なんてあるわけないよ。僕の弓矢がユンに届く範囲にずっといたんだから。こう見えて僕の弓矢、結構飛ぶんだ。気がつかなかった？」

「…………」

開いた口が塞がらない。

森の中でホーバードは常に弓の届く範囲にいてユンヒを守っていてくれた。そんなこと、気づくわけないでしょう……。気づいた人いる？　いや、絶対いない……。

そしてある疑念が大きく膨らんでいく。

そこまで大切だと、愛おしいと、手に入れたいと思ってくれているのなら何故？　どうして？

「私のこと愛しているのなら、なんであんな酷い言葉ばかり言うの……？」

思わず声が震えてしまう。潤んだ瞳でじっとホーバードを見つめた。

ホーバードは心底楽しそうに嬉しそうに微笑んで。

「そんなの決まってる。ユンの啼き顔が最高に可愛《かわい》いからだよ」

――――プチン。

さも当然のように言い切るホーバードに、ユンヒの中の何かが弾《はじ》けた。

あれほど止まらなかった涙も、驚くほどピタリと止まった。

信じられない。考えられない。非常識。変態。ホーバード・ミュランめ……許せない……っ！

ガウンのポケットに入っている小さな布切れを掴《つか》み、整った綺麗な顔に思いきり押しつけた。

「んぐっ」と何か言っていたが、気にするものか。粘膜にきちんと痺れ毒の成分が付着するように、何度も何度もぐりぐりと押しつけた。

突然ユンヒが下着を顔に押しつけたものだから、ホーバードは何かプレイの一種だと思ったのか……。痺れ毒と気づくのが一歩遅れてしまい、既に毒は全身へと回っていた。

「はっ……あ……痺、れ……」

「痺れ花の花粉の毒です。後遺症は残りませんのでご安心を。しばらくじっとしていてくださいね、ホーバード副団長様？」

にっこりと満面の笑みを向ける。そしてホーバードの着ている服を全て脱がせて、ガウンの紐《ひも》で手首を縛った。

「すぐに動けるようになっては困りますもの。念のために縛らせてくださいね」

痺れ毒の効果か、ホーバードは額に汗を滲ませている。それすらも色気が溢れ出ていて、女のユンヒがなんだか負けた気になる。

顔に張りついた長い金髪を除《よ》けて、軽く頬へ口づけを落とした。

産まれたままの姿になった男を舐め回すように眺めて、ユンヒはそっとガウンを脱いだ。

胸当てだけをつけた状態のユンヒは、ホーバードの男の象徴へ手を伸ばす。既に勃《た》ち上がっているそれを手で優しく撫でた。

「体を動けなくされて、女に好き勝手されるご気分はいかがですか？」

そう言ってホーバードの揺らめく瞳を見つめながら、熱棒をねっとりと舐め上げる。

「……うっ……」

毒のせいで上手く声が出せないのだろう。股間まで痺れ毒の効果が現れるのかはわからなかったが、この反応を見る限り多少は感じてくれているのだと思う。

団娼館に一年も在籍していたのだ。知識は豊富に学んだ。

今までホーバードが決して触らせてくれなかった雄を、好きなように弄《まさぐ》りまわす。

「ん、んふ……ふ、んん……」

喉の奥まで咥《くわ》え込み、舌で敏感な先端の膨らみを舐める。何度も熱棒を抜き差しして、裏筋を丁寧に舌で愛撫《あいぶ》した。

ぢゅぽぢゅぽといやらしい音が響くのも憚《はばか》らず夢中になる。

快感を引き出すように。ホーバードへの気持ちが伝わるように、ただひたすら行動で示した。丹念に隅々まで何度も。

そうしているといつの間にかユンヒの足の間から蜜が溢れ、内腿《うちもも》を濡《ぬ》らしていった。

「んっ……はぁ……」

一度口を離し、寝そべっているホーバードに馬乗りになる。

涎《よだれ》で濡れた口周りを拭い、ゆっくりとホーバードに口づけた。

そっと触れ合うだけの甘い口づけ。ユンヒから初めてホーバードにしたキスだった。

垂れ目がちな瞳を覗き込んで、クスリと妖艶に微笑んだ。

「副団長様、愛する人同士の営みは甘く蕩《とろ》けるものです。決して罵声を浴びさせて苛めて泣かせるものではありません。いい加減理解してくださいね？」

もう一度唇を塞ぎ、そのまま雄を自身の膣《ちつ》内に迎え入れた。

「んんんっ……！」

何の準備もないのにすっかり蕩けた膣内は大きな熱棒を全て呑み込んだ。そしてそのまま腰を上下に揺らし、淫らに粘膜同士を擦《こす》りつけ合う。

「はぁっ……ああっ……バードさま……」

初めて役職名でなく、名前で呼んだ。ユンヒの中で一線を引いていた名前。決して心を渡さないようにと、頑《かたく》なに言わなかった名を口にする。

するとそれに歓喜するように膣内にいる熱棒が質量を増した。

いつの間にか小さな胸当てから豊かな胸がまろび出ていた。腰を動かすたびに大きく揺れるそれを気に留めることなく必死に動く。

ユンヒはあまり体力がない。昔から引き籠もりがちだったし、団娼婦になってからも必要以上に外に出ることはない。

すぐに腰が疲れてきてしまう。でもホーバードに甘い触れ合いを感じてほしい。最後までホーバードを気持ち良くして愛してあげたい。その一心で腰を振り続けた。

「あぁ……あっ、あああん……っ！」

昂る快楽に逆らえず達してしまう。ぎゅううっと膣内にある灼熱《しゃくねつ》を食い締める。

まだ、まだだ。ホーバードはまだ達していない。

もっと愛する人同士の甘美な営みを感じてほしい。そして自分の想いを熱を通して伝えたい。

激情に突き動かされたユンヒは震える腰を叱咤《しった》して再び腰を動かす。

「あん……あっ、んんんっ……バード、さまぁ……あっ、気持ちいいっ！」

「はっ……ぁ……」

無我夢中になって必死に動いた。散々ホーバードに教え込まれた感じる所に自ら雄をぶつける。もう他のことなんて考えられない。結婚とか伯爵とか跡継ぎとか、もうどうでも良くなる。目の前にいるこの美しい悪魔がたまらなく愛《いと》おしい。

「あああっ……！　バードさまぁ……ああっ！」

「ゆ、ん……っ……くっ！」

高い所へ昇り詰めて快感が弾ける。自ら感じる最奥をグリグリと押し当てて絶頂に達した。全身がビクンビクンと跳ねて、ぐらりと重心が傾き、思わず倒れそうになる。

すると逞《たくま》しい腕がユンヒの華奢《きゃしゃ》な腰を支えてくれた。

「ユン……」

「ん、あっ……バード、さま」

「愛してるよ、ユンフィーア……。甘くてドロドロに蕩けて啼くほどイイ子作りしようね」

ドロリとした獰猛な瞳に囚《とら》われてお腹《なか》の奥がキュンと疼《うず》いた。

そのままあっという間に上下逆転され、ガツガツと腰を打ちつけられる。

「ああっ、ぅあ……っ！　バードさま、激しい、っあ……！」

「ユンの可愛い腰振りのお陰ですごい滾《たぎ》った……っ。今なら無尽蔵にできそうな気がするよ」

「ひゃぅあっ……ああんっ、なんで、なんでこんな動いて……あっ！」

「痺れ毒で完全に動けなくするなら、今の五倍は量を増やさないと僕には効かないよ」

「はぁっ……え……っ！」

「毒には慣れてるし、縄抜けは得意だよ。僕を翻弄したいのなら、もっと頑張って愛してごらん？」

「ふぁああっ！　あぁっ……！」

双丘を激しく揉《も》まれて膣内の敏感な所を叩《たた》きつけられる。瞼《まぶた》の裏が白く弾けて、脚先がピンと伸びた。何度目かわからない絶頂を迎えてその大きな波をひたすら受けとめた。

「ユン、ほらもっと僕も気持ちよくしてよ。愛する人同士の営みは蕩けるんでしょう？　もっと二人で蕩けよう？」

「ふあっ、はぁ……ふうぅん……っ、もうっ、むりぃ！　あぁんっ！」

「あぁ、とろとろに蕩けた表情すっごく可愛い……ユン、もっと啼いてもっと蕩けて？」

ホーバードはギラリと瞳を煌《ひか》らせて獰猛に嗤った。ユンヒの頬を伝う雫を味わうようにねっとりと舐め上げる。

そして休むことを咎《とが》めるように間を置くことなく、再び激しい抽送《ちゅうそう》が始まった。

悔しくて、苦しくて、気持ち良すぎて、幸せで。涙が枯れるほど泣きじゃくった。

九　一秒でも早く着実に（ロンヴァイ視点）

遠征を終えてサリュマーナを侯爵家の別邸へ無事に送り届ける。そしてすぐさま黒騎士団の本部へと戻った。

本当は三日間ほど休みをとってサリュマーナとゆったりと過ごしたかったが、仕事が山のようにある。遠征の報告書だけでなく、個人的な叙爵や婚姻の手続きも進めておきたい。

さっさと終わらせて帰ろうと心に決める。

騎士団本部にある執務室にひたすら籠もる。騎士団の寮にも戻らず、机の上で仮眠と食事を摂《と》りながらの作業である。

遠征での狩りの詳細、魔獣生態の報告、採集した核の手入れと種類分け、そして核の使い道の選定……やってもやっても終わらない仕事。思わず書類を破り捨ててしまいそうになる。

脳みそが筋肉でできているギロック団長は書類仕事に関しての仕事はすこぶる遅い。しかも質も悪い。あの人に机上の仕事をやらせるとむしろ仕事が増えるのだ……。

だから普段はホーバードと分担して書類作成を行うのだが……何故《なぜ》か今回に限っていつまで経《た》っても本部に来ない。

痺《しび》れを切らして部下に首根っこ引っ張って連行してこいと命令すると「結婚休暇で一週間休みだそうです」と言われて、目玉が飛び出るかと思った。

公爵家嫡男のくせに黒騎士団なんかに属している変人が。女には所構わず声をかけてフラフラしている女みたいな男が。

「けっこん?」

「はい」

「は、あいつが?」

「はい」

「誰と?」

「さぁ……それはわかりません」

部下に問い詰めても仕方ないので、そのまま持ち場に戻るよう告げる。

あいつが、結婚? こんなタイミングで?

ホーバードとは騎士見習いからの付き合いでかれこれもう四年ほどになる。その頃から常に飄々《ひょうひょう》としていて掴《つか》みどころがなく、自分のことはあまり語りたがらない所があった。

女性関係についても特定の相手を作らずフラフラとしている様子だったが……。

ふと馬車の中でのサリュマーナとの会話を思い出す。

「ユンヒさんやシュリカにお別れを言えなくて、少し寂しいです」

「二人は一緒じゃなかったのか?」

「昨夜部屋に戻ったらいなくて……」

もしかして。

一つ思い当たる節があった。それが本当だったのなら。

「アイツ相当やらかしてるな……」

はぁと盛大な溜《た》め息をつく。

「とりあえず、一人でもやるしかないか……」

執務机に積まれた山のような書類を睨《にら》む。

肺の中の空気を一度全て吐き出して覚悟を決めると、一番上に積まれている書類を掴んだ。

＊＊＊

「ギロック団長、報告書をお持ちしました」

「おぅ。一人でご苦労だったな」

ドンと大きい音を立てながら山積みの報告書を執務机に置く。

ギロック団長の執務室は地図や本が数冊隅に置かれているだけで、部屋の半分は武器がずらりと並べられている。

また俺が寝る間も惜しんで書類作成している間、武器ばっかり磨いていやがったな……。

怒っても睨んでも今更仕方ないのでなにも言わないが。

「あとこれは俺の個人的な書類です。確認とサインを」

「あぁ。ようやくロンも叙爵か。思っていたよりも早かったな。おめでとう」

「ありがとうございます」

黒騎士団では一年間のうちに魔獣の討伐数と魔獣の核採集の数、合わせて千を超えると叙爵される。平民でも腕さえあれば稼ぐことができ、さらには貴族の仲間入りをすることができる。

侯爵家の次男に生まれたロンヴァイは爵位を継ぐことはない。平民として食いっぱぐれない程度に生きていけたら良いと思っていた。

黒騎士団に入ったのも、武器を扱うのが好きだったから。それだけの理由で入団した。

しかしサリュマーナと出会い、恋に落ちた。

自分を犠牲にしてまで他人を掬《すく》い上げようとする、馬鹿《ばか》みたいに心優しくて愛《いと》しい女性。自分が幸せにしてやりたいと初めて心を動かされた女性。

サリュマーナは田舎の辺境にあるとはいえ、立派な男爵令嬢だ。本人は爵位にあまりこだわりはなさそうだったが、一緒になるのであればやはり安全な所で幸せに生活させてやりたい。

サリには何の憂いも危険もなく幸せに笑っていてほしい。

それからは訓練に身が入るようになり、面白いくらいにメキメキと腕が上がっていった。そうして副団長の地位まで昇り詰めることができた。

ギロック団長には主に体幹を鍛えてもらった。武器を使うときは、ただむやみに力任せにして武器を振るうのではない。柔軟に体を動かして、全体重を乗せて動く。まるで剣舞のような技術を徹底的に叩《たた》き込まれた。

「ヒョロヒョロだったロンも立派に貴族の一員か。育てた甲斐《かい》があったな」

うんうんと頷《うなず》きながら感慨に耽《ふけ》るギロック団長。

そんなことはどうでも良いから、さっさとサインをしてくれと急《せ》かす。

「まぁ慌てるな。時間はある」

「俺は一刻も早く帰りたいんですが」

「あぁ、これか。婚姻許可証。ホーバードといい、近頃は結婚ラッシュだな！」

がははと豪快に笑う熊のような団長にまたしても早くしろと尻を叩く。

書類を隅々まで確認し、サインを書く様子を見守った。筆圧が強すぎて羽根ペンのインクが滲《にじ》み、ミミズのような字になってしまっている。まぁどうであれサインはサインだから……良いか。

「おめでとう。幸せになるんだぞ」

「はい。必ず幸せにします」

「馬鹿もん。結婚は二人でするもんだ。片方の比重が大きいと、いつか壊れるぞ」

「……肝に銘じます」

「わははっ！　嫁には少し尻に敷かれるくらいが丁度良いのだ。俺の嫁は気が強いが可愛《かわい》らしいところもあってな、毎日家に帰ると……」

「では失礼します」

ギロック団長のいつもの嫁自慢が始まりそうだったので早々に切り上げる。ギロック団長は嫁一筋で、団娼婦《しょうふ》を一度も指名したことがない。この嫁話が始まるとなかなか終わらないのだ。時間は有限。さっさと逃げるに限る。

くるりと踵《きびす》を返し、扉のノブに手をかけた。

「ロン、待て。白騎士団に頼んでおいた書類だが、無事に処理されて受け取っておいたぞ」

「……それを一番に言ってくださいよ」

忘れておったわ、とがはがは笑うギロック団長から一枚の書類を受け取った。

中身を確認し、ほっと胸を撫《な》で下ろす。あともう少しだ。

「無理言ってすみません。ありがとうございました、ギロック団長」

「可愛い弟子の願いだからな。……ロン、頑張れよ」

ギロック団長へ深々と一礼して今度こそ退出する。

書類仕事も終わり、残すはあと少し。さっさと終わらせて早くサリュマーナを抱きしめたい。

ロンヴァイはくるりと騎士服のマントを翻した。

＊＊＊

丸一日かけて入念に準備をする。こういうときは始まる前の手回しが大切なのだ。すぐに終わらせてサリュマーナに会いたいが、獲物は確実に仕留めなければならない。

手紙を書くときにいつも雑になる文字が更に荒いものになってしまったが、そんなことはどうでも良かった。必要最低限の言葉だけ書き、とにかく無駄を省いて、早く、着実に。——遠征の狩りと同様だ。

食事をたらふく食べ、久々にきちんと横になって眠りについた。だいぶ気力と体力が回復したように思う。

最後の仕事をさっさと片付けて、サリのところへ戻る……！

ギロック団長から受け取った書類が胸ポケットにしまってあることを確認する。

そして王都で三本の指に入ると言われている、リガロ商会へ足を踏み入れた。

「ロンヴァイ様……っ！　お会いしたかったです！」

金髪の長い髪をくるくるとカールさせた女性がロンヴァイの首に腕を回して抱きついてきた。

咽《む》せるような香水の匂いにゔ、と顔を顰《ひそ》める。耐えられないほどの猛烈な匂いに胃液が上がってくる気がした。

相手は女性なので失礼のない程度に振り解《ほど》く。

「待たせてすまない。遠征帰りで忙しくしていた」

「あら、そうだったのですね！　そんな中わたくしに会いにきてくださって……嬉《うれ》しいですっ！」

遠征から戻ってきた騎士に対しては、常識としてお世辞でも労《ねぎら》いの言葉をかけるものだが……。あまりにも自己中心的な言動に反吐《へど》が出そうである。

キャシューア・リガロという女は見た目は金髪碧眼《へきがん》というサリュマーナに似た色合いなのに、中身が異なるとこんなにも違うものなんだなとひしひしと感じた。

「キャシューア嬢、お父上はいらっしゃるか？」

「お父様はただいま商談中ですの。あと少しで終わると思いますので、わたくしが待合室にご案内いたしますわ」

　何層にも重なった豪華なフリルのドレスを、わっさわっさと揺らしながら歩くキャシューアの後ろをついていく。

　壁一面に有名絵師が描いた作品が飾られた豪勢な部屋へ案内された。

　紅茶と焼き菓子をテーブルにセットされ、二人きりになる。

　ロンヴァイは立ち上がり、待合室の扉を全開に開けた。

「未婚のご令嬢がいるのに、密室は失礼だ」

「あら……お気遣いありがとうございます」

　頬に手を添えて優雅に微笑《ほほえ》んでいるようだが、目は笑っていない。

　はぁ……。一刻も早くサリュマーナに会って癒されたい……。

「そういえば、わたくしの手紙にお返事をくださりありがとうございました！　わたくし、とても嬉しくて嬉しくて……っ」

「こちらこそ、時間を作ってもらって感謝する。お父上も交えて話し合いたかったからな」

「まぁ……っ！」

　パアアァと顔色を明るくし、初心《うぶ》で可憐《かれん》な令嬢のように頬を染める。

　ロンヴァイが婚約か結婚の申し込みにきた、とでも思っているのだろうか。随分とめでたい女だ。

　こういう手口か……と冷静にキャシューアの言動を観察しながら時間の経過を待った。

　するとコンコンと開けっ放しになっている扉を律儀にノックする音が聞こえる。

そこには立派な髭《ひげ》を蓄えた中肉中背の男性、ドラトロ・リガロが立っていた。

「ロンヴァイ様、お待たせして申し訳ありませんなぁ」

「いえ、こちらこそ急に面会を希望して申し訳ありません。早急にお二人にお話ししたいことがありまして」

「ほうほう、なんですかな」

父娘顔を見合わせてにっこりと笑う。

そんなご機嫌な二人に、上着の内側から取り出した書類をテーブルに置いた。

「まぁっ！　もうお手続きまでなさって……！」

歓喜の声をあげるキャシューアに、文字がよく見えるように書類を見せつける。

高揚して赤く染まっていた頬が見る見るうちに青色に変わっていく。

「拘束状です。ドラドロ・リガロ氏とキャシューア・リガロ氏に。詐欺罪ですね。今頃奪い取った金品は騎士団の者が押収しているはずです。ご同行願えますか」

「ロンヴァイ様、誤解です！　それらは詐欺ではない、あたたかいご良心でいただいたものですぞ！」

「そうですわ、何かの間違いです。ロンヴァイ様！」

ぎゃあぎゃあと弁解するやり取りがとてつもなく面倒《めんどう》臭い。キンキンと耳打つ音が酷《ひど》く不快だ。

いらいらして思わず地を這《は》うようなドスの利いた声が出た。

「証拠は揃《そろ》っている。証言もある。子爵家の次男坊に、男爵家の筆頭使用人、騎士は三名だったか。

キャシューア嬢との結婚を確約するといって多額の金を奪っていたと。既に騎士団が商会に来ている。逃げることは不可能だ。二人揃って地下牢で反省するんだな。同行しないのであれば、力ずくでさせるまでだが？」

切れ長の目を尖《とが》らせる。騎士たちにリガロ商会の建物周辺は全て包囲させてある。逃げることは叶《かな》わない。

「そ……そうよ、タウヤは違うわ！　私のために、このリガロ商会の発展のためにと渡してくれたの！　詐欺なんかではありませんわ！」

「往生際が悪いぞ」

ゴミを見るような目で女を睨む。

この女のせいでワイングロー家の筆頭執事が騙《だま》され、金に困りサリュマーナの両親の金銭を盗み取ったのだ。

サリュマーナの家族がどれほど心を痛めたか。

それだけでない。どれだけの人が傷つき悲しんだことか。

薄暗く汚い地下牢で考えれば良い。

そしてあちこちに置かれている芸術品や身につけている宝石など、没収して現金化すれば、被害者の元にいくらかは返せるはずだ。

——これで少しでもサリュマーナの心が晴れたなら。

近くに待機していた部下に二人が連行されていく様子を見守りながら、愛おしい人を想った。

＊＊＊

やっと一週間ぶりにサリュマーナに会える。

躍る心をなんとか落ち着かせ、平常を装って帰宅した。

「お帰りをお待ちしておりました。ロン様」

「サリ。ただいま。会いたかった。待っていてくれてありがとう」

ふわりと愛らしく笑う天使のような女性。

これから毎日この姿を見られるなんて……自分は幸せ者だ。

帰宅の挨拶として手の甲に唇を落とす。

「……っ、ごめんなさい」

そう苦しそうに呟《つぶや》いて走り去るサリュマーナ。貴族令嬢としてきちんとマナーを守るサリュマーナが、なりふり構わず泣いている。

その事実に全身から血の気が引いた。

急いで背を追いかけ、何かあったのか問うと。

「ロン様来ないで！　臭いわ！」

「えぇっ……」

口調すら取り繕えないほど、自分は臭いのだろうか。疲れか？　ストレスか？　食べた物に変なものはなかったと思うが……。

いくら働き詰めだったとはいえ、一応風呂にも入っていたというのに。

愛する人に臭いと言われるとかなりショックだ……。

臭いから洗って！　と言われて抵抗もできず風呂場へ直行する。

「ご、ごめん……お、俺そんなに臭かったのか……」

「ロン様の匂いじゃないわ！　女性の香水の匂いよ。そんな香りをつけて、どうして平気な顔をして私の所へ帰ってくるの……っ。ロン様の馬鹿！　ばかばかぁっ！」

泣きじゃくりながらポカポカと胸を叩くサリュマーナ。礼儀を重んじる優等生なのにマナーも何もかも抜け落ちてしまうほど、他の女の存在に嫉妬している……！

その事実に気がついて一気に体に火がついた。シャワーで冷やされても昂《たかぶ》ってどんどん熱が上がっていく。

「ロン様はかっこいいもの。女性から大量のお誘いや贈り物がくることは仕方ないって。そんなことはわかっているわ。でもその中に特別な女性がいるなんて、私よりも優先する女性がいるなんて嫌なの……っ。どうしても嫌……。私に魅力がないことはわかってる。ユンヒさんみたいに胸は大きくないし、シュリカほど腰も細くないもの……。団娼婦に閨《ねや》の痕をつけてはいけないルールだけれど、私はロン様のものだってたくさん印をつけてほしかった！　私も壊れてしまうくらい、腹上死してしまうほどに愛してほしいっ……！」

ぐちゃぐちゃに泣きながら猛烈に自分を求められて、硬さを持ち始めていた雄は完全に勃《た》ちあがった。

馬鹿馬鹿と罵る弱々しい声が、とてつもなく愛おしい。

キスしたいとお願いしても、頑固になったサリュマーナはなかなか聞いてくれない。

それすらもサリュマーナが本心を曝《さら》け出してくれたようで、心を預けてくれたようで、胸がいっぱいになる。

目を瞑《つむ》り、唇を合わせるともう止まらなかった。舌を捩《ね》じ込み、少し塩《しょ》っぱくなった口内を隈《くま》なく味わう。

まさか鬱血痕をつけてほしいなんて言われると思っていなかった。

遠征のときはサリュマーナを悦こばせることと、サリュマーナを味わうことに夢中になっていた。痕のことなんて考えてもみなかった。

肩口に唇を寄せて軽くヂュ、と吸いつき印を刻む。

「これだけでいい？」

「……………ここじゃ、いや……」

なんとか言質《げんち》をもぎ取ることに成功し、頬が緩む。

サリュマーナを抱きかかえ、寝台へと移動した。

十　みっともない二人

まるで陽だまりの中にいるようだ。ポカポカと暖かくて、お日様のような芳《かんば》しい香りがする。思わず目の前にあるぬくもりに頬を擦り寄せた。

「んん……」

すべすべで気持ち良い。いい匂いもするし、温かくて安心する。

「好き……」

ふわふわとしている。夢なのか現実なのか、もしくはその境目なのだろうか。よくわからないがとても幸せだ。

ずっとこのままでいたい。離したくない。

ぎゅうっと目の前の心地良いものを抱きしめると、太腿《ふともも》に硬いモノが当たる。

なんだろう……？　浮わついた頭で考えているとだんだん意識が覚醒してきた。

薄《うっす》らと目を開けると、小傷がたくさんついた弾力のある肌が視界に入った。ゆっくりと顔を上げると甘く蕩《とろ》けた太陽の色の瞳と目が合う。

「おはよう。まだヤリ足りない？」

ニヤリと悪戯《いたずら》に笑うロンヴァイに一瞬ポカンとしてしまう。

そうだわ。昨日ロン様が帰宅されて、それで……っ！

昨日の失態からの暴言、幼子みたいに泣き喚《わめ》いて愛を欲しがったことを思い出して、頭から湯気が出そうになった。

「わ、わたし、変、な、こと、ば、かり……っ！」

パニックになって言葉がしどろもどろになる。

オロオロとするサリュマーナの頭をロンヴァイは優しく撫《な》でてくれた。そうされるとまるで手品のように心が凪《な》いでしまうから不思議である。

「昨夜のサリは最高に可愛《かわい》くて、最高にエロかったよ」

甘い声で囁《ささや》かれてせっかく落ち着いたのに、またボンっと顔が赤面する。

「わわわすれてください……！」

穴があったら入りたい。

昔から常に優等生で我を忘れてやらかした経験がないから、こういうときはどうしたら良いのかわからない。

ただただこの甘い処刑から逃げ出したくなる。

「絶対に忘れない。なんなら映像として記録しておきたいくらいだった。今度核を使って映像記録操作できないか、魔導士に問い合わせてみるか……」

「ひいっ！　絶対にやめてくださいっ！」

真剣な顔をしてそんなことを言わないでほしい。記録なんてされたら顔を合わせられなくなる……。

「なぁ。なんで敬語に戻ってしまったんだ？　昨日は素で話してくれたのに」

「だって……あの、昨日は頭に血が昇っていたといいますか……」

「へぇ。サリは頭に血が昇るとあんなに可愛くなるのか。それはまた是非ともそうさせたくなるな」

言葉を交わす度に赤みを増すサリュマーナの頬に唇を寄せる。大きな掌《てのひら》は体中を弄《まさぐ》っていて、すぐに快感の火が灯《とも》りそうになってしまう。

「たくさん気持ち良くしたら良いか？」

「ロン様、朝から、こんな……だめです……」

サリュマーナのまろやかな尻を掴《つか》み、ぐにぐにと揉《も》みしだく。昨夜大量に注がれた白濁が溢《あふ》れて太腿を濡《ぬ》らしていった。

「あぁ、溢れてきたな」

「やぁっ、っ……！　もう駄目っ！」

なんとか体を捻《よじ》って逃げようとする。しかし上半身を起こしたところで力が入らず、カクンと崩れ落ちた。

「へ……？　あ、れ？」

「あれだけ腰振ってたら、そりゃあ力も入らなくなる。覚えてないか？」

シーツにしがみつきながら昨夜を思い出す。

ロンヴァイにされるばかりが嫌で、自分も愛したくて。確かロンヴァイに馬乗りになり、無我夢中になって腰を振っていた気がする。その時は気持ち良すぎて、幸せすぎて、そんな淫態は気にもしていなかった。

今思い返すと恥ずかしすぎて死ねる……！

「お、覚えています。私、恥ずかしすぎて、死にそうです……」

淑《しと》やかで嫋《たお》やかな令嬢が美徳とされる貴族文化で、こんなはしたない女性がロンヴァイに受け入れられるわけない。

なんてことをしてしまったのだろう……と後悔をしても既に手遅れだ。

「こんな変態な女だなんて、ロン様は嫌、ですよね。引きますよね……」

弱々しい小さな声でそう呟《つぶや》く。

きっと嫌われてしまった。軽蔑された。そう思うと悲しくて悲しくて涙が迫《せ》り上がってくる。

「嫌なわけないだろ。愛してる女から猛烈に欲しがられて、愛されて……嬉《うれ》しくないわけがない」

伏せていた顔を上げさせられて、ちゅうっと口づけされる。そしてコツンと額と額を合わせた。

「ほんとうに？」

「本当。愛してるよサリュマーナ」

再び柔らかく唇を合わせると、今度は嬉し涙が浮かんでくる。

「あれだけ痕をつけたのに……まだ疑うか？」

「痕……」

そういえば所有痕が欲しくてそんなことをねだった気がする。

視線を下ろし、自分の体を確認して驚いた。

白い体に無数に散らばった尋常じゃないほどの愛の印。傍《はた》から見たら皮膚病か、と思ってしまうほどだ。ユンヒがホーバードからつけられていたものもすごかったが、それ以上である。

「そうか。足りないならまた刻まないと、だな」

「ひゃあっ！　だ、だめロン様！」

力の入らない足を持ち上げられ大きく開脚させられる。足の間から流れ出た二人の蜜液でソコは淫らに濡れていた。

内腿の柔らかい肉に新たな印をつけられて、それだけでお腹《なか》の奥が疼《うず》く。

勃《た》ち上がった雄を蜜口に当てられるとぐちゅ、といやらしい音がした。

「濡れ濡れだな」

「あっ、もう……私、体に力が入らないです……んっ……」

「俺がしてやるから。サリは何もしなくて良い。ただ俺を見つめていて」

そう言ってロンヴァイが少し腰を突き出しただけで、簡単に熱棒を呑み込んでしまった。前戯をしていないのに、昨夜の蜜液が潤滑油となって強大な灼熱《しゃくねつ》を受け入れていく。

「ふぁあっ……はい、ちゃ、うぅ……！」

痛むと思ったのに、全然痛みも違和感もない。ただあるのは強烈な気持ち良さだけだった。

全て膣《ちつ》内に収まった雄の熱さが心地良い。

すっかりロンヴァイの形に馴染《なじ》んでいる、そんな自分のいやらしい体が恥ずかしい。

「奥まで入ったな……痛くないか？」

「ん、うそ……痛くない……」

「そうか……動くぞ」

ゆっくりと腰を動かして熱棒を抜き挿しする。ストロークが長くて、蜜壁をゆっくり擦《こす》り上げられて、快感がお腹に溜《た》まっていく。

「はっ……サリのナカ、あったかくてヌルヌル……すげー気持ちいい」

「ぁ、ふぅ……わたし、も、きもちい……んんっ……」

じわじわとゆっくり膣壁を擦られるのが気持ち良い。

しかしこれだけでも十分心地良いはずなのに、どこか物足りなさを感じてしまう自分がいる。

もっと早く抽送《ちゅうそう》してほしい。もっと奥を突き上げてほしい。

そんな淫らなことを考えてしまう。ロンヴァイが与えてくれる刺激的で甘すぎる快楽を知ってしまった身体《からだ》は、もうそれが欲しくてたまらなくなる。

でも欲しいだなんて、恥ずかしくて言えない……！

昨夜のように振り切ってしまえば良いのだろうが、今は朝で部屋も明るい。何故《なぜ》かいけないことをしている気になってしまって素直になれない。

「はっ、サリ強くしてほしいのか？　腰が動いてるの、自分で気づいてるか？」

「ぁん……え？」

心とは裏腹に体は正直だったようだ。

ロンヴァイのゆっくりとした動きに合わせて、自らのイイところに当たるよう、無意識のうちに腰が動いていたらしい。

はしたない心を暴かれてしまって、思わず手で顔を覆った。

「ごめんなさぃ。気持ち良くて、もっと気持ち良くなりたい、なんて……はしたない……」

「サリ、俺を見て」

やんわりと手を掴まれて、指を絡めてシーツに縫いつけられた。

言われた通りにロンヴァイを見つめる。少し乱れた煉瓦《れんが》色の髪。ゆっくりと腰を動かす猛々《たけだけ》しい体はじんわりと汗をかいている。そしてサリュマーナを見つめる艶っぽい獰猛《どうもう》な瞳。

愛しい男性の扇情的な姿を見て、お腹がキュンと反応した。

「ろ、ん、さま……っ」

「愛してるサリュマーナ。どんな姿でも、たとえどんなに乱れていても……」

「私もっ……ロンさまを、愛してます」

「サリ、俺にどうしてほしい？」

「…………っ……」

どうしよう。恥ずかしい。でも欲しい……。

淫らな本能と理性が鬩《せめ》ぎ合うなか、炎のような熱い瞳に囚《とら》われてしまって。

……もう駄目だった。

「言って？　……サリをたくさん愛したいんだ」

「……っ……おかしくなるくらい、奥までいっぱい突いて、いっぱい愛して……っ！」

その言葉を待っていたかのように、急に抽送が激しくなる。

ギリギリまで熱棒を引き抜いて、一番奥を叩《たた》きつけられる。ひゃあうっと歓喜の声が上がった。

ズプッズプンと粘着質な音が寝室内に響く。

朝の爽やかな光が部屋を満たしていて、それに汗がキラリと反射した。

「ああんっ……きもち、気持ちいいの……好き……あっ……ろんさまだいすきぃ……！」

「サリっ……サリ……！」

最奥の奥を苛《いじ》め抜くようにぐりぐりと抉《えぐ》られる。大きな快楽の波が押し寄せてきて体が持ち上がる。

瞼《まぶた》の裏には白い星が瞬き、ビクンビクンと体が宙に浮いた。

「あっ……あっ、あああっ……！」

熱いものがお腹の奥に吐き出されて、その熱でまた達してしまった。

「ろん、ろんさまぁ……っ」

ガクガクと体が震える。昨夜から酷使しすぎた体は悲鳴をあげていて、しばらく動けそうにない。

動けないいし、震えは止まらないいし、もうどうにかなってしまいそう……！

このままヤリ続けたら自分はどうなってしまうのだろう。

ふと二つ名のことを思い出し、涙を浮かべながら必死にロンヴァイの大きな体にしがみつく。

「あ……わ、わたし、このまま腹上死、しちゃうの……？」

「……サリ？」

ゆっくりと膣内から雄を引き抜かれる。その刺激にもピクンと反応してしまう敏感な体が恨めしい。

真綿で包むように優しく抱きしめてくれた。

「ごめん。体しんどいよな……無理させてごめん。今日は何もしなくていい。サリの世話は全部俺がやるから」

「お、お仕事、は……」

「一週間は休み。だから気にするな」

汗で肌に張りついた金髪を拭いながら、ポンポンと労《いた》わるように頭を撫でる。サリュマーナの震えが治まるまで、そうやってクタクタになった体を慰めてくれた。

サリュマーナは貴族令嬢の中では体力があるほうだと自負していた。田舎の村にいたときは畑仕事もやったし、毎日何かしら歩いて外に出ていたから。

しかしそれくらいの体力では、騎士として鍛えているロンヴァイとの営みについていけない。そのことを痛感した。

「ロン様が最後まで満足できるように……私、腹上死しないように頑張って鍛えますね」

慰めてくれる大きな手が心地良くて、決意を言葉にして伝える。

もっと頑張ろう。大好きな人をたくさん愛して、愛されるように。

「サリ……さっきから腹上死って何だ？」

「…………えっとぉ……」

「もしかして『娼婦《しょうふ》殺し』ってやつか？」

「ぅ……はぃ」

遠回しに「過去に娼婦殺ししたことありますか」と言っていることと同意義だ。

気まずくてごにょごにょと言葉を濁していると。

「あー、サリにまでそんなこと伝わっているのか。過去に遠征で一緒になった団娼婦が号泣していたことがあって。話を聞いたら恋人と無理矢理別れさせられて親に売られたって言うから、魔獣に殺されたことにして町に逃したことがある。バードが揶揄《からか》って『娼婦殺し』なんて言うから、いつの間にかそれが広まってた。もちろん実際に殺したことはない」

「……そ、そうだったんですね」

はあぁぁーと重たい溜め息が出た。あれだけ不安になっていた二つ名はただの噂《うわさ》だったのだ。

なぁんだ……と胸の支《つか》えがおりたようだった。

ロンヴァイの人柄に触れるにつれて、二つ名は噂かもしれないとは思っていたが、やはり本人の口から言われると安心するものだ。好きな人が人道から外れておらず、ほっとする気持ちもあった。

今回のように人伝《ひとづて》てで聞く話には語弊がある。今度からはきちんと本人からの言葉を信じようと肝に銘じた。

「勘違いさせていたなら申し訳ない。……まったく、バードが絡むと碌《ろく》なことがないな」

「それには激しく同意します……」

幸せなぬくもりに包まれながら、ふとユンヒの顔が浮かぶ。

これから先のユンヒの安寧を願わずにはいられなかった。

落ち着いた頃、ロンヴァイはサリュマーナに全てを伝えてくれた。

ワイングロー家の財産を奪った使用人、タウヤはキャシューア・リガロという女性から結婚詐欺に遭い、金品を奪われていたこと。

その女性は共犯である父親と共に、昨日のうちに騎士団に拘束されていること。

キャシューアと手紙のやりとりをしていたのは詐欺の手口を探りつつ、逃亡されないようにするためだったこと。

昨日ロンヴァイの体から女性の香水の匂いがしたのは、キャシューアを拘束する際についたということ。

そしてタウヤが奪ったワイングロー家の財産は、全ては難しいが一部を取り戻せること。

ロンヴァイは事実を淡々とわかりやすく説明してくれた。

「前々からリガロ氏の悪行は目をつけられていたから、本格的に調べたらすぐに証拠が集まった。リガロ氏を拘束するのは本来なら白騎士団の仕事だったが、身近に被害者がいるということで許可を貰《もら》って俺が拘束してきたんだ。サリを苦しめた人は何としても俺が捕まえたかったから」

そう言って力強くサリュマーナを抱きしめた。

「ロン様、本当に、ありがとうございます……っ」

いつもいつも、ロン様は私を、私の大切なものを掬《すく》い上げてくれる。

サリュマーナは涙ながらに何度も感謝を伝えた。

「足りない分はきちんと働いてお返しします。ロン様が不在の間も、紅花餅《べにばなもち》を作ったんです。きっと時間はかかってしまいますが、たくさん手仕事をして稼ぎますから！」

「そうか。あんまり無理はするなよ。……あと俺との時間は確保して」

「はいっ、もちろんです！」

そうしてぬくもりを分け合うように唇を重ねた。


結局、休暇の間は殆《ほとん》どを寝台の上で過ごすこととなった。

ロンヴァイが帰宅して早々に酷使しすぎた身体はクタクタに疲れ切っていて、立ち上がることすら困難だった。寝台の上で食事を食べさせてもらって睡眠をとり、少し元気になったと思ったら再びドロドロに愛される。

その繰り返しで気がつけば五日が経《た》っていた。

病気でもないのに寝台の上で五日間も過ごすだなんて……！

とてつもなく悪いことをしている気になったが、結婚休暇ということもあり、まぁ今回だけは大目に見ても良いか……と自分を納得させることにした。

「休暇最終日はどうしても行きたい場所があるから…………仕方ないが今日は抱くことはしない」

休暇六日目にして抱かない宣言をしたロンヴァイ。すごくすごく躊躇《ため》ってはいたが。

毎日朝も夜も関係なく抱かれて、そのうえ外出するなど到底無理だ。体力のあるサリュマーナでも厳しい。

だから抱かない宣言は当然のことなのだが。

「私の体のことを考えてくださってありがとうございますっ！」

胸の前で手を組み、上目遣いで小首を傾《かし》げる。気遣いに対しての感謝を伝えると、みるみるうちにロンヴァイの耳が染まった。

ロン様って意外と単純でわかりやすいのね……。

休暇中二人で過ごして、だいぶロンヴァイのことがわかるようになった。

ロンヴァイは表情が硬く、更に長身で筋肉質な体に切れ長の鋭い眼という風貌なので、近づき難いという印象がある。

しかしすぐ耳が赤くなるところだったり、真実薬を飲んでまで誠実にサリュマーナと向き合ってくれたりと、本当の姿は可愛らしくて真面目な人なのだ。

ロンヴァイは非常に効率重視の考えだ。必要最低限のみの会話で、効率よく物事を進めたがる。

キャシューアには手紙を書くのにサリュマーナには一言も言葉がなかったのは、一秒でも早く仕事を終わらせて帰りたかったから……らしい。それにしても一言くらい言葉を贈ってくれても良いのにと思う。

そしてサリュマーナにとても甘いということをこの数日で思い知らされた。

普段サリュマーナは大半のことを自分で行ってしまうのだが、ロンヴァイに抱き潰されてからは思うように体が動かず、何をするにしてもロンヴァイの手を借りることが殆どだった。

それをサリュマーナは申し訳なく思うのだが、ロンヴァイは頼み事をする度にとても嬉しそうに表情を緩める。申し訳なさそうに謝るよりも、ありがとうと感謝を伝えるほうがロンヴァイが喜んでいるように感じて。そんな些細なことからも、愛されているのだと実感が湧いて。

新たなロンヴァイの一面を知る度に、愛《いと》おしい想いが募っていった。

そうしてサリュマーナは久しぶりにゆっくりと体を休めることができた。

帰宅時に願って大量につけられた所有痕も消えて見えなくなってきていた。侍女たちに見られる羞恥心もなく、心からリラックスできたのも大きい。

一時間ほど長風呂をして敏腕侍女たちに体を解《ほぐ》してもらい、癒し効果のあるラベンダーの紅茶を飲む。

そうしていると心も体もすっかりと元気を取り戻した。


夜はロンヴァイと抱き合って眠る。

「ロン様、明日は楽しみにしていますね」

「あぁ。おやすみ」

「……あの、おやすみのキスがまだですよ？」

就寝の挨拶をねだると、それをしたら止まらなくなるからと断られた。

「そうですか。わかりました。……おやすみなさい」

そう言って大人しく目を瞑《つむ》る。

しばらく経ったあとに、不意打ちでチュッと唇に触れた。

「ふふっ。ロン様、良い夢が見れますように」

サリュマーナは多幸感とぬくもりに包まれて、ふわふわと眠りに落ちた。

＊＊＊

結婚休暇最終日。今日はロンヴァイとお出かけだ。早朝から起き出して身なりを整える。

何処《どこ》へ行くのか聞いても、行ったらわかるの一言で全く教えてくれない。

サリュマーナ専属侍女のノニカとソアンに手伝ってもらい、外出着に着替える。

用意されていたワンピースは白の総レースが可愛らしいもので、所々金糸で花のモチーフが模《かたど》ってある。着てみると鎖骨と裾、袖まわりには裏地がなく、肌が透けて見える。可愛らしさと上品さを兼ね備えた逸品だ。

白の、レース……。

なんだか遠征のときに間違えて着てしまった、ユンヒから借りた破廉恥な夜着を思い起こしてしまった。

白のレースが同じだけでデザインも形も別物なのだが……なんだか居《い》た堪《たま》れない気持ちになる。

「白だと汚しちゃいそうだし、他のほうが……」と遠回しに提案してみた。しかし敏腕侍女二人に「今日は絶対コレ、なんとしてもコレです」と強い目力で言われてしまって仕方なく受け入れた。他にもたくさん衣服はあるのに。

髪型は緩くウェーブをつけて上半分を編み込みにしてもらった。顔全体に薄く白粉《おしろい》を叩《はた》き、頬と唇に色を乗せる。

「ふぁぁあっ……完全なる天使ぃ……！」

ノニカとソアンにお墨付きをもらい、ロンヴァイの待つ玄関へ向かう。

「ロン様、お待たせしました」

振り返ったロンヴァイを見て心臓に矢を射られたかと思った。

シャツの上にベストを着てネクタイを締めるという至って大衆的な装いにもかかわらず、なんという格好良さなのだろう。全体的に黒一色ですこぶるシンプルなのだが、襟やポケットなど一部金糸で装飾されており、粋な雰囲気になっている。

いつもは無造作におろしている煉瓦色の髪は前髪を上げて後ろへ流していて、精巧な顔がより際立っていた。

「サリ……常套句《じょうとうく》だが、すごく綺麗《きれい》だ」

そっとサリュマーナの手を取りキスを落とす。

ただの挨拶なのに、胸が高鳴って熱が上がったのが自分でもわかった。

「ロン様も、とても素敵です」

「ありがとう。サリには情けない姿を見せてばかりだからな」

「そんなことないです。ロン様はいつも格好良いです」

フッと目を細めて微笑《ほほえ》むロンヴァイの視線が甘い。胸がときめいて、つい口元がほころんだ。

「玄関でこれ？　甘い……甘過ぎて胸焼けしてしまいそう……」

「まぁまぁ、結婚休暇中はどこもこんな感じですよ」

「頬を染める天使！　眼福……！」

使用人のやり取りが聞こえないほど、サリュマーナはロンヴァイに釘付《くぎづ》けになっていた。

エスコートされて馬車へ乗り込む。

「王都を出て一時間くらいかかるが、平気か？」

「はい。大丈夫です」

そうしてゆっくりと馬車は動き始めた。


しばらく乗車していると、次第に馬車の揺れが大きくなる。侯爵家が用意してくれた馬車の座席はふかふかで抜群の座り心地だ。だから体が痛くなることはないのだが、一般的な乗り合い馬車であれば絶対にお尻が真っ赤になっていることだろう。

足場が悪いということはつまり整備された道ではない、森の中などの荊道《いばらみち》ということだ。

「結構揺れますね」

「大丈夫か？　体が痛いようであれば俺の膝の上にでも……」

「それは遠慮します」

「……そうか。もう着くはずだから」

この結婚休暇でロンヴァイは少し変わった。……というより感情を表に出すようになったと言うほうが適当かもしれない。

機会があればこうして積極的にサリュマーナと触れ合いたがる。そうしているうちに押し倒されてなし崩しになることは、ここ数日で学んだことである。

ましてや今は馬車の中。キッパリと意思表示をして線引きをすることは大切だ。

そんなやり取りをしていると馬車が停まった。

いつものように馬車を降りようと立ち上がると、ロンヴァイに手を掴まれる。

「ここからは俺がサリを抱いて降りるから」

「どうしてですか？　私は元気ですし、全然歩けますよ？」

「そういうしきたりなんだ」

なんのしきたりなのか不思議に思ったが、そう強く言われて否とは言えなかった。

重くてごめんなさいと断りを入れてロンヴァイの首に腕を回す。ひょいと横抱きに抱えられて馬車を降りた。

果てしなく広がる青い空。

小鳥たちの歌声。

爽やかな草木の香り。

サリュマーナに馴染み深い森の姿があった。

「わぁ……綺麗な森ですね」

「あぁ、一応侯爵家の領地内だけどな」

降り立ったのは森の少し開けた場所。あたりには雑然と木が生い茂っているだけだが、中央にはサークル状に石が敷き詰められている。

中心にはロンヴァイの背丈ほどの大きな石が鎮座していた。まるで墓のようでもあり、遺跡のようでもあり、ちょっとした休憩スペースのようでもある。

「ロン様、これは？」

「俺にもよくわからないんだ。それよりも、目的はこっち」

巨大な石で死角になって見えなかったが、この石のサークルの向こうに道が続いているようだ。

サリを軽々と抱き上げたまま、人一人がやっと通れるほどの石の道を行く。

奥へ進んでいくと段々と湿っぽい匂いが漂ってきた。

細い石の道の先には広大な池があった。

水面には切り込みの入った丸い葉が所狭しと生い茂り、葉に幾つもの水の玉をのせている。そして白やピンク、紫や黄色など色鮮やかな花が天に向かって開き、水面から顔を出していた。

陽の光を受けて水面がキラキラと輝く。

「…………」

あまりの美しい絶景に、言葉が出ない。まるで別世界へと誘われたかのような、幻想的な景色が広がっている。

いつの間にかサリュマーナの頬が濡れていた。

涙が伝う頬に軽くキスを落とし、横抱きにしたまま何も言わずに歩き出す。

池沿いを少し歩いたところに木製の古びた小舟が停泊していた。

ロンヴァイは一度サリュマーナを抱き直すと、体勢が崩れないように慎重に小舟に乗り込んだ。そしてゆっくりとサリュマーナを降ろした。

小舟は二人乗るといっぱいになった。かなり年季の入ったもののようだが、しっかりとした造りで沈むことはなさそうだ。

長い木の棒を巧みに使って、小舟を移動させる。

風に揺れて葉が擦れ合う音。

遠くで聞こえる鳥たちの睦《むつ》み合う声。

小舟がゆっくりと水の中を進む音。

穏やかで繊細で平和な音色が耳をくすぐっていく。

池の中心地に着くと、ロンヴァイはゆっくりとサリュマーナの両手を掬い上げた。

――これは本能だろうか。女の勘というやつだろうか。

今からロンヴァイがすることを、言おうとしていることを、咄嗟《とっさ》に理解した。

この気持ちは何だろう。全身が満たされて胸がいっぱいになって、それが涙へと姿を変えて溢れ落ちる。

ロンヴァイの整った顔が滲《にじ》んでしまう。

ちゃんと視線を合わせたくて、世界で一番幸福な景色を目に焼きつけておきたくて。瞬きをしてそれを散らす。雫《しずく》が頬を伝った。

そしてゆっくりと形の良い唇が開いた。

「我が名はロンヴァイ・ググル。この命が燃え尽きるまで、私の全てはサリュマーナ・ワイングローと共に」

太陽のように輝く橙《だいだい》色の瞳が眩《まぶ》しくて愛おしい。

指先から伝わるぬくもりが自分の体温と混ざり合う。この熱が夢ではないと、現実だと知らしめてくれる。

「サリュマーナ、愛してる。俺と結婚しよう」

「はい……っ」

大粒の雫を溢れさせながらも、はっきりと返事をした。

既に婚姻許可証は受理されており、あとは教会で婚姻誓約書に名を書くだけ。事実上既に夫婦といっても差し障りない。

結婚休暇最終日、どうしても行きたい所があるとロンヴァイは言った。

金襴銀襴《きんらんぎんらん》が施された華やかな衣装。ググル侯爵家の象徴である睡蓮《すいれん》の花。しきたりだとサリュマーナが汚れないように抱きかかえて運んでくれたこと。全てがこの求婚のためだった。

きちんとした言葉はなかったものの、お互い愛し合っていることは十分にわかっていたから不満や不安はなかった。でもロンヴァイはわざわざ仕切り直して言葉にしてくれた。サリュマーナのために。

ロンヴァイの思いやりに、優しさに、愛に包まれてサリュマーナは涙が止まらない。次から次へと流れ落ちる雫を指で拭いながら、ロンヴァイは嬉しそうに頬を染めている。

あらかじめ準備してあったのであろう、上着にしまってあった小さな箱を取り出した。

蓋を開けると中には対になった耳環があった。青と緑と橙の色が鮮やかにグラデーションになっている。それがまるで今見ている景色、青空と森と太陽を表しているようだった。

ビトラ国では結婚の印に対《つい》になっている装飾具を身につける習慣がある。大衆的には指輪が人気だが、騎士など武器を扱う者は耳環にすることが多いのだ。

ロンヴァイは無言のまま箱からそれを取り出してサリュマーナの左耳に嵌《は》めた。

続いてサリュマーナももう一つの耳環を取り、ロンヴァイの左耳に嵌める。

その瞬間、自然の営みの音が消えて耳環を嵌める金属音だけが響いた。

そのパチンという耳環を嵌める音が、まるでロンヴァイと見えない鎖で繋《つな》がった錠の施錠音のようだった。

お互いに耳環を見遣《みや》ったあと、視線が絡まり合う。

サリュマーナは涙に濡れたぐしゃぐしゃの顔のまま、花がほころぶように笑った。

そして一呼吸を置いて、しっかりと言葉にした。どうしても伝えたかった。

「私の全てをロンヴァイ・ググル様に捧げます。……ずっと隣におりますので、ずっと隣にいてくださいませ」

愛おしさが溢れて決壊してしまいそう。

もっと大きなぬくもりを感じたくて、ロンヴァイと一つになりたくて、突き動かされるように思いきり抱きついた。

「あぁ……二人で幸せになろう」

ロンヴァイの言葉を首肯する代わりに口づけをした。

最高に甘美で幸福なぬくもりだった。

「えぇ……っ！」

「うわっ！」

ハッと我に返って、気づいたときにはぐらりと大きく小舟が傾き、水面が大きく揺れていた。

バシャンという大きな水音が森の中に響く。

「………」

池の水底は浅く、水面は人の胸くらいの位置なので溺れることはない。

髪から濁った水を滴らせながら、二人は呆然と見つめ合った。

二人とも全身水浸しである。おまけにロンヴァイの頭には切り込みの入った丸い葉までのっていた。

「あはははっ」

「ははっ」

顔を見合って思いきり笑う。侍女たちにせっかく綺麗に整えてもらった化粧や髪も台無しだ。

「ふふっ、ロン様、頭に葉っぱがのっていますよ」

「あぁ……なんでここぞというときに、俺はいつも格好悪いんだろうか」

「ロン様はいつでも格好良いですよ」

「そんなこと言うのはサリだけだ」

ひとしきり笑い合って、ロンヴァイは水面に浮かぶ白い睡蓮を一輪手折って、サリュマーナの耳上に挿した。

「泥まみれになっても血まみれになっても吐瀉物《としゃぶつ》まみれになっても……サリは綺麗だ」

「ふふ。そんなこと言うのはロン様だけです」

頭の先までびしょ濡れで、泥だらけでみっともなくて全然格好つかなくて。

けれど、自分たちらしくて幸せな求婚の瞬間だった。

自然とお互い身を寄せ合い、ぎゅうと抱き合う。

「……幸せだな」

「はい。あの、ロン様……」

「どうした？　寒いか？」

水で張りついた長い金髪を丁寧に払いながら、サリュマーナを気遣ってくれる。

いつも優しく包み込んでくれて、一番に想ってくれる大好きな人。自分のことは後回しでいつも他人を優先してしまうサリュマーナを、一番甘やかして愛してくれる人。

——私の一生をかけてこの男性を幸せにしたい。

耳環がついた耳に唇を寄せて小さい声で囁いた。

「ロン様を、いっぱい愛したいです」

そして熱を持って色づき始めた耳に、愛しむように口づけをした。

後日談　実家帰省

果てしなく広がる青い空。

小鳥たちの歌声。

爽やかな草木の香り。

土の中に混じる動物たちの命の匂い。

ここは森と畑が広がる、サリュマーナが生まれ育ったビトラ国最西端にある田舎村。

「んーっ！」

サリュマーナは両手を大きく広げて、体の隅々まで行き渡るように空気を取り込んだ。音も匂いも景色も、四ヶ月前と何も変わっていない。

ワイングロー家の財産を筆頭執事に盗まれ、弟妹たちの教育費を稼ぐために王都へ旅立った日が遠い昔のように感じる。

「馬上は疲れただろう。よく頑張ったな」

「いえ、ずっとロン様が支えてくれましたから」

愛馬を預けてきたロンヴァイが優しい声音《こわね》で話しかける。

剣ダコだらけの無骨な手が、艶《つや》やかな金髪を撫《な》でた。

「此処《ここ》は相変わらず穏やかだな」

「そうですね。前回来た時は時間がなくてすぐに帰ってしまいましたから……今回は時間もあることですし、良かったら明日森をお散歩でもしませんか？」

「それは良いな」

自然と顔が近づいて頬に唇が落ちる。チュッチュと柔肌を堪能すると、ロンヴァイはサリュマーナを抱き寄せ、頭の上に顎をのせた。

ふぅ、と息をつく音がする。

「ふふっ。ロン様、もしかして緊張されていますか？」

「……そうだな。前に結婚の挨拶に来たときは、盗まれた金品の返還と手続きをして、最低限の事情説明だけをしてすぐに帰還してしまったからな。挙式はいつの間にか終わっていたし。サリの家族とゆっくり過ごすなんて、上手《うま》くできるだろうか」

「大丈夫です。私の大好きな旦那様ですもの、家族のみんなもきっと同じ思いです」

ロンヴァイの顔を覗《のぞ》き込み、橙《だいだい》色の切れ長な瞳を見つめた。目が細まり、柔らかな笑みが漏れる。

二人は手を繋《つな》ぐと扉へ向かって歩き始めた。

「ずっと手綱を握っておられてお疲れでしょうから、中へ入りましょう。何もなくてつまらないですが」

貴族の屋敷というよりもログハウスに近い実家は、小さいけれどとても温かみがある。豪華さは皆無だが、そんな素朴な家がサリュマーナは大好きだった。

木の扉を叩《たた》こうとして、視線を感じてふと上を見上げる。

「あ、あなたたち……！」

「こんにちは。サリ姉、義兄《にい》さま」

「おかえりなさい。いいなぁ〜あたしも王都へ行こうかしら」

「ちょっと、みんなが邪魔で見えないよぉ」

「ルルにはまだ早いよ」

二階の窓から覗き込むように五人の弟妹たちが顔を出していた。

顔が熱くなって、慌ててロンヴァイの手を離す。……いつから見られていたのだろう。この反応を見る限り、随分と前から見られていたようだ。

「みんな、ただいま」

元気そうな弟妹たちの姿に頬が緩む。

二人は生まれ育った家へ足を踏み入れた。

＊＊＊

「二女のメリアーナ、十五歳です。メリって呼んでくださいね、お義兄さま！」

「長男のルドエル、十三歳です。遠いところからわざわざありがとうございます」

「二男ボルドー、十歳。良かったら後で剣を教えてください！」

「あ、ずりぃ！　俺にも教えてください！　ヒューデ、七歳です」

「ルルライナ、六さいです。好きな食べ物はチェリーパイ！」

大きな丸テーブルを囲んでの夕食は、自己紹介から始まった。数回顔を合わせてはいるものの、人数も多くゆっくりと会話をするのは初めてなので、改めて挨拶をすることになったのだ。

「改めて……君たちの姉の夫となったロンヴァイ・ググルだ。これからよろしく」

煉瓦《れんが》色の髪を掻《か》きながら言葉数少なに挨拶をする。

「よし。じゃあ仕切り直して、サリーの結婚祝いだ。今日はとっておきのブランデーを用意したぞ！」

「父上またですか……ほどほどにしてくださいね」

「サリー、おかえり。そしてロン君もよくいらしてくれたわ。自然ばかりのところだけれど、我が家だと思ってくつろいでいってね」

丸テーブルの上には、見た目は悪いけれど畑で採れた新鮮な野菜のサラダ、骨つきの獣肉、カボチャのポタージュ、サリュマーナの大好物のグラタンに、焼きたてふわふわのパン。更に円形の大きなケーキまで用意されていた。

壁には生花で作られた少し形が歪《いびつ》なリースが掛けられており、またサリュマーナとロンヴァイの不恰好な似顔絵が飾られている。幼い弟妹の力作だ。

ワイングロー家での最大級のおもてなしに胸が熱くなる。

「お父様、お母様、みんな……本当にありがとうございます」

サリュマーナが笑顔でお礼を伝えると、つられるようにして家族皆の表情が和らぐ。

久々に感じる平和で温かくて優しい空気。サリュマーナは幸福感で満たされた。

隣に座るロンヴァイの手を机下でぎゅっと握りしめる。するとそんなサリュマーナに寄り添うように、力強く握り返してくれた。

「さぁ、いただきましょうか」

「俺、肉食べたい！」

「俺も俺も！　おっきいやつ！」

「ルルはケーキが食べたいなぁ」

「だーめ、ケーキは最後よ」

「こら。お客様の御前だぞ」

ガヤガヤとうるさく始まった夕食に、ロンヴァイが小さくクスリと笑った。

「ごめんなさい、ロン様。騒がしくて……」

「いや。明るくて賑《にぎ》やかで楽しいよ。サリはこんな温かなところで育ったんだな」

机下でそっと手の甲を撫でられて頬が熱くなった。

「それに丸テーブルは良いな。家族が増えてもどこに座っても、平等にみんなの顔を見渡せる。新居でも取り入れようか」

「嬉《うれ》しいです！　私もこのテーブルはお気に入りで。上座下座《かみざしもざ》もなくて、皆が平等で一体となった感じがします」

ロンヴァイと顔を見合わせて嬉しそうに微笑《ほほえ》む。

「おい、あれが噂《うわさ》のリチャリチャってやつか？」

「ヒュー、少し違うわ。イチャイチャの間違いよ」

「メリ姉、声が大きいよ。二人のお邪魔になる」

「二人の世界だからきっと聞こえてないわ。あーあ。あたしも王都へ行ったら恋人ができるかしら……」

「メリ姉はもう少し淑女らしい振る舞いを覚えてからの方が良いと思うよ」

「俺はそれよりも部屋を綺麗《きれい》にしたほうが良いと思う。メリねぇの部屋散らかりすぎ」

「貴方《あなた》たち。ロン君の前でみっともない言い争いしないで頂戴」

「はーい」と弟妹たちの投げやりな返事が聞こえてハッと我に返る。

恥ずかしさを誤魔化《ごまか》すように、父が用意してくれたブランデーに口をつけた。

鼻腔《びこう》から甘い香りが抜けて、後味はスッキリとしていて爽やかだ。

「お父様、このお酒とっても美味《おい》しいです！」

「甘い酒が好きなサリーにピッタリだと思ってな。フルーツを漬けたワインもあるぞ」

酒に続いてサリュマーナの大好物であるグラタンを口に運ぶ。数種類のきのこが入ったワイングロー家特製のグラタンは、濃厚で芳醇《ほうじゅん》な香りがする。

「サリーの好きなグラタンもたくさん作ってもらったから、遠慮しないで食べてね」

「ありがとうございます。王都で食べるものよりも、ここで食べる森の恵みは香りが強い気がします」

「このグラタンはサリの好物なのか？」

「はい。……でも、ロン様はきのこが苦手では……」

「サリが好むものは俺も知りたい」

そう言うとロンヴァイはフォークできのこを掬《すく》い、口の中に入れた。

咀嚼《そしゃく》し、飲み込むまでの一連の動作を緊張感を持って見守る。

「どう、ですか？」

「確かに香りが強いな。新鮮で歯応えもあって。素材の味が生かされていて美味《うま》い」

「私が好きなものをロン様に褒めていただけると嬉しいです」

「前に言っただろう？　サリと一緒なら食べてみたいと」

視線が交わり口端《くちは》が緩む。

広大な領地を持つググル侯爵家に比べて、田舎の辺境にある小さな領地のワイングロー男爵家。ロンヴァイが生まれ育った環境とは真逆といっても良いくらいなのに。ロンヴァイはサリュマーナの大好きな家族の輪の中に溶け込もうと努めてくれている。

それがただただ嬉しくて、愛《いと》おしい。

「ねぇ、そろそろケーキ食べようよぉ」

「ルルはもう少し食べてからな」

「ヒューデ、ボルドー、お肉ばかり食べては駄目よ。きちんとお野菜も食べなくちゃ」

「食べてるって！　母様がたまたま見てなかっただけです！」

「サリ姉さまの髪型、あたしも真似《まね》してみようかしら……？」

わちゃわちゃと騒がしい祝いの席はとても楽しくて幸福で、時間が過ぎるのがあっという間だった。

弟妹たちが眠気で黙り込み始めた頃合いで、部屋に戻ることになった。

サリュマーナの自室は家を出る前の状態のままらしく、サリュマーナは自室で、ロンヴァイは客室で休むことになっている。

「そろそろ弟妹たちと一緒に部屋に戻ります」

久々に弟妹たちと共に過ごすのだ。勉強を見てあげたり、就寝前に絵本を読んであげたい。

結婚して家を出たとはいえ、弟妹たちはまだまだ手のかかる幼子だ。

椅子から勢いよく立ち上がり、体の向きを変えようとしたところでグラリと目の前が歪《ゆが》む。視界が渦を巻いているようにぐにゃりと曲がった。

「サリ！　……大丈夫か？」

ロンヴァイに抱き留められてなんとか足を踏ん張る。

えっ、何が起きたの?!　家が揺れてる?!

依然として視界は捩《ね》じれたままだ。足元も真《ま》っ直《す》ぐ立っているつもりなのに立っていられない。

「なに、地震?!　家が揺れてっ、妹たちは?!　すぐに助けないと！　ロン様、私のことは良いから、あの子たちを守って！」

サリュマーナは硬い胸にしがみついて必死に声を荒げた。

こんな大きな揺れの異常事態、幼い弟妹たちはきっと恐怖で泣き叫んでいることだろう。

「サリ、大丈夫だ」

「こんなに揺れているのに⁈　まだ妹は小さいの、私が助けなくちゃ……っ」

「大丈夫、なにかあっても俺が守る。皆無事だから」

「……え……無事……？」

ロンヴァイに宥《なだ》められるように頭を撫でられ、高揚した感情が少し落ち着いた。

足がもつれてフラフラしているサリュマーナを横抱きに抱える。

「サリは俺が部屋まで運びます。場所を教えてもらえますか」

「僕が案内します」

「ルドよろしく。すまないね、ロン君。はしゃぎすぎてしまったな。サリーにブランデーは少し刺激が強かったようだ」

「それだけ晩餐《ばんさん》が楽しかったのでしょう。喜ばしいことです。……ではお先に失礼します」

酒で目が回ったサリュマーナは、ロンヴァイの首に腕を回し「うぅ、ぐるぐるする……」と縋《すが》りついている。

ルドエルの案内で二階に続く階段を登っていく。

「階段を上がって右奥がサリ姉の部屋です」

「そうか。ありがとう」

「あの…………義兄さま、ごめんなさい」

「どうした？」

廊下を歩いていた足を止めて、ルドエルと向かい合う。

「サリ姉はいつも僕たちのために我慢していました。いつも僕たちを優先して……。今だって酔っていても自分のことより僕たちを守ろうとしてくれて。その他にもサリ姉はたくさんのことを諦めて手放してきたと思います。僕が……長男の僕が幼くて弱くて、情けないから。だから………」

今にも泣き出してしまいそうに顔を歪め、下を向くルドエルにはっきりとした口調で言う。

「それは違う」

「………」

「サリは家族を君たちを、自分のこと以上に愛しているんだ。決してルドエルが弱いからではない。だから謝るな」

「義兄さま……」

下唇を噛《か》みしめ、顔を上げたルドエルにロンヴァイは優しく微笑んだ。

「心優しい姉がいて、家族の親愛に包まれて、ルドエルは恵まれている。そのぬくもりのベクトルを勉学や鍛練に向けると良い。そうすることがきっと姉孝行になると思うぞ」

サリュマーナは娼婦《しょうふ》として身を捨てて働いてでも、弟妹たちのために尽くそうとしていた。そんなサリュマーナの深い愛情がきちんと弟に伝わっていたことに、ロンヴァイは胸がいっぱいになる。

愛おしいサリュマーナの愛する家族を、これからは自分も一緒に守っていこうと改めて心に誓う。

歩き出したロンヴァイの背に「僕、頑張ります！」という言葉が投げかけられた。

ロンヴァイは振り返り、笑顔を向けるとそのままサリュマーナの自室に入った。

小さな寝台にそっとサリュマーナを寝かせる。

「落ち着いたか？」

「はい。でもまだ揺れて……」

「ご両親も弟妹たちも皆無事だから。安心してこのまま眠ると良い」

「うぅ……でも、ルルに、絵本読んであげなきゃ……」

「俺が代わりに読んでやろう。……上手くできるか自信はないが。ほら。サリ、おやすみ」

顔が近づいて就寝の挨拶をする。

普段は触れるだけなのに、唇の間から熱い舌が侵入した。舌同士が蕩《とろ》けるように絡まり合う。

「んっ……んん……」

熱くてクラクラする。酒に酔っているのか口づけに酔っているのかわからない。

全身から力が抜けて寝台に沈み、溶けそうになる。

境目が曖昧になった頃、気がつかないうちにサリュマーナは夢のなかへ落ちていた。

後日談　悪魔のお仕置き

「えっ……ホーバード様が風邪……?!」

ミュラン公爵家に誘拐されるように連れてこられてから、約一ヶ月が経《た》った。あっという間に教会での挙式も終わり、ようやくひと段落ついた頃だった。

公爵家の従者であるレントラルに唐突にそう告げられて、ユンフィーアは困惑した。

レントラルは年上の人当たりの良い爽やかな大人な男性。ユンフィーアが十歳の頃からひっそりと彼女を監視・護衛をしていたホーバードの専属従者だ。

衣食住の好みから、生活や行動パターン、交友関係まで全て、ユンフィーアの十年間がホーバードに筒抜けだったと知ったときは卒倒してしまった。

もはや護衛ではなく法に触れるレベルのストーカーだとは思うのだが。もう昔のことだし、今更藪《やぶ》をつつくのも恐ろしいので黙っている……。公爵家の権力が大きすぎて、泣き寝入りするしかない無力な自分が情けない。

十年間も自分の知らないところで監視していた相手を目の前にして居《い》た堪《たま》れない、ムズムズとした気持ちになる。公爵家で生活するようになってからは、あまり接点を持たないように意識してきたので、こうして対面するのは久々だ。

ユンフィーアはホーバードの腹心であるレントラルに少し苦手意識を持っていた。

恐る恐る病状を聞く。

「ホーバード様は大丈夫なの？」

「医者の見立てではただの風邪のようですので心配はいりませんよ。今は西棟の客室でお休みになられています。ご病気のときはいつも人が近づくのを嫌うので、ユンフィーア様もお近づきにならない方がよろしいかと」

「そうなの。でも容態が悪化したら大変だわ。せめて隣の部屋にでも……」

「医者から出された薬もありますので大丈夫ですよ。ホーバード様が時折発熱することはありますが、いつも翌日にはケロッとされていますから。くれぐれも治るまではそっとしておくようにお願いいたしますね」

「でもっ……。そう。わかったわ」

では失礼しますと恭しく頭を下げるレントラルを見送り、自室のソファーに沈み込んだ。

あのホーバードが風邪、なんて。

血の通っていない悪魔のような男だけれど、やっぱり普通の人間だったのね、なんて思う。

ホーバードとレントラルは長い付き合いだ。きっとユンフィーアよりもホーバードのことを理解している。

その専属従者に近づくなと念を押されたことだし、きっと近づかないほうが良いのだろう。でも。

——やっぱり心配だわ。

自分もそうだが、病気で苦しんでいるときにひとりぼっちでいるのは心細い気持ちになり、人恋しく思うはず。これはきっと全人類共通の感情だと思う。

家族として、妻としてどんなときもホーバードの側《そば》にいて寄り添うべきではないか。

ユンフィーアの心に小さな使命感がむくむくと湧き上がった。

それに普段飄々《ひょうひょう》としていて余裕綽々《しゃくしゃく》なホーバードの、弱っているところを見てみたいという単純な興味もあった。

夕方、食事を終えたら少し様子を見にいってみよう。

そう心に決めて、窓から西棟を見つめた。


ミュラン公爵家の西棟は主に来客用で使われることが多いので、一階には大きなホールがありたくさんの客室がある。

普段は定期的に清掃する使用人がいるくらいであまり人は寄りつかない。

ホーバードがここで静養しているのも、風邪を他人にうつさないようにするための配慮だろう。

ユンフィーアは人気のない西棟で唯一光が漏れる部屋を見つけ出した。

トントンと小さく扉を叩《たた》く。寝ているのだろうか、返事はない。

そっと扉を開けて中に入ると、寝台で横になっているホーバードがいた。額にはじっとりと汗をかき、短く呼吸を繰り返している。熱が高いのか、眉間に皺《しわ》を寄せて苦しそうな表情だ。

——バード様もただの人間だったのね。

当然のことなのだが、普段が悪魔すぎる故、そんなことを思ってしまう。

額から落ちてしまっているタオルを拾い、水に浸して絞る。それをホーバードの額にそっとのせた。

持っていたハンカチで顔に浮いた汗を拭き取る。ハンカチが当たる度に「ぅ……」と小さく唸《うな》る
ホーバードが新鮮で。

なんかちょっと可愛《かわい》いかも……！

いつも意地悪な顔か、飄々とした顔しか見ていないからか、余裕のないホーバードがとてつもなく
可愛く見える。

もしかしてこれが母性というやつなのかもしれない。胸が甘くキュンと締めつけられる。

それに寝顔はあどけなさがあって少し幼く見える。

垂れ目がちな甘い眼は伏せられていて、形の良い唇は少し開いていて、ハァハァと浅い呼吸が漏れ
ていた。

――少し、くらい、いいよね……？

寝顔を堪能させてもらおうと、寝台の横に椅子を移動させて腰掛けた。

こんな機会はそうそうない。不謹慎だけれど、いつもの意地悪の仕返しだと思えば可愛いものだと
思う。

観察していると、寝返りを打つ度に艶のある金色の髪が肌に張りついてしまっていた。

髪が長いため、肌に当たって寝返りも打ちづらそうだ。

そこでふと思いつきで、ホーバードの髪を左右に分けて三つ編みにしてみる。

な、なにこれ……！　すごく可愛いっ！

親切心から結った三つ編みだったが、思いのほかホーバードに似合っていて驚いた。

元々女性のような綺麗な顔つきをしているホーバード。いつもは上半分を結うか、一つにまとめていることが多く、そのときは中性的な美形の男性といった風貌なのだが。

おさげのバード様、まるでお人形みたいだわ！

熱のせいで頬が赤らんでいることもあって、まるで幼子が遊ぶ金髪三つ編みの女の子のお人形のようだ。

ユンフィーアは声を出さないように口を手で押さえ、頬を薄紅色に染めながら思い切りホーバードを堪能していると。

「う……はぁっ……ぅっ……」

苦しそうに息を詰めるホーバード。眉間には深く皺が刻まれており、脂汗が滲《にじ》んでいた。

ハッと我に帰る。遊んでいる場合ではない。ホーバードは病人なのだ。

本来の目的を思い起こして、再びハンカチで汗を拭う。布越しから伝わる熱がとても高温だ。

早く楽になりますように。早く治りますように。

ユンフィーアは医者ではない。ただ祈り、側にいることしかできない。それでも願いが届きますようにと、大きな手をそっと握りしめた。

「ぅ……ユン……はぁっ……ゆ、ん……」

驚いて顔を上げる。

ホーバードの瞳は依然として硬く閉じられたままだ。眠っているはずなのに、意識がないはずなのに。

熱さで朦朧《もうろう》としたなか、自分の名を呼ぶ男性が可愛くてたまらなく愛おしくて。心臓がぎゅううっと甘く収縮していく。

まるでユンフィーアだけは側にいて良いと、いてほしいと言われたようで。心が温かいもので満たされていく。

「バード様、ずっとおそばにおります」

そう小さく囁《ささや》いて熱い手にそっと唇を寄せた。

＊＊＊

ふと、目が覚めた。

ホーバードの病状を見にきていたはずが、いつの間にか寝台に上がって眠っていたようだ。

あれ……。私いつの間に横になっていたのかしら。

外はまだ暗い。時計を見ると夜明け前だった。

それに周囲を見渡してもホーバードの姿が見当たらない。

起き上がろうとすると両手が縛られていて動かせず、身には一枚も布を纏《まと》っていないことに気がついた。

「えっ。なんで裸、どういうことなの？」

「あ、起きた？　おはよう」

聞き慣れた声が聞こえて首を向ける。風呂上がりなのか、バスローブ姿の美しい男性が髪をタオルで拭いながら部屋に入ってくるところだった。

ホーバードはゆっくりと寝台に腰掛けると、仰向けに寝転がったままのユンフィーアの額に挨拶のキスを落とした。

「夫が熱を出しているときに夜這《よば》いだなんて、随分とエッチな奥さんだね？」

「ちがっ、違います！　夜這いだなんて……っ」

「ふーん」

ホーバードはユンフィーアの滑らかな白銀色の髪を梳《くしけず》りながら、じっと瞳を覗《のぞ》き込んだ。

その眼は真実を見透かしてしまいそうな鋭さがある。

い、嫌な予感……。

徐々に全身から血の気が引いていくのを感じた。

「あの、バード様が熱を出したと聞いて少し様子を見ようと思ったのです。すぐ戻るつもりだったのですが」

「レントラルから近づくなって聞いたよね？」

「……でも何かあったら大変かと思いまして」

「医者にも診てもらってる。薬も飲んでる。大事《おおごと》になることはないよ。……そうじゃないよね、ユン？」

有無を言わさない低い声で問われ、首筋をゆっくりと舐《な》め上げられて、背中がぞわりと震えた。

「んん……っ！」

「ユン？　何でここに来たの？　正直に言ってごらん」

ホーバードは美しく微笑《ほほえ》んでいるだけなのに、身に危険を感じてぞくぞくと背筋が凍る。

もし嘘《うそ》をついたらその後、絶対に恐ろしいことになる……と瞬時に悟り、正直に打ち明けた。

「バード様が心配でしたし、病気のときは人恋しくなるものかと思ったのです。あと……ふ、普段見られないバード様が見られるかと思って……ひゃあんっ！」

必死に弁解しようと言葉を選びながら話していると、突然胸の頂をかぷりと甘噛《あまが》みされて高い声が出た。

両手が固定されているせいで制止ができない。

そのまま下から持ち上げられ、大きな手で豊満な柔肉を揉《も》みくちゃにされる。

「あぁっ……！　やぁ、バード様ぁ……！」

「で？　熱にうなされて弱ってる僕を見て楽しかった？　いつも意地悪される仕返しだ、とか？」

「ぁんんっ……ちが、ちがいま……きゃあんっ！」

ユンフィーアの行いを咎《とが》めるように、立ち上がった胸の突起を指で押し潰された。痛いくらいの刺激なのに、はしたなくもじくじくと下腹部が疼《うず》いてしまう。

このままではまずい。

本能でそれを察知したユンフィーアは必死に口を動かした。

「あっ、バード様っ。揶揄《からか》いにきたとか、本当にそんなんじゃなくって、ただ心配で……！」

「ふーん。心配してわざわざ夫の髪を三つ編みにするかなぁ？」

「……っ！　それは、髪が長くて邪魔そうだったから親切心で結ったのです！」

「親切心、ねぇ……」

ホーバードはゆっくりと上体を起こし、ユンフィーアを見下ろしながらバスローブを脱いだ。

弓を扱うホーバードは、肩の筋肉が盛り上がっていて逞《たくま》しい。そんな筋肉美が露《あら》わになり、思わず顔が熱くなってしまった。

ユンフィーアはなんとか誤解を解こうと頭を回転させて言葉を探す。

「確かに駄目と言われたけれど、もしかしたら……わ、私には許されるかも、と思って……っ」

「僕と長い付き合いのあるレントラルよりもユンのほうが優先されると？」

「だって……妻、ですから……」

「それはレントラルに対する対抗心、なのかな。そんなにレントラルに妬《や》かなくても、僕が愛しているのはユンだけだよ。従者に嫉妬なんて僕の奥さんは可愛いね」

ホーバードの言葉を一瞬理解できずポカンと口を開けてしまう。

私が従者に嫉妬……?!　嘘、そんなはずない……わよね？

自分の中にある感情が混乱してよくわからない。

初めはホーバードが心細いだろうと思って看病に訪れたけれど。もしかして心の奥底では、ホーバードのことを何でも理解しているレントラルのことを羨ましく思っていた？　レントラルには許されないが、妻であるユンフィーアなら側にいて許される存在だと。あのときは確かにそう思った。

レントラルのことは十年間も監視されていたから苦手だと思っていたが、自分よりもホーバードに近い人だから嫌悪していたのだろうか？

ホーバードは長い金髪を後ろで一まとめにしながら、口端《くちは》を上げてふふふ、と微笑む。

黙り込んだユンフィーアの頬をゆっくりと撫《な》でた。

「でもね、ユン。言いつけを守らずにここへ来たこと。病人に悪戯《いたずら》をしたこと。悪いことをした奥さんにはお仕置きが要るよね？」

爽やかな悪魔の笑顔を見ながら、やってしまった……と泣きそうになった。

全裸で手を縛られてお仕置き宣言されて。ユンフィーアはホーバードの病状を見に訪れたことを全力で後悔していた。

「バード様、病み上がりに、こんな……いけません……っ」

「一晩寝て元気になったからもう大丈夫。それよりも夜這いにきた奥さんの期待に応えなくちゃ……ね？」

「だから、夜這いじゃありませんって……っん」

何度も何度もねちっこくユンフィーアの柔肉を喰《は》み、舐めて齧《かじ》って攻め立てる。

いつもは苦しいくらいにしつこく強い刺激で翻弄してくるのに、何故《なぜ》か今日は優しく撫でるように触ってくる。羽根で触れるような柔らかな愛撫《あいぶ》がくすぐったくて気持ち良い。

手が縛られているせいで上手《うま》く快感を逃すこともできず、ただただ甘い刺激を真正面から受け止める。

お仕置きだと言ったわりにホーバードの手つきは優しくて。体はすっかり蕩《とろ》けてしまって、既に足の間はじっとりと濡《ぬ》れてしまっていた。

「バード様、お願い。手を解《ほど》いて……」

何度も何度も懇願したが案の定許されることはなく。必死に体を捩《よじ》って快感を耐え忍んだ。

「ユン挿《い》れるよ」

「あ、待って！　そんな、いきなり、だめ……！　あぁぁっ！」

「ふふ。こっちは全然触ってないのにもう濡れ濡れ。ほら見てごらん。簡単に全部入っちゃうよ。本当、ユンのエッチなからだ最高」

「ふあぁぁあ……っ」

直接触れられなかった蜜穴に熱棒をあてがわれて、ズズ……と簡単に呑み込んでしまう。

大きく開かされた脚を持ち上げ、ユンフィーアに接合部を見せつけるように挿入され、羞恥で顔が真っ赤になる。すっかりとホーバードに従順になってしまったいやらしい身体《からだ》が恥ずかしい。

それと同時に大きな雄を迎え入れた気持ち良さで頭がいっぱいになる。

「気持ち良さそうな顔して。可愛い。これじゃあお仕置きじゃなくてご褒美になっちゃうね？」

「ひゃぅう……あっ、あぁんっ……ばーど、さまぁ……」

「どうしたの？」

熱棒を引き抜いて再びじわじわと挿入する。ゆったりとした睦《むつ》み合いが焦《じ》れったくて、ついねだるような瞳を向けてしまった。

自分からもっとホーバードに触れたいのに、縛られていてそれが叶《かな》わない。もどかしくてもどかしくて。でも言葉にするのは悔しくて。腰を揺らすことでホーバードを求めた。

そんなユンフィーアの痴態を愉《たの》しむように、ホーバードは口端を吊り上げて蠱惑《こわく》的に嗤《わら》った。

「ふふ、そんな可愛いことして……」

顔が近づいてきてお互いの唇を舐めるようにして味わう。

細腕を首に回すと、ホーバードは繋《つな》がったままの腰をしっかりと抱えて立ち上がった。

「きゃぁっ！」

ホーバードはすぐそばのバルコニーの扉を開けるとそのまま外へ出た。

ひんやりとした空気が肌を撫でる。

もうすぐ夜明けという時間で、東の空が薄《うっす》らと色づき始めていた。

ま、まさか外で?!

人気のない西棟は夜が明けたばかりで薄暗い。誰かに見られる可能性は低いものの、ゼロではない。

外でするのがお仕置きなの……?!

ぎゅうとホーバードにしがみつく腕の力が強くなる。

そのまま床に降ろされるかと思いきや、思いがけない所に身を置かれて、思わず目から涙が溢《あふ》れた。

「……えっ！　やだ、やだぁっ、落ち……落ちる……落ちちゃうっ！」

お尻に冷たいものが当たり、背中が早朝の冷気に晒《さら》される。寒さからか、恐怖からか、全身の毛がゾワリと逆立った。

信じられない、ここ二階なのに！　手すりに降ろすだなんて……！

ぽろぽろと雫《しずく》が零《こぼ》れて頬を濡らしていく。

「落ちる……！　やだ！　お願いぃ！　落ちちゃう、バード様っ！」

「しっかりと僕にしがみついていて。じゃないと誤って落ちちゃうかもよ？」

「怖い、怖いのっ……やだぁ……っ！」

首に回した腕に必死に力を込め、腰に足を絡めてしがみつく。

思いがけず繋がったままの接合部を押しつけることになってしまったが、そんなことを気にしていられない。

すると何故か膣《ちつ》内にいる熱棒がぐっと膨らんだ。

「んぁ……！　な、なんで大きくなるの？　……やっ……あっ、動かないで！　だめぇっ！」

涙ながらの訴えを聞き入れることなく、不安定な欄干に桃尻を乗せたまま、ぐちゅぐちゅと抽送《ちゅうそう》を始める。

ホーバードは耳朶《みみたぶ》を口に含みながら甘い声で囁いた。

「お仕置きって言ったでしょう？　ユンのナカ、すごい締めつけ……持っていかれそうだよ」

「やあぁあっ！　あぁあっ……だめぇ……あぁんっ！」

最奥を硬い雄でぐりぐりと捏《こ》ねられて快感が弾《はじ》ける。

こんな危険なところで怖いのに。外なんて恥ずかしいのに……！

焦らされていた身体は望んでいた強い刺激を受けて、意に反して簡単に上りつめてしまった。遠慮のない激しい抽送を悦《よろこ》ぶように、灼熱《しゃくねつ》をぎゅうぎゅうと食い締める。

「ユン、もっと僕に縋《すが》って」

「やぁ、あんっ……こわ、い、だめぇ！　やぁっ、いくぅ……いくっ！」

「ぅ、ユンっ……！」

ありったけの力を込めて大きな体にしがみつき、ピクピクと痙攣《けいれん》する。そんな窮屈な膣内を堪能するように腰を回されて、はしたなく自らも腰を押しつけた。

「締めすぎ……っ……はぁっ、あんまり保《も》たねっ」

「バードぉ……ああっ、あっ！」

達しても止めてもらえず、絶えずパンパンと肌がぶつかる音が響く。

恐怖と快感がごちゃ混ぜになってわけがわからない。

ホーバードとの間に少しでも隙間があるのが嫌で、とにかく必死に縋りついた。

「はっ……ユン、すげ、気持ち良い。腰が止まらない……！」

「んあっ！　だめっ、だめだめっ離さないで！　ばーどのばかぁっ！　あぁああーっ！」

「っ、ぐ……っ！」

内臓が押し上げられるほどお腹《なか》の奥を叩かれて抉《えぐ》られて。呑み込まれるような激しい大波に抗《あらが》えず、涙を散らしながら絶頂した。

灼熱が弾けて奥に熱いものが流し込まれていくのを感じる。

ビクンビクンと跳ねてしまう艶《なま》めかしい体をホーバードに押しつけるように、震える足を腰に絡めた。

再びしっかりとユンフィーアの華奢《きゃしゃ》な腰を抱えて寝台へ移動する。背中にシーツが当たると、安心感からかまた一粒雫が頬を伝った。

「ふはぁっ……バードの馬鹿《ばか》、変態っ！　落ちちゃう、かと思ったぁ……！」

「そんなこと言って、ユンもめちゃくちゃ感じてイキまくってたくせに。すごい締めつけだったよ？必死に僕に縋って啼《な》いて。ユンは的確に僕のツボをついてくるよね。本当可愛くてたまらないな」

「もう、お仕置きやだ……！　手も解いてっ！　お願い、もう二度としないからぁ……」

幼子のようにわんわんと泣きながら必死に懇願した。

もうお仕置きは十分受けたはず。反省もする。二度と病気で弱っているところを見にきたりなんてしないから……！

しかしこんなにも一生懸命伝えているのに、悪魔には何一つ伝わらなくて。

汗を伝わらせながら心底楽しそうに嗤って囁いた。

「何言ってるの。こんなのまだ序の口だよ。しっかりと反省してね。やきもち焼きの可愛い奥さん」

……結局シーツが涙でびしょびしょに濡れても止《や》めてもらえなかった。

強すぎる快感に耐えられなくなって、少しでも腰を引こうとすると「逃げたらまた外行くよ」と脅されて。上に乗せられて問答無用に腰を振らされて。

泣けば泣くほど激しくなるという地獄巡り……。体がバラバラに壊れてしまうのではないかと思うくらいに、何度も達した。

酷《ひど》い、鬼畜変態バード……！

死の淵を彷徨《さまよ》ったって、頼まれたってもう二度と看病なんてしてあげないんだからぁ……！

鬼畜すぎるお仕置きのせいで、その後ユンフィーアは二日間起き上がることができなかった。

書き下ろし番外編　決着は武術大会の日に

ようやく明日になればロンヴァイに会える。

サリュマーナはそう胸を躍らせながら、ググル侯爵家の別邸にある自室で就寝の準備をしていた。

ロンヴァイは十日間の日程で遠征へ行き、王都へ戻ってきてすぐに騎士団本部で書類仕事に勤《いそ》しんでいた。その仕事も終わりの目処《めど》が立ち、明日には帰宅できるという知らせを受け取っている。

ロンヴァイと会うのは二週間ぶりだ。

ロンヴァイ不在の間は刺繍《ししゅう》などの手仕事をしたり、現在建築中である新居の内装を考えたりと忙《せわ》しなく過ごしていた。

しかしロンヴァイが側《そば》にいない日々は心にぽっかりと穴が空いたような、虚無感が常に纏《まと》わりついていた。

――早くロン様に会いたい。あの熱い体に触れたい。

いくら遠征先で怪我《けが》はないと報告を受けていても、実際に会わないと安心できない。ロンヴァイが無事に帰ってこれるようにと、祈ることしかできない自分がもどかしかった。

一刻も早くロンヴァイを労《ねぎら》い、癒して差し上げたい。

そんなことを考えていると、玄関からざわざわと騒がしい音が聞こえてくる。

サリュマーナの専属侍女であるソアンがやってきて、告げられた言葉に驚いた。

「サリュマーナ様、ユンフィーア様がいらしておりますが……」

「ええっ?! ユンヒさんが！」

こんな夜遅い時間に何があったのだろう。身姿を整える間もなく寝衣《しんい》姿のまま慌てて玄関へと向かう。

「ユンヒさん、どうしたんですか！」

「サリーちゃん……ごめんね、こんな時間に……」

ハンカチを握りしめたユンフィーアの目が真っ赤に腫れあがっている。格好も寝衣の上にガウンを羽織っただけの軽装だった。

氷のように冷たくなっているユンフィーアの手を握る。

「とりあえず部屋に入りましょう。ノニカ、温かいお茶を用意してくれるかしら」

「畏《かしこ》まりました」

二人はサリュマーナの自室へ移動し、ソファーに腰を下ろす。ユンフィーアが少しでも心落ち着けられるように、手を包み込んで優しく握りしめた。

「ごめんなさい。迷惑だってわかっているのだけれど、今夜屋敷に泊めさせてくれないかしら？」

「それは全然良いですけれど……ユンヒさん、何があったんですか？」

「…………っ」

ユンフィーアはほろほろと涙しながら、ゆっくりと経緯を語ってくれた。

ホーバードと婚姻して半年が経《た》った。初めの頃は改めて淑女教育を学び直したり、次期公爵夫人として社交を始めたりと忙しい日々を送っていた。

しかしユンフィーアはなかなか子供が授からず、そのことを深く思い悩んでいた。

貴族として跡継ぎを産むことは最重要な問題である。その件に関してユンフィーアは異様なほどに過敏になっていた。

伯爵位を賜っているユンフィーアの父と夫人は長年子宝に恵まれなかった。父は跡継ぎを残すため気に入った娼婦《しょうふ》に子を孕《はら》ませ、そうして産まれたのがユンフィーアだ。

父からも実母からも義母からも愛情を受けることなく、保険としてただ生かされる日々を送ったユンフィーアにとって、子作りは非常に繊細な問題だったのだ。

もしユンフィーアとの間に子が授からなければ、ホーバードは別の女性と結ばれることになる。それはホーバードの意思とは関係ない。上位貴族の務めとして、血を紡いでいかなければならないからだ。

けれど、ホーバードが愛妾《あいしょう》を作るなんて到底受け入れられそうにない。

ユンフィーアは少しでも妊娠の確率を高められるようにと、女性の身体《からだ》について調べ、良いとされることは何でも実践した。

体を冷やさないように厚着をし、過度な運動は避け、規則正しい生活を送る。

神殿にも足繁く通い、祈りを捧げた。

跡継ぎを授かれるようにとユンフィーアは地道に努力を重ねていた。

「それなのにあの人、私に内緒でこっそりと避妊薬を服用していたのよ……！」

黄金色の美しい瞳から透明な雫《しずく》がひっきりなしに溢《あふ》れる。

「問い詰めたら結婚してからずっと避妊していたって言うの。結婚する前から酷《ひど》い人だったけれど、どうしてもこの仕打ちは受け入れられなくて、耐えられなくて……っ。こんな時間に迷惑ってわかっていたけれど、私サリーちゃんのところしか行くところがなくて……」

「ユンヒさんっ」

ぎゅうっとユンフィーアを抱きしめる。トントンと優しく宥《なだ》めるように背を撫《な》でた。

「辛《つら》かったですね。気が済むまでずっとここにいて良いですから。私が側についています」

「ありがとう……っ」

肩を震わせてしくしくと涙するユンフィーアに寄り添う。

泣き疲れて眠ってしまうまで、ずっと手を握りしめていた。


夜が明け、晴れ晴れとした表情で帰宅したロンヴァイを玄関先で迎える。

「サリ、ただいま。会いたかった」

「おかえりなさい。私も会いたかったです。お怪我は？」

「ないよ」

「良かったぁ……」

自然と広げられた腕の中へ躊躇《ちゅうちょ》なく飛び込んだ。ふわりと香る大好きな男性の匂い。待ち望んでいたぬくもりを得て、サリュマーナは幸せそうに顔を蕩《とろ》けさせた。

そして言わなければ、と身を奮い立たせ状況を説明する。

ロンヴァイはユンフィーアが屋敷に滞在していることを知ると、怪訝《けげん》そうに眉間に大きく皺《しわ》を作った。

「ロン様ごめんなさい……。ユンヒさん、ホーバード様と喧嘩《けんか》したみたいで。昨夜もずっと落ち込んでいて……今はユンヒさんの側についていてあげたいんです」

「チッ。はぁ、何でこのタイミングなんだよ。バードのクソ野郎」

行儀悪く舌打ちして言葉を荒げるロンヴァイを強く抱きしめる。

「私も会えない間ずっとロン様に会いたかったです。お怪我はないと聞いていても、ずっと心配でした。無事に私のところへ帰ってきてくれてありがとうございます。愛しています、ロン様」

チュ、と頬に口づける。

しかしそれでもロンヴァイの不機嫌は直らない。

「俺もずっとずっとずっとサリに触れたかった。急いで仕事を片付けてやっと帰ってこれたのに……っ」

「私もロン様と同じ気持ちです。でも、このままユンヒさんを放っておけないの……」

体を密着させながら切れ長の眼を真っ直《ます》ぐに見つめる。

硬い筋肉のついた熱い体。会えない間、焦がれていた温かさ。今すぐにでも熱を感じて甘く絡まり合って蕩けさせたい――――けれど見捨てることなんてできない。

しばらく見つめあった後、小さく息をついたロンヴァイはサリュマーナの頭を宥めるように撫でた。

「わかった。サリの大切な友人なんだろ？　側にいてあげて」

「ロン様……っ！」

「但し、問題が解決したらサリのこと離さないから。嫌って言われても離れてって言われても離さない。覚悟して」

「はい、むしろ私もロン様のこと離しません！」

「言ったな？　約束だからな」

「約束します。私の全身全霊をもってロン様をたくさん甘やかして、いっぱいいっぱい愛して差し上げますっ！」

「その言葉覚えとけよ」

再び苦しいくらいに力強く抱きしめられる。

そっと耳元で「私にとって何よりもロン様が一番です」と囁《ささや》くと、腕の力が強まって肺が潰されて
「うっ」とくぐもった声が漏れた。

「あ、ごめん。…………はぁ、仕方ないから後回しにしてきた仕事を片付けてくるか。何かあったらすぐに連絡して。友人の側についてあげるのは良いけど、あんまり無理はするな。サリに何かあったら悲しむ人がいることだけは覚えておいて」

「はい。大好きっ、ロン様」

小首を傾《かし》げてふわりと微笑《ほほえ》む。自分の夫の懐の大きさに惚《ほ》れ惚《ぼ》れする。

「あぁ。三日後には顔を見に一度帰宅するから。……はぁ、キツめの鍛錬でもしてくるか……」

肩を落として馬車に乗り込むロンヴァイを玄関から見送った。

サリュマーナの意志を尊重してくれるロンヴァイに感謝の気持ちでいっぱいだ。心の中でごめんなさい、ありがとう、と何度も繰り返す。

――ユンヒさんが仲直りできたら、たくさんロン様を甘やかして甘えさせてもらおうっと。

心の内で小さな決意をしながら、ユンフィーアが眠る客室へ向かう。

女神のような美しい女性が寝台でうずくまり、目を真っ赤にして眠っていた。

果たして自分に何ができるのだろう。

正直なところ子作りに関しては夫婦の問題で、サリュマーナがどうこう言える立場にない。でも辛く悲しいというユンフィーアの行き場のない思いは理解できる。

ただ側にいて明るく振る舞っていよう。気持ちの整理がついて、前を向けるようになるまで。

よし、と気持ちを入れ替える。頬肉を指で摘《つま》み、ムニムニと解《ほぐ》してにっこりと口角を上げた。


そうしてユンフィーアと何気ない日々を過ごす。面白かった恋愛小説をお薦めしてみたり、以前作った紅花餅《べにばなもち》で糸を染めてみたり、一緒にお菓子を作ってみたり。

ユンフィーアとの生活は、まるで姉と過ごすようだった。

時間の経過と共に少しずつ笑顔も増え、一人で考え込むことが減っていったように思う。サリュマーナはユンフィーアの様子に気を配りながらも、自然体で振る舞っていた。

そして毎日朝と夕にミュラン公爵家から赤い薔薇《ばら》が大量に届く。

『ユン、会いたい。帰ってきて』

『愛してるユンフィーア』

『ユンがいないと僕は狂ってしまうよ』

『ユンに触れたい。キスしたい』

熱烈な愛のメッセージと共に届けられる薔薇で、小さな屋敷の中はいっぱいになった。まるで薔薇園になったようだ。

屋敷のどこにいても花の甘い香りが広がる。まるでホーバードの執着に似た深い愛情を表しているかのようだ。

ユンフィーアは直筆のメッセージカードを見ても「ほら、謝罪の言葉は一切ないじゃない。全然反省する気がないんだわ！」と言ってむしろ怒りを増幅させている。

いつになったら仲直りできるのかなぁ……。

思ったよりも時間がかかりそうだ。

＊＊＊

そして三日目の夕食が終わった頃、約束通りロンヴァイが一時帰宅した。

「ロン様、おかえりなさい」

「ただいま。無理してないか？」

「はい。元気いっぱいです」

「ならよかった」

玄関横にある応接室へ入り、並んでソファーに座る。

「隣じゃなくて、こっち」

サリュマーナの腰を軽々持ち上げると、ロンヴァイの足の間に座らされる。囲い込まれるように、後ろから抱きしめられた。

「なんかサリの髪から甘い匂いがする」

「おそらく薔薇だと思います。今、屋敷の中が薔薇でいっぱいなんです」

「バードが贈ってきたのか。一応誠意は見せているんだな。そんなことしてないでさっさと迎えにくればいいのに」

ロンヴァイは、サリュマーナの真っ直ぐな金髪を掬《すく》い、鼻に近づけてスンスンと匂いを嗅いだ。

「あの。そんなに嗅がれると恥ずかしいのですが……」

「俺よりも友人を優先されてるんだ。少しくらいサリを堪能したって良いだろ？」

煉瓦《れんが》色の硬質な髪が首筋に当たってくすぐったい。

ロンヴァイの拗《す》ねる声がまるでおやつを没収された弟のようで、クスッと笑ってしまう。

「早く俺だけのサリにしたい。サリの瞳に映るのも、サリの心も頭の中も全部俺だけで埋め尽くせたら良いのに」

耳元でそう呟《つぶや》くロンヴァイの声が甘くて切なくて、心臓がぎゅうっと収縮した。

「ロン様」

何故だかいても立ってもいられなくて、無性に触れたくなって。

後ろを振り向くと橙《だいだい》色の瞳が揺れていた。吸い込まれるように目を閉じて、そっと唇を合わせようとして――わざと避けられる。

「ロン様？」

「俺ばっかりお預け食らってるからな。サリも我慢して」

「焦《じ》らすのですか……？」

「あぁ」

むぅ、と膨らんだ頬の空気を押し出すように、頬同士を合わせる。柔らかさを堪能しながら、腹部の脂肪をムニムニと揉《も》まれて反射的に体をくねらせた。

「もう、そんなところ摘まないでくださいっ」

「何処《どこ》なら触っても良い？」

「何処も駄目です。ユンヒさんたちが無事に仲直りしたらあの、その後に、ゆっくり……」

「ん？　ゆっくり、何？」

「――っ、またそのとき言います！」

「くくっ」

真っ赤になった顔を眩《まぶ》しそうに見つめられる。高鳴る鼓動を誤魔化すようにロンヴァイに詰め寄った。

「ロン様揶揄《からか》ってますね?!」

「うん。サリも俺のこと求めてくれてるんだなぁって思うと嬉しくて」

「そんなこと、当たり前です。一番大切で大好きな旦那様ですもの」

「嬉《うれ》しい。愛してるよサリ」

「私もです」

再び振り返ってどちらからともなく顔が近づいていく。唇が触れそうになる寸前で、またも首を横に振られた。

「お預け。友人と過ごしている間も、ずっと俺のこと考えていて」

「もう……頬なら良いでしょう？」

くしゃりと破顔して差し出された頬に柔らかい口づけを落とした。自らロンヴァイに触れることができて嬉しいはず、なのに――

「……物足りない？」

口角を吊り上げ嬉しそうに微笑むロンヴァイを、眉を寄せて睨《ね》めつける。

そして観念したようにゆっくりと首を縦に振った。

「ふっ。可愛《かわい》い」

再び力強い腕の中に閉じ込められる。後ろから囲まれてしまっては自由に動くことができず、やり返すこともできなかった。

ロンヴァイとの時間はあっという間に過ぎてしまう。この後も騎士団本部へ戻って夜遅くまで仕事を続けるらしい。

名残惜しい気持ちを呑み込んで、外に見送りに出る。

「あ、そうだ。明日の午後、来れそうだったら王城へ来て。じゃあ」

何があるのかと聞く前に、ロンヴァイは馬車の扉を閉めてしまった。そのまま馬車は動き出してしまった。

翌日。ミュラン公爵家から家出してきて四日目の朝、朝食の席でユンフィーアがある提案を持ち掛けてきた。

「サリーちゃん、お出掛けしましょう」

「え、帰るんですか？」

「帰らないわ。なんだか悲しみを通り越して怒りが収まらないから、お支払いはバード様につけて贅《ぜい》沢《たく》三昧してやりましょう！」

「えぇっ！　そんなことして良いんですか」

「いいのよ。サリーちゃんへの迷惑料と思えば安いものだわ」

顎を上げてツンと目尻を吊り上げる様が不機嫌な白猫そのものである。

ユンフィーアになかば引きずられるように馬車に乗せられ、王都の街へとやってきた。

「どうして貴方《あなた》がいるのかしら」

ユンフィーアが睨んだ先には、燕尾服に身を包んだ男性が胸に手を当て、浅く頭を下げていた。

「ユンフィーア様に何かあっては私の首が物理的に吹き飛びます。空気に扮しておりますので、お側につくことをお許しください」

「あの……」

「サリュマーナ様、申し遅れました。ホーバード様付きの専属従者、レントラルと申します」

一回り年上の落ち着きのあるレントラルはユンフィーアが公爵家を出てからずっと陰から護衛を勤めていたらしい。……ということはずっと近くに待機していたということなのか。全く気がつかなかった……。

「どうせバード様に逐一報告を上げているんでしょうっ」

「はい。ホーバード様はユンフィーア様に異常に執ちゃ……いえ、大変心配しておられますので」

……なんだかこれ以上関わると大怪我をしてしまいそうな恐ろしさを感じて、サリュマーナは黙り込んだ。

「わかったわ。邪魔はしないでね。あとお支払いは全てバード様につけるよう手配しておいて」

「畏まりました」

「さぁ、行くわよ！」

「はぁい……」

ユンフィーアに手を引かれ、王都のメイン通りの中央付近にある豪華絢爛《けんらん》な建物の中へ入る。

どうやらここは上位貴族しか入れない会員制の部屋で、食事はもちろん手配すれば何でもサービスを受けることができるらしい。

「まずは香油マッサージで全身磨いてもらって、可愛らしいお洋服でも選びましょうか。それが終わったらティータイムを挟んで……その後はどうしたい？　サリーちゃん」

「えー、私は十分です……」

「あっ、そうだわ。帰りに本屋にも寄りましょう」

ユンフィーアがパンパンと二回手を叩《たた》く。

すぐにやってきた従業員にテキパキと指示を出すとすぐに準備が整えられた。

身包《みぐる》みを剥がされ湯に浸《つ》かると、髪の毛から足の爪の先まで丹念に香油でマッサージされる。体の部位によって使用する香油の花の香りが変えられ、凝り固まった体を丁寧に解《ほぐ》されて幸せな気分になった。

それが終わるとガウンを着せられる。いつの間にか用意されていた数十着の衣装の中から、今日着用するものを選ぶようだ。

「あらまぁ、可愛らしいお方ですこと。ピンクもお似合いでしょうけれど、少し幼い印象になってしまいますわね」

「逆に黒とかどうかしら？　サリーちゃん意外と似合うと思うのよね」

「え、あ、私っそん、な」

「まぁ！　では少し抜け感があってでも品のある……こんなデザインはいかが？」

「いいわ、素敵ね」

サリーの知らないところで勝手に話が進んでいく。

新作だというコルセットよりも締めつけのない、けれど体の曲線を整えてくれる補正下着をつけ、ワンピースを着せられる。

ユンフィーアが指定した黒のワンピースは肌触り滑らかな絹でできており、控えめなフリルがあしらわれている。可愛らしさがありつつも品のある一着だ。

長い金髪は艶《あで》やかに下ろし、髪飾りで華やかさをプラスする。

顔に白粉《おしろい》を叩《はた》き、唇には紅を引く。

完成して姿見に映った自分は、見た目年齢が五歳ほど上がったように見えた。

そう褒めてくれるユンフィーアも全ての支度を終えていた。

「すごく素敵よ」

薄い朱色のワンピース姿のユンフィーアは髪の上半分を結い上げ、生花を散らしている。

「ユンヒさん可愛い……！　いつも藍色とか青色を好んでいるイメージだったので、なんだか新鮮です」

「私らしくない色味を選んだの。バード様への当てつけよ」

ツンと唇を尖《とが》らせるユンフィーアを見て「結局ホーバード様のことばかり考えているのね……」と思ったものの、口には出さなかった。

バルコニーには紅茶と茶菓子が用意されており、そこで一息つくことにした。なにもかも至れり尽くせりだ。

「こんなに色々と遊んでも、まだ昼にもなっていないのね」

「ユンヒさん、決断と行動が早いから……。普通はもっとあれこれ悩んだりするものですよ」

「そうなの？」

「私の母や妹は服選びにすごく時間がかかっていましたね」

「次期公爵夫人となっても、やっぱり無駄だと思うことに時間をかけるのは気が引けてしまうわ。その時間を別のことに充てたいと思ってしまうの」

「それは同感です」

うんうんと頷《うなず》きながら乾いた喉を潤す。

王都のメイン通りを建物の上から見下ろしていると、たくさんの人々が王城へ向かっている様子が見える。皆一様に白や黒い旗、花束などを胸に抱えている。

もしかして昨日ロンヴァイが言っていたことに関係があるのだろうか。

「王城で何かあるのかしら?」

「今日は騎士団の武術大会の日です。一般公開もされておりますので、皆さん観戦しに向かっているのではないでしょうか。ちなみにホーバード様もロンヴァイ様も無事に三回戦を突破され、次は準決勝のようです」

何処からともなく現れたレントラルが簡潔に説明してくれる。

あれ、一体何処にいたのだろう……と不思議に思ったが、ユンフィーアは当たり前のように平然としているので考えることを放棄した。世の中、知らないほうが良いこともあるのだ。

サリュマーナは手を合わせ、パァッと表情を輝かせた。

「ユンヒさん、私たちも行ってみましょう! ホーバード様が戦う姿、見たことないですよね?」

ロンヴァイがサリュマーナに王城に来てほしいと言ったのは、きっと武術大会があるからだ。

愛する旦那様の活躍するところを観られるなんて機会はそうないし、観たらきっとその格好良さに感動するだろう。

サリュマーナは前のめりになってユンフィーアを誘う。

「……でも、」

「ユンヒさんのお怒りは尤《もっと》もだと思います。けれど、ホーバード様にもお考えがあったのかもしれませんよ。ホーバード様のご活躍されている姿を見れば何か変わるかもしれませんし」

「……と言いつつ、サリーちゃんロンヴァイ様の騎士姿を見たいだけではないの？」

「あれ、バレちゃいましたか」

えへへ、と小首を傾げる。

夫の騎士として活躍する姿を見たくない妻がいるはずがない。それにロンヴァイからも来てほしいと求められているわけで、行かないという選択肢はない。

「サリーちゃんにはたくさん迷惑かけていることだし……少し見るだけならバード様も気がつかないわよね」

「チラッと見て、さっと帰りましょう！　ユンヒさんの赤いワンピース姿は遠目では気づかないですよ、きっと」

「うーん……わかったわ。行きましょうか」

「やったぁっ！」

ロンヴァイの活躍を応援できる。

サリュマーナはわくわくしながらしぶとく尻込みするユンフィーアの手を引っ張って、王城にある騎士団本部へと向かった。

大きな城門をくぐると騎士団本部は目の前にある。

今日は年に一度、武術大会が開催される日で一般開放された城門には既にたくさんの人々が集まっていた。

「人が多いので裏から入りましょう。競技がよく見える席をご用意いたします」

「ありがとう」

「レントラルさんって一体何者なのですか……」

ミュラン公爵家の従者の有能さに戦々恐々とする。

レントラルに続いて人混みを縫うように歩いていく。

競技会場は円形になっており、どの席からもよく見える仕組みになっていた。

人とぶつからないように注意しながら歩いていると、「ユンヒさぁん！　サリー！」と呼ぶ元気な声が聞こえた。

あたりを見回すと、人の波の合間に蜂蜜色の髪がぴょんぴょんと跳ねている様子が見えた。

サリュマーナたちはスペースが空いている柱の近くへと移動する。

「シュリカ！　まさかこんなところで会えるなんて思っていなかったわ」

「えへへ。あたしも会えて嬉しいです」

小動物のような可愛らしい丸い瞳をキラキラと輝かせるシュリカは、騎士団専属娼婦として共に遠征に同行した仲間だ。平民のシュリカとはなかなか会う機会がないので、こうしてばったりと遭遇できたのは嬉しかった。

「あちらは……ユラン様かしら？」

少し離れた距離に、体格の良い長身の男性がこちらを見つめている。焦茶色の髪はくるんと丸まっていて、温厚な人情が顔から滲《にじ》み出ている。遠征からの帰り道に団娼婦の護衛を勤めてくれた、誠実な騎士だ。

目が合うと、ユランは仰々しく頭を下げた。

「今日はユラン様に色々と案内してもらっているんです」

「ユラン様は出場しないの？」

「右腕を怪我しているので、今回は見学なんです」

もう一度ユランを見ると、首から吊り下げた布に右腕を固定していた。

「あら、本当だわ。大変……早く治るといいわね」

体を張って危険な任務を担う騎士は、常に命の危険と隣り合わせだ。全快を祈念する言葉をシュリカに預ける。

「ユンヒさんとサリーは、ホーバード様とロンヴァイ様の試合を観にここへ？」

「そうなの。二人とも勝ち進んでいると聞いて」

「なるほど！　どうりで二人ともいつもと雰囲気が違うと思いました。服も化粧もすっごく可愛いです。やっぱり女性は愛されて美しくなりますね！」

屈託のない笑顔を見せるシュリカに、ユンフィーアは気まずそうに下を向いた。

そんな小さな異変を機敏に察し、不思議そうに首を傾げている。

「ユンヒさん……？」

「あっ、あの、今ちょっと喧嘩中みたいで……」

間に入ったサリュマーナがやんわりと事情を伝える。勘がよく鋭いシュリカは、少ない言葉でおおよその状況を理解したようだった。

「あぁ、なるほど……」

「シュリカ？」

合点がいったような表情のシュリカに疑問を抱く。

「あたし、今日は朝からずっと大会を観戦していたんですけど、ホーバード様の試合を見ていて、遠征のときよりも退屈そうにしているなぁと思っていて。武器が得意の弓じゃないからかなぁなんて思っていたんですけど……たぶん原因はユンヒさんですね」

ふふ、と微笑むシュリカに、ユンフィーアは小さく首を振った。

「私なんか関係ないわよ。きっと気分が乗らないとか、くだらない理由だわ」

「いやぁ、あれは絶対ユンヒさんがいなくて寂しそうにしている表情でしたよ、たぶん！」

「もう、たぶんってなんなのよっ」

ユンフィーアに詰《なじ》られてもカラカラと笑い飛ばすシュリカ。

遠征時のときと変わらず、あっけらかんとしていて表裏のない素直な女性だ。シュリカが楽しそうに笑っていると、つられて自然と笑顔になる。

ひとしきり笑うと、思い出したようにくるっとサリュマーナのほうを向いた。

「サリー、ロンヴァイ様はいつも通りの一撃必殺で、試合もあっという間だったよ。終わった後、会場を見渡して金髪の女性に目を向けている様子だったから、サリーが来たことを知ったらきっと大喜びだと思うよっ」

「えっ、そう、なの？」

まさかこんな大勢の人が集まっている中、自分を探していてくれただなんて。嬉しい半面、申し訳なく思う。

「もっと早く来れば良かった……」

年に一度しかない貴重な機会なのだから、初戦から観戦したかった。

けれど何故《なぜ》ロンヴァイは、午後に王城に来てと言ったのか。

おそらく効率を重視するロンヴァイのことだから、勝ち進んだ最後の試合だけを観にきてもらえればよいと思ったのだろう。

それと傷心の友人を配慮してくれた、ロンヴァイの心遣いだ。

「本当、言葉が少ない人なんだから……」

きちんと詳しく説明してくれたなら、臨機応変に対応することもできるのに。

普段サリュマーナへの愛の言葉は惜しみなく口にしてくれるが、それ以外の面はもっぱら効率重視だ。最低限の短い言葉しか伝えてくれない。

そんな不器用で寡黙なロンヴァイのことを想って、会いたい気持ちが強くなる。

「ロン様とホーバード様の試合、楽しみですね！」

「そろそろ席に着きましょうか。シュリカとユラン様も一緒に来る？」

「いいえ、あたしたちは別に席を確保してあるので」

「そっか。じゃあまたみんなでお茶しましょうね！」

大きく手を振るシュリカと別れ、レントラルの案内に従って移動する。

レントラルが案内してくれたのは競技場に程近い席だった。明らかに他の席とは仕様の違う座席は、来賓用と思われた。

「この席には防御結界が張られています。万が一武器が飛んできても安心です」

「武器が飛んでくることなんてあるの……？」

「何が起こるかわかりませんので。自衛はするに越したことはありません」

「確かにそうね」

席に着くとタイミングよく号令がかかる。

キャアアァという黄色い声援。

ウォーというドスの利いた声援。

会場に集まった人々が一斉に手に持っていた旗を振り、布がバサバサと空を切る。

今から始まる準決勝はまさかのホーバード対ロンヴァイだった。

「うそ、まさかロン様とホーバード様が対戦するなんて」

「まぁ……レントラル、図ったのね？」

「いいえ、全くの偶然です」

しれっとするレントラルを横目で睨めつけるユンフィーア。

それをなんとなく視界に入れつつも、サリュマーナは会場に現れたロンヴァイに釘付《くぎづ》けになってい
た。

真っ黒な騎士服にはググル侯爵家の紋章である睡蓮《すいれん》の花が縫い誂《あつら》えており、太陽光に反射して輝く。

清潔感のある短髪はロンヴァイの精巧な貌《かお》を更に引き立たせていた。

左腰に下げられているのは遠征のときに使用していたものではない、別の剣だ。

対するホーバードも黒い騎士服に身を包み、今日は弓ではなく剣を下げていた。長く美しい金髪は
後ろで一つに結ばれている。

「あぁ、一番当たりたくない人に当たっちゃったな」

「バード、賭けを覚えているか？」

「覚えているけど、その賭けに意味があるとは思えないんだけど？」

「バードにとってじゃない。自分の妻くらい早く迎えにこい。そのうち逃げられるぞ」

「馬鹿だなぁ。囲って逃すのは、泳がせておくと言うんだよ」

「どっちでも良い。早く俺のサリを返せ。俺が勝ったら例のアレ、飲めよ」

「わかったよ。じゃあ僕が勝ったらどうする？」

「バードの分の仕事を引き受けてやる」

「いいね、乗った」

ホーバードとロンヴァイが何か言い合っている。流石《さすが》に距離があって内容まではわからない。

号令がかかると二人同時に鞘《さや》から剣を抜く。刃の先端は丸く削られており、どうやら刃を潰した真剣のようだった。

まずロンヴァイが足元目がけて剣を突く。ホーバードは軽々と跳んでそれをかわした。剣を振るとシュンとなる音が客席にまで聞こえてきて、躍動感がある。

「あぁ、だから近距離戦は嫌いなんだよ。暑苦しいなぁ」

「いつも遠くから俯瞰《ふかん》して見てばかりいるから逃げられるんだよ。たまには熱を直にぶつけてみろ」

「遠くから絡め取って吸い尽くして、弱ったところを直に食い荒らすのが一番美味《おい》しいんだよ」

「俺にはわからねぇな」

「だろうね」

大きく振りかぶった剣同士がぶつかり合い、キィィンと大きく鳴った。

あまりの迫力に思わず手に汗を握る。

いくら刃を潰した剣とはいえ、まともに斬られたら大怪我をしてしまうのでは……。

先程の怪我をしたユランの姿が脳裏に浮かんで、手が小刻みに震える。

頑張って……でも怪我だけはしないで……。

ハラハラしつつも、夫の勇姿を目に焼きつけようと瞬きを忘れて観戦した。

ロンヴァイが斬りつけ、ホーバードが防御し、隙を狙って斬り込んでくる。体を空中で捻《ひね》りかわし、再び剣を振る。

一見ロンヴァイが攻め、ホーバードが守りに徹しているように見える。

しかしホーバードはロンヴァイの剣を上手《うま》く受け流し、その反動で攻撃を仕掛けている。まさに一進一退の戦いだ。

あんなに騒がしかった会場がシンと静まり返っていた。剣同士がぶつかり合う金属音と、地面を蹴り上げる足音だけが響く。

体を柔軟に使い、さまざまな角度から斬り込んでくるロンヴァイの動きはまさに剣舞だった。攻めと守りの切り替えを上手くこなし、相手に隙ができるのをひたすら窺《うかが》う。

一瞬、ホーバードの反応が遅れた。

上手く避《よ》けきれず、頬が切れて赤く染まる。

体勢を整え、剣を握り直そうとする小さな動きをロンヴァイは見逃さなかった。させまいと剣を叩きつける。

カシャン、とホーバードの剣が手元から離れ、地面に突き刺さった。

「止め！　勝者、ロンヴァイ！」

会場が大歓声に包まれる。会場からたくさんの花が競技場に投げ込まれていた。

サリュマーナは糸が切れたように力が抜けてしまい、情けなくその場に座り込んでしまった。

「バード……っ」

隣にいたユンフィーアが突然走り出す。引き留める間もなく、人混みの中へ消えてしまった。

「あぁー、負けちゃった。油断したなぁ」

「俺の勝ちだ。約束は守れよ」

「はいはい、わかったよ」

ロンヴァイから差し出された黒い液体が入った瓶を開けると、躊躇なく一気に飲み干した。

「ねぇ。これ、量多くない？」

「バードが飲むとなんか効き目が薄くなりそうだからな。多めに用意してもらった」

「なにそれ。人を化け物みたいに言わないでよ」

軽口を言い合いながら笑顔で握手を交わす。

騎士のマナーとして、勝負の後は互いの健闘を讃《たた》えあうのだ。

会場を出ようと体の向きを変えると、何故かそこには朱色の女神が立っている。

「ユン……？」

「バードさま！　お怪我が……っ」

ホーバードしか目に入っていないユンフィーアは一目散に駆け寄り、頬から垂れる血液をハンカチで拭った。頬に触れるその手が小さく震えている。

「大怪我をしてしまうかと思って……心配しました」

「どうして？　僕のこと嫌になって出ていったくせに」

今にも泣き出しそうになっているユンフィーアの腰を引き寄せた。

「だって、バード様は私と家族になるのがお嫌なのでしょう？　だから」

「違うよ。僕は一秒でも早く僕の子を身籠ってほしいと思ってる」

「嘘《うそ》を仰《おっしゃ》らないで……っ！」

弱々しい力でホーバードの胸元を叩きながら目に涙を浮かべる。

「バードは今、真実薬を飲んだばかりだからな。当分嘘はつけない。そろそろちゃんとぶつかれよ、バード」

「サリは返してもらうな」と小さく微笑むとロンヴァイは会場を後にした。

「バード様、本当に真実薬を……？」

「ロンとの約束だからね。さっき飲んだよ」

真実薬は魔力を含む特別な薬だ。これを飲んだ者は嘘がつけず、事実しか話すことができなくなる。

ということはホーバードがユンフィーアとの子供を望んでいることは、紛れもない真実だ。

「じゃあどうして避妊薬なんか……っ」

ぐっとユンフィーアを引き寄せ、隙間がなくぴったりと抱きしめた。

耳元に顔を寄せると、甘えるように囁く。

「だって、ユンにねだってほしくて」

「……え？」

まるで玩具を買ってもらえなかった子供のような、拗ねた声に驚いて顔を上げる。

「僕との子供が欲しい。僕の子種が欲しい。僕と家族を作りたい――そう言ってユンにおねだりしてほしくて」

「そ、そん、な……」

真実薬を飲んだホーバードの声はいつもとは違って低く落ち着いた真剣な声で。少し垂れた眼は寂しそうに見つめてきて。

ユンフィーアの左胸が大きく脈打ち始める。

「私はいつだって望んでいました！　少しでも可能性を高められるようにと、体調を整えて神殿でも祈りを捧げて……！」

「それは知っていたけど、違うんだ。ちゃんと言葉で望んでほしかった。それに僕は一度もユンから愛の言葉を貰《もら》ったことがないんだけど？　僕ばかり責められるのは納得いかないな」

すぐに唇が触れてしまいそうな距離で見つめ合う。

ユンフィーアの瞳に映るホーバードは、いつものような意地悪で余裕綽《しゃく》々《しゃく》とした表情ではなく、最愛の人からの愛をねだるただの一人の男性だった。

「そんなことで……」

「そんなことなんかじゃない。僕はね、ユンのことに関しては相当欲張りみたいだ。心も身体も言葉も……全て欲しい。ユンの全てを手に入れたい」

「ばか……」

身体が沸騰したように熱くなって、目尻に溜《た》まった雫が頬を伝う。

今までのホーバードと過ごした思い出が蘇《よみがえ》る。

いつも意地悪ばかりで変人で。時に常識では考えられないような突拍子もないことをしたりするけれど、ユンフィーアを見つめる輝きは出会った頃から変わらない。

ホーバードの手が後頭部に添えられ、そのまま強く唇を押しつけられた。

「んっ！」

「駄目。ユンの涙は他の奴《やつ》には見せたくない」

「きゃっ」

ユンフィーアの膝裏に手を入れ、横抱きにして抱える。

ワァァという大歓声のど真ん中にいたことを思い出して、ユンフィーアは顔を真っ赤に染めた。表情を隠すように、ホーバードの首に縋《すが》りつく。

「ねぇ、ユンはどうしたら言葉でねだってくれる？」

ホーバードが歩きながらユンフィーアに問いかける。

「そんなこと……私に真実薬を飲ませたらすぐに口にしましたよ？」

「薬で無理矢理言わせた言葉なんて求めていないよ」

今まで媚薬《びやく》を使おうとしたり、脅してきたりと、非常識なことを散々してきておいて……！　とムッとする。

それと同時に、張り詰めていた肩の力が抜けていった。

――本当、変なところで頑固で意地っ張りで……酷いひと。

でもそれは自分にも言えることだ。こんなにもホーバードへ心を向けておいて、それを一度も言葉にして伝えたことはない。

ユンフィーアは迷った挙げ句、今回は仕方なく折れてあげることにした。

「避妊薬を飲むのをやめて、優しく愛してくれたら……言ってあげる……かも」

「ふふっ、じゃあ今日はとびきり優しくしよう。ユン愛してるよ」

そっと眦《まなじり》に口づけをされて、嬉しくて幸せで頬がほころんでしまう。

そうして二人は会場から姿を消した。


「良かった……。ユンヒさん、仲直りできたみたい」

競技場に移動したユンフィーアがホーバードに抱きかかえられ、会場から出ていく様子を客席から見守る。

いつの間にかレントラルも姿が見えなくなっており、サリユマーナは一人ぼっちになっていた。

何処か移動しようにも会場の熱気が凄《すさ》まじく、席を変えようにも人で溢れかえっている。

大人しく喧騒《けんそう》が落ち着くまでここにいようと座席に座り直すと、「サリ！」と呼ぶ声が聞こえて振り返った。

「ロン様！」

「良かった、見つけた」

走ってきたのか、荒く息を吐きながら腕の中に閉じ込められる。愛しい人のぬくもりを感じて心が熱くなった。

「ロン様、かっこよかったです。お怪我はありませんか？」

「大丈夫だ。はぁ、やっとやっとサリを返してもらえた。早く二人きりになりたい。……決勝戦、面《めん》倒《どう》になったな。どうするか……」

「駄目ですよ。最後までやりきってください。一番盛り上がる一戦ですから。先程のロン様の試合、格好良すぎて思わず腰が抜けてしまいました」

えへへと頬を染め、首を傾ける。

「皆さんに素敵な姿を見せてあげてください。私、終わるまでここで待っていますから。一緒に帰りましょう?」

「………」

「ロン様、おさぼりはいけませんよ」

「はぁ、わかった。団長にも怒られそうだし……。瞬殺で終わらせてくる」

不服そうに襟足を掻《か》き、息を吐いたあと、ロンヴァイはもう一度サリュマーナを抱きしめた。

「愛してる。約束、楽しみにしてるから」

こめかみに唇を押しつけ、颯爽《さっそう》と競技場へ戻っていった。

うぅ、ロン様が格好良い……!

ロンヴァイの姿が見えなくなってもなお胸のときめきが収まらない。心臓に手を当て、深呼吸しながら試合が始まるのを待った。

大きな鐘の音が鳴り、号令がかかる。

いよいよ武術大会の決勝戦だ。

黒い騎士服のロンヴァイと白い騎士服の赤髪の男性が姿を現すと、会場のボルテージが最高潮になる。白と黒の大旗が揺らぎ、会場が揺れるほどの大歓声に包まれた。

サリュマーナはいても立ってもいられなくなり、立ち上がって祈るように手を組んだ。

ロン様、ロン様頑張って……！

臆することなく対戦相手を真っ直ぐに見つめるロンヴァイは、お伽噺《とぎばなし》の勇者のように凛々《りり》しく貫禄《かんろく》があった。

号令がかかり、鞘から真剣を抜き相手の出方を窺う。

白騎士団の騎士である対戦相手も、ロンヴァイの動きを観察するように真剣を構えている。

対戦相手の立ち姿は、弟たちが剣の練習をする際に、教師から教わっていた構えとよく似ている。おそらく基本の構えの型なのだろう。

一方、ロンヴァイは片手で剣を持ち、何かを推し量るように剣先を揺らしていた。

会場全員が息を呑《の》む。先程の大歓声が嘘のように音が消えた。

「悪いな、一分一秒も惜しいんだ」

何かを呟いたロンヴァイが先に動き出した。

低い姿勢で回り込むように走り、対戦相手の懐に飛び込む。白騎士は綺麗《きれい》な型を維持したまま、ロンヴァイを真正面に見据え、剣を振りかぶった。

その瞬間、地面を大きく蹴り上げ、空中で体を捻らせる。頭上に上がった白騎士の剣の先を叩く。

キィンという甲高い音と共に、白騎士の剣が二つにポッキリと折れてしまった。想定外の角度からの打撃に、剣が耐えきれなかったのだ。

その瞬間、今日一番の大歓声が上がった。肌がビリビリと震えるほどの熱気に包まれる。

黒色の大旗が会場一帯に掲げられ、「くーろ！　くーろ！」と掛け声が湧く。

「ロンさま……」

ロンヴァイの勇姿があまりにも猛々《たけだけ》しく素敵で。サリュマーナは溢れる涙が抑えられなくなった。

「流石ですね。参りました」

「型は綺麗だったが、実践は型通りにはいかないからな。お疲れ様」

白騎士と硬い握手を交わすと、黒騎士団の紋章が描かれた大幕を持って会場を一周する。

投げ込まれる花を浴びながら駆け足で観客へのウィニングランを終えると、サリュマーナの目の前で止まった。

「ちょっと君。これ、片しといて」

警備の騎士に大幕と剣を押しつけ、柵を乗り越えて観客席を上がっていく。

「サリ。帰ろう」

「ロン、さま……」

「なんで泣いてるんだ？」

「ロンさまが、かっこよくて素敵すぎて。胸が苦しいです……」

「なんだそれ」

フッと頬を緩ませ、サリュマーナを軽々と抱える。

「人が多いな。こっちから行くか」

ロンヴァイはサリュマーナを横抱きにし、もう一度柵を越え競技場に降り立つ。

観客の声援に手を振って応えながら、出場者用の出入口から外へと出るとすぐさま馬車に乗り込んだ。

「もう我慢できない」

馬車の小窓のカーテンを閉めてサリュマーナを座席に押し倒すと、獣のように唇に食らいつく。

「んんっ、ん……っ」

「サリ……」

互いの舌が絡み合い、唇から口内まで全てを味わい尽くそうと這《は》い回る。

ロンヴァイの飢えた野獣のような瞳を見つめながら、サリュマーナも必死に応えた。

「んふ……ん、ろん……」

ロンヴァイの逞《たくま》しい体に縋りつき、舌を絡めながら上体を起こす。ロンヴァイの首に抱きつくように腕を回すと太腿《ふともも》の上に乗った。

対面座位になり、見下ろす形になったロンヴァイに再び濃厚なキスをする。何もかもを欲するように口内の隅々まで舌を掻き回し、唾液を啜《すす》る。

「はぁっ、サリ」

「ロンさま、愛しています」

「俺も愛してる」

ぎゅううっと強い力で身体を密着させる。

「サリ、すげー甘い香りがする」

「あ、朝ユンヒさんと香油マッサージをしてきて」

「なんか化粧も服装もいつもと違うし」

「ユンヒさんとデザイナーさんに見立てていただいて……変、ですか？」

「ううん、すごく綺麗。惚れ直した」

ロンヴァイの直接的な賛辞に、ぽっと頬が薄紅色に染まる。

「惚れ直したのは私のほうです。ロン様が格好良すぎてさっきから私の心臓が壊れてしまいそうなんです」

サリュマーナは膝立ちになり、左胸をロンヴァイの耳に押し当てた。頭を抱きかかえながら、優しく労《いた》わるように頬を撫でる。

「伝わりましたか？」

「いや足りない。もっとサリが欲しい」

ペロ、と首筋を舐《な》められてサリュマーナは下唇を噛《か》んで嬌声《きょうせい》を呑み込んだ。

そして幼子に言い聞かせるようにロンヴァイを叱る。

「こらっ。馬車の中で変なことをしてはいけません！」

「俺頑張ったのに、待てばっかりさせられて……。そろそろぐれるよ？」

口をへの字に曲げてぷいっと顔を背けるロンヴァイ。なんだか反抗期の弟たちを思い出して思わず頬が緩んでしまった。

「家に着いたらたくさん甘やかしてあげますから。機嫌直して？」

「いや。着くまで待てない」

尖りきった唇にキスをしながら「拗ねないで？」と言ってみたが効果はなかった。

「うーん、じゃあ家に着いたらたくさん癒してあげます！　美味しい紅茶を淹《い》れて、湯で背中を流して。後はマッサージして体を解して……」

「そんなのじゃあ全然足りない。遠征中ずっと会えなくて、仕事終えてやっと帰れると思ったら友人を優先されて。……すごく寂しかった。放っておかれた俺のこと、もっと癒してくれないと許さない」

耳朶《みみたぶ》に舌を這わせられ耳腔《じくう》を嬲《なぶ》られて、あられもない声が漏れてしまう。

「サリはもう十分？　俺が欲しくない？」

「ぁっ……欲し、いに決まって、」

「だったらもう待たせるな」

「あ、だめ、脱がさないでっ」

鎖骨にキスをしながら背中のホックを外そうとするロンヴァイの手をなんとか制止する。

「馬車の中でこんなことしては駄目です。御者もいるんですよ?!」

「でももう一秒たりも待てない」

「待ってロン、あっ、だめってば……！」

ずるりと肩から服が落ちる。

このままだと馬車の中でドロドロに愛されてしまう……！

サリュマーナはロンヴァイの両頬を掌《てのひら》で挟み込み、無理矢理に唇を奪った。

「んっ」

身体を密着させ、ロンヴァイの頭を抱え込んでひたすら舌を絡ませ合う。

屋敷に到着をするまで、唇を合わせてなんとか時間を稼ごうと考えたのだ。

口端《くちは》から唾液が垂れようと、息が苦しくてもそんなことは些細なことで。最愛の男性を感じたくて触れ合いたくて、唇が腫れてヒリヒリとするまで貪り合った。

キスをしているだけなのに、下腹部がジリジリと熱を持つ。待ってと言ったのは自分なのに、サリューマーナももう我慢ができなかった。はしたなく腰が疼《うず》いてロンヴァイの下半身に押しつけてしまう。

「ロン様、好き」

「サリ、好きだ」

とろんとした瞳で見つめ合う。

「本当にサリはキスが好きなんだな。俺に待てと言っておいてキスしながら腰を押しつけてきて……。いやらしいな」

「だって、昨日ロン様が焦らしてキスしてくれなかったから……っ」

「サリも我慢できなかった？」

「うぅ……はい。ロン様が欲しくてたまらないの」

「ははっ。すげー嬉しい」

屈託ない笑顔を見せられて少し悔しい。

仕返しにと、もう一度深く舌を絡めた。

いつの間にか馬車の揺れが止まっていたことにも気づかないほどキスに夢中になる。

「私、ユンヒさんと過ごして一つ気づいたことがあるんです」

「うん?」

ハア、と上がった息を整えながらどうしても伝えたかったことを口にする。

「ロン様との赤ちゃんが欲しい、なんて思ってしまって」

「………」

「あ、あの。まだ家も建っていないのに早計かなとも思ったのですが。ロン様のお仕事のタイミングもありますし、そもそも授かりものですし。こんなこと言って困らせるつもりはなくて、えぇっと……」

黙り込んでしまったロンヴァイの様子を見て、変なことを口にしてしまったと焦ったサリュマーナはあれこれと矢継ぎ早に言い訳をする。

「サリ」

「ごめんなさい、そんな突然言われても困りますよね」

「サリは俺と家族を作りたいと思ってくれているのか?」

「それは、もちろん……。今までもずっと妊娠したらいいなとは思っていましたが、こんなに欲しくて欲しくてたまらないとまでは思っていませんでした。ロン様が、焦らして意地悪するから……っ」

「俺のせいなのか? 俺だって待たされたのに」

「ロン様のせいです! ロン様と再会して結婚して、私の身体どんどんおかしくなってるんです」

サリュマーナはロンヴァイの大きな手を自らの下腹部に導いた。

「ずっとここが熱くて、ロン様が欲しくて苦しいの。これって本能なのかしら……」

ドクドクと脈打つ下腹部の甘い痺《しび》れは、きっと愛《いと》おしい男性を前にした女性の本能だ。

切れ長で鋭い眼を真っ直ぐに見つめる。太陽のような温かい色は今はギラリと欲情の色を纏って扇情的に煌《ひか》っていた。

「本能って……。つまりサリの心も体も俺を欲しているということか？」

「そうです！　さっきからずっとそう言ってるではありませんかっ！」

恥ずかしいことを言っている自覚はあった。女性側からこんなに熱烈に男性を求めるなんて、子供を授けてほしいとねだるなんて。

羞恥で全身を染めながらも、必死に自分の想いを告げるサリュマーナ。そんな妻を愛おしそうに見つめて頭を撫でた。

「すごくすごく嬉しい。俺もサリとの子供が欲しい。そしていつかサリの家のような温かな家庭にしていきたい。……なぁ、サリ。今日は待っても駄目も聞いてやれないし、サリを離せない……」

サリュマーナを乞い欲する獰猛《どうもう》な瞳に歓喜する。

散々焦らされ我慢してきた欲情がはち切れて爆発してしまいそうだった。

「待っても駄目も言いません！　ずっとお側を離れません。ロン様をいっぱい愛して差し上げますので、私のこともいっぱい愛してくれますか？」

「あぁ。サリが満足しても愛し続けるよ」

もう一度深く口づけを交わすと、二人は屋敷の中へ入っていった。

あとがき

この度は『騎士団専属娼婦になって、がっつり働きます！』をお手に取っていただき、誠にありがとうございます。

この作品は半年かかって構想を練り、スマートフォンのメモ帳で少しずつ書き溜めた、いろんな意味で思い入れの深い作品です。

人と関わる機会が減り、孤独になりがちだったときに「愛し愛される甘やかな恋愛が書きたい！」と思い、執筆を始めたのがきっかけでした。

家族のために働くことを決意したサリュマーナ。

一つの選択肢しか残されていなかったユンフィーア。

自分の叶えたい夢のために働くシュリカ。

騎士団専属娼婦という特殊な職業を通して、それぞれ心に信念を抱えた女性たちが、葛藤や覚悟を乗り越えて幸せを掴んでいく物語をお楽しみいただけましたら幸いです。

過酷な環境下で生き抜いた彼女たちは、これからもきっと愛を与え、与えられながら幸せな人生を歩んでいくことでしょう。

最後になりましたが、読んでくださった皆様、ＷＥＢ掲載時から応援してくださった皆様、そして書籍化に伴い尽力してくださった担当様、校正様、素晴らしいイラストを描いてくださった芦原モカ様――関わってくださったすべての皆様に感謝と愛を込めて。

鶴れり

騎《き》士《し》団《だん》専《せん》属《ぞく》娼《しょう》婦《ふ》になって、がっつり働《はたら》きます！

鶴れり

2023年3月5日　初版発行

著者　鶴れり

発行者　野内雅宏

発行所　株式会社一迅社
〒160-0022　東京都新宿区新宿3-1-13　京王新宿追分ビル5F
電話　03-5312-7432（編集）
電話　03-5312-6150（販売）
発売元：株式会社講談社（講談社・一迅社）

印刷・製本　大日本印刷株式会社

DTP　株式会社三協美術

装丁　AFTERGLOW

ISBN978-4-7580-9533-4

●本書は「ムーンライトノベルズ」（https://mnlt.syosetu.com/）に掲載されていたものを改稿の上書籍化したものです。
●この作品はフィクションです。実際の人物・団体・事件などには関係ありません。

MELISSA